愛蜜契約
～エリート弁護士は愛しき贄を猛愛する～

奏多
Kanata

Eternity
BUNKO

目次

愛蜜契約

～エリート弁護士は愛しき贄《にえ》を猛愛する～

プロローグ

梅雨入り間近な、五月の東京――

湿気を含んだ生温かい風が肌を撫でる夜、ネオンのぎらついた歓楽街はいつも通りに喧噪に溢れ、賑わいを見せていた。

そんな都心部にある古びた雑居ビルから、すらりとしたスーツ姿の女性が出てきた。

艶やかなココア色の長髪を編み込み、涼しげで透明感のある整った顔をしている。

彼女は黒い瞳を苛立ちに細めており、腕時計を見ると、今度は驚きに目を見開いた。

「もう八時⁉　こんな時間まで粘ったのに収穫なしだなんて……！　大体、弁護士費用が一千万なんてぼったくりすぎよ。やりたくないのが見え見えで、失礼しちゃうわ！」

彼女の名前は、倉下凜風《くらしたりんか》。老舗《しにせ》法律事務所の事務員をしている。

凜風はバッグから手帳を取り出すと、記載していた社名の幾つかにボールペンで横棒を引いた。

「ふぅ。今日は五つの法律事務所を訪問して交渉したけど、またもや全滅か……」

ここのところ毎日歩き回っているせいで靴擦れができ、足がぱんぱんにむくんでいる。

正直しんどいけれど、そんなことを言ってはいられない。

「知り合いも、お父さんの仲間も、弁護士ランクを下げてもだめ。近県も都内も関係なし。この世には、困っている人を助けて、ヤクザを追い払えるくらい気骨ある正義の弁護士はいないの？」

凛風はぶつぶつと独りごちながら、帰路につく。

表通りはいかがわしい店が多いため、比較的ひっそりとした裏道を通り、駅へ向かう。

しかし俯《うつむ》きがちに考え事をしながら歩いていたせいで、なにかに肩がぶつかってしまった。

軽い衝撃に顔を上げた凛風は、その相手を見て思わず言葉を呑み込んだ。

横一列になって立っていたのは、屈強そうな三人の男たちだったからだ。

派手な服装、ガラの悪そうな強面《こわもて》の顔。

彼らから漂う独特の威圧感は、一般人のものではない。

（やばい、ヤクザにぶつかっちゃったんだわ！）

品定めしているような下卑《げび》た視線を向けられ、凛風は不快さに顔を引き攣らせつつ、下手に絡まれる前に、と素直に謝って退散しようとした。

しかし凛風が実行に移すよりも早く、ひとりの男が自身の腕を押さえて大仰に叫びはじめた。

「痛《いて》ててて！　ぶつけられて骨が折れちまったみたいだ！」

「そんな……。ちょっと当たっただけなのに……」

思わず本音が出てしまうと、自称骨折男はあっという間に逆上してしまった。

「だったら俺が嘘ついているとでも言うのか、あああ⁉」

普通の人なら、恐怖のあまり逃げ出してしまうくらいの迫力である。

けれど凜風は、ここのところずっとこうした輩《やから》と相対してきたのと、交渉による疲労のせいで本能的危機感が麻痺《まひ》していた。

外出してもなお厄介な男たちを相手にしないといけないことに、心底うんざりしてため息をついてしまったのだ。

そうこうしているうちに気づけば凜風は取り囲まれ、退路を塞がれてしまった。

「骨折が本当だと証明すればいいんだろう？　すぐそこに病院があるから一緒に来いよ」

凜風はがしりと腕を掴まれ、そばにある古びた建物に連れ込まれそうになった。

『楽園《パライソ》』と汚らしい看板が掲げられた、どう見ても怪しげなホテルである。

「な、なにするんですか。叫びますよ⁉」

両手が塞がれているために、警察に通報したくても、スマホが取り出せない。

疲労困憊の足は踏ん張りが利かず、ずるずると引き摺られるばかり。

腕を掴む男を蹴ろうとしても足は虚しく宙を切る。

「好きに叫べ。俺たち松原《まつばら》組の界隈《シマ》で、助けてくれる奇特な奴がいるといいなあ?」

「やめてよ。離してよ！　誰か、誰か！」

無我夢中で叫んだ直後。なぜか突如、骨折男が悲鳴を上げた。

同時に聞こえてきたのは——

「素人の女を相手に、なにをしている」

ぞくっとするほど、深く艶めいたバリトン。

派手派手しいネオンの看板を背にした誰かが、骨折男の腕を後ろに捻り上げている。

「誰だ、てめぇ！　こんなことをしてただで済むと思うな。俺は松原組の……」

反対に、凛風の腕を掴んでいた男たちはすぐさまそれを離すと、深々と頭を下げて声を張り上げた。

「御子神《みこがみ》の兄貴、お疲れ様ッス！」

それを聞いた骨折男は、首をねじ曲げて後ろを見ると、先刻とはまた違う短い悲鳴を上げた。

「あ、兄貴……どうしてここに……」

「質問しているのは俺の方だ。素人の女を相手に、なにをしている?」

ゆったりと威圧的な声を発するのは、黒いワイシャツ姿の背の高い男だ。

ダークグレーの背広を左肩に引っかけている。

まるで濡れ髪かのようなセクシーさを感じさせる、長めの漆黒の髪。

野性味に溢れた彫り深い顔立ちは極上に整い、どこか寂しげな翳りがある。

なにより凜風の目を奪ったのは――透き通るような銀青色《シルバーブルー》の瞳だった。

神秘的な色をしたその瞳は、なぜか不思議にも凜風に懐かしさを感じさせたが、それ以上に排他的で冷たく無機的なものにも思えて、すぐに勘違いだと考え直した。

こんなにも危険な雰囲気の男など、知り合いにいるはずがない。

男から漂う蠱惑《こわくてき》的な大人の男の色香に、凜風の肌はざわざわと粟立つようだった。

「す、すみません兄貴！　ちょっとからかって遊んでいただけですよ……」

骨折男が引き攣った顔で笑みを作り、へこへこと頭を下げて嘯《うそぶ》く。

「素人相手に揉め事を起こすのなら、俺は松原組の面倒を見ないぞ」

男が切れ長の目をわずかに細めただけで、チンピラ三人組は震え上がって謝罪する。

(格が違う。チンピラが〝兄貴〟と呼んで頭を下げているくらいだもの。この人は、きっとどこかの組の組長とか若頭とかに違いないわ)

ヤクザの幹部クラス以上なら、男のまとう空気が一般人のものではないのも納得がいく。

ごろつきを簡単に牽制することができる、裏社会では有名な人物なのかもしれない。

（……この人なら、ヤクザを抑えることができるの？）

悪を制することができるのは、正義だけだと思っていた。

しかし悪に強弱があるのなら、強い悪に頼るのもまた、有効手段なのかもしれない。

追い詰められた今の凛風にはむしろ、それが得策に思えた。

（ああ、この出逢いは……運命かも！）

このチャンスを絶対逃がすものか。

回りくどいことをせず、すぐに彼を掴まえなくては。

そんな凛風の決意を知らず、彼女に運命を思わせた男は声を荒らげた。

「二度目はないからな。とっとと失せろ！」

その声を合図に、ヤクザたちはいとも簡単に走り去っていった。

ヤクザたちがいなくなると、御子神という名の美貌の男は長い前髪を片手で掻き上げ、凛風を悠然と見下ろした。

「これに懲りたら、夜、女ひとりでこんな場所をうろつくな。表通りを……」

しかし凛風はそれを聞き流して、単刀直入に切り出した。

「どうすれば、あなたを手に入れることができますか？」

「……は？」

「わたし、あなたが欲しいんです！」

御子神は、凜風の真意を推し量るように目を細めた。

そして――

「ずいぶんとストレートな口説き文句だな。頼まれれば無料でくれてやるような……俺がそんな心優しい善人で、安い男だとでも思ったのか？」

御子神は、凜風の顎《あご》を摘まんで、くいと上に上げた。

凜風の顔を覗き込む銀青色《シルバーブルー》の瞳が、ナイフの刃のような剣呑《けんのん》な光を宿している。

善人とは思えない、アウトローな魅力を醸す美貌の男。

噎《む》せ返るような男の香りにくらくらするのをぐっと堪えて、凜風はまっすぐに彼を見つめた。

「もちろん、ただとは言いません。いくら払えばいいですか？」

すると御子神は愉快そうに、くっと口の端を吊り上げた。

「俺が、お前に買い取れるような男だと？」

他の男の発言であれば、不遜な勘違い男だと思うだろうが、この男が言うと説得力がある。

極上すぎるこの男には、修羅場をくぐって生きてきた者特有のダークな貫禄があった。

情やはした金で動くようなタイプには見えない。

それでも――

「必ずお支払いします、ぶ……分割で」

その返答は御子神の意表を突いたらしく、彼は一瞬目を見開いたが、すぐに鼻で笑う。

「悪いが俺は、一括先払いしか受け付けない。高い買い物はやめておけ」

まるで相手にされていない。

凜風が悔しさに唇を噛みしめていると、御子神はさらに挑発的に笑って言った。

「それとも……手付金としてお前が身体で支払うと言うのなら、考えてやらなくもないが？」

これはきっと、そんな度胸もないだろうと軽んじられた上での揶揄《からか》いなのだろう。

カチンときた凜風は、半ば自棄《やけ》になって言い返した。

「では手付金として、わたしをお支払いします！　お気に召したら、わたしに買われてください！」

売り言葉に買い言葉とはいえ、凜風が話に乗ったのが意外だったらしい。

御子神はわずかに驚いた顔をして凜風の顎《あご》から手を外すと、すぐに艶やかな声をたてて笑った。

「俺の冗談を鵜呑みにするなど。本気でお前の身体には、手付金と同等の価値があるとでも？　どれだけ自信があるんだ、自分に」

「こ、これでも評判なんですよ。すごいって！　男が離したくない身体だって！」

(……嘘つけ、自分！)

評判どころか経験もない。二十代後半なのに、彼氏すらいたことがない。

自虐的な虚言は自分でも痛々しいと思うが、こっちだって必死なのだ。

愛読雑誌のセックス特集を熟読しているから、相手が喜ぶラブテクニックとやらは十分身についている……はずだ。

記事によれば、とにかく相手を褒めること。そしてあざとく小悪魔的な女を演出し、相手の弱い部分を焦らして触って翻弄し、あとは痛みを我慢してあんあんと喘げばいいだけだ……多分。

(この苦境を打開するためよ。もういい大人なんだし、ギブアンドテイクとして割り切らないと。今優先的に守るべきはわたしの身体じゃないし、利用できるものは積極的に利用するの！)

度胸と根性がウリの自分が、ここで臆してはいけない。

「ほう。すごい、ねぇ。具体的には？」

「ぐ、具体的には……その、男性が喜ぶテクニックを駆使できます」

「俺が喜ぶテクニック……それは頼もしい。みかけとは違い、経験豊富なんだな」

男は笑い続ける。

(絶対これ、信じてないわよね……。だからってそんなに笑わなくたっていいのに)

再度カチンときたところで、御子神は凜風に告げた。

「その腹にある魂胆を聞いてみたいところだが、まあいいだろう。手付金にしてはかなり負けてやることにはなるが、笑わせてもらった礼だ。そこまで言うのなら、骨まで食わせてもらおうか」

ぞくりとするのは、その言葉の内容のせいなのか、それとも色濃くなった危険な色香のせいか。

凜風はこの悪魔のような男に対して、なにか、取り返しのつかない契約を交わしてしまったかのような、一抹の不安を感じたのだった。

◇

某ホテルの一室――

月光が差し込むだけの薄暗い室内に、ダブルベッドの軋んだ音と喘ぎ声が入り混ざる。

「ふっ、はあ……あぁ」

赤い華が咲いた肌を曝け出し、時折仰《の》け反《ぞ》りながらびくびくと跳ねているのは、御子神を翻弄する予定だった、凜風の方だった。

節くれ立った指が凜風の肌をなぞるだけで、凜風の眠れる官能を煽り立てた。

ぞくぞくとした快感が止まらない身体に、ねっとりと舌を這わせられ、さらに熱く湿った唇で肌を吸い立てられるのだ。まだ行為の序盤だというのに、もうすでにあられもない声を抑えられない。

御子神の愛撫が上手すぎるのだろうか。それとも、自分が快感に弱すぎるのだろうか。

「いい顔で啼くな、お前……。もっと啼かせたくなる」

耳元で囁く男の声はどこまでも艶めき、凜風の肌をさらにざわめかせる。

声ですら恍惚感と快感を強められ、たまらずに喘いでしまう凜風に、御子神は妖艶な笑みを見せると、それまで触れてこなかった胸の頂《いただき》に吸いついてきた。

「や、あぁ……んっ、んん！」

じんじんと疼いていたところを執拗に舌で舐《ねぶ》られ、電流にも似た甘い痺れが身体を駆け抜ける。

反対側の胸は強弱をつけて揉みしだかれ、大きな手の中で卑猥な形に変えられていく。指先で先端の蕾を強く捏ねられると、凜風は悩ましげな声を上げて背を反らしてしまった。

故意にあんあん喘ぐ予定ではあったが、問答無用で喘がされるなど想定外だった。

考えが甘かったのだ。未経験者がこの男を手のひらの上で転がすことなどできるはずもなかった。その証拠に翻弄されているのは凜風の方で、男は余裕顔で服も脱がずに凜風を攻め立てている。

(ああ、やだ、どうしよう。気持ちいい……。この人の舌や指……おかしくなりそう)

頭の中は、初めての快楽に真っ白に染まり、はしたない声が止まらない。

二十九年間、破瓜《はか》はおろか怪我ひとつしたことがない丈夫な身体が、見知らぬ男の舌や唇、指先だけでこんなにも敏感に反応するとは思わなかった。

労《いたわ》るような優しさなどない。ただストレートに凜風の官能を引き出し、彼好みの食べ頃になるまで一方的に熟成させられている気分だ。それを詰《なじ》る余裕がないのが、悔しい。

御子神は凜風の注意を胸の愛撫に惹きつけながら、ストッキングごとショーツを器用に引き抜いた。

大きな手のひらで凜風の足先からふくらはぎ、太股《ふともも》を撫で上げ、彼女の片脚を持ち上げるようにして折り曲げると、秘処に指を滑らせる。

くちゅりとした音を合図にして、凜風の身体に、ぞくぞくとした強いものが走った。

「ひゃ……ああぁ!」

凜風を守っていた花弁は開かれ、濡れそぼった花園を大きく掻き回される。

湿った音が響く中、リズミカルな指の動きに合わせて、凜風の嬌声が弾《はず》み出した。

(なにこれ……。全身が蕩けそうなほど、気持ちいい……)

快楽の波は絶えず凜風を襲い、次第に追い詰められていく。

凛風は思わず御子神の精悍な首に手を回して縋り付き、引き攣った息を吐きながら快楽に身を震わせる。

御子神は、ちゅぱりと音をたてて胸から口を離した後、感嘆にも似たため息をついて呟いた。

「たまらないな、お前……」

高揚しているのか、その声音をわずかに上擦らせたまま、凛風に問いかける。

「俺が喜ぶテクニックがあるんだろう？　見たところ、お前ばかりが喜んでいるが」

「ご、ごめ……は、んんっ」

現実に返ったその一瞬、迫《せ》り上がるものが強い奔流となり、凛風はより乱れてしまった。

「そんなに色っぽい顔をして……ずいぶんと気持ち良さそうだ。そんなにいいのか？」

誘惑するような声に、凛風はたどたどしい口調で答える。

「……いい。気持ちいいの……。脳まで……蕩けそう……」

「そうか。素直でいい子だ」

御子神は緩急をつけて秘処を擦り続けながら、片手で凛風の頭を抱き、髪を撫でた。

そんな優しいことをされると、どうしていいのかわからなくなる。

抗《あらが》おうとする力が抜け、迫り来る官能に身を任せていると、こちらを見ている端整な顔が間近にあることに気づいた。

互いの息が顔にかかる距離で、凛風を見つめる銀青色《シルバーブルー》の瞳が熱を帯び、揺れている。

凛風はそれに惹き込まれ、彼の唇が欲しいと無意識に薄く口を開いた。

御子神の顔がすっと真顔になり、艶めいた男の表情を浮かべる。

唇が近づいてくる——が、触れる直前でそれは止まってしまった。

御子神は眉間に力を入れて凛風から顔を逸らすと、彼女の耳に口づけ、荒々しく口淫をはじめた。

「は、やあっ、耳……だめ」

ぞくぞくが止まらず身体から力が抜ける。だが御子神はそんな凛風に容赦なく、秘処の表面を弄っていた指を蜜口に移動させ、ゆっくりと差し込んでくる。

「あ、あああ……」

異物が侵入しているというのに、恐怖や痛みよりも、奥からもたらされる深い快感を覚える。

指が抜き差しされ、内壁を擦られる。そのたびにぞくぞくし、声が止まらない。

「あぁ……中も熱くてとろとろだ。こんなにきつく俺の指を締め上げて。誘ってるのか？離したくなくなる身体って、本当のことなのかよ」

耳に熱い息を吹きかけて、艶めいた声でそんなことを言わないでほしい。

彼の刺激に意識を向けるほどに切迫感が強まり、暴力的に膨れ上がるなにかによって弾《はじ》け飛んでしまいそうだ。

見つめ合えば無性に唇を重ねたくなるのに、彼はそうしない。

御子神にとって凛風は、愛を交わしたい相手ではないのだろう。

だから今も鎧《よろい》みたいに服をまとったままで、肌を合わせようともしないのだ。

しかしそれを詰《なじ》るほど御子神のことを知らないし、そんな関係でもない。

凛風が御子神にしがみついて喘いでいると、やがて彼は官能的なため息をこぼした。

それを合図に行為が止まり、御子神の身体が離れる。

そして、カチャカチャとベルトが外される音がした。

「大した女だよ。俺を……昂《たかぶ》らせるなんてな」

ゆったりと見下ろしてくる銀青色《シルバーブルー》の瞳は、情欲に滾り、ぎらついている。

それが御子神の男としての色気をより強めているようで、凛風は思わずぶるっと身震いをした。

この男に女として求められているのだと思うと、凛風の女の部分が喜びに震い立つ。

しかしそれと同時に、彼の唇の熱や感触を知らずして終わるだろうことを寂しく思った。

快楽だけで繋がるのが割り切った大人の関係だということは、承知している。

しかもこの行為は、御子神を愉しませることを条件としてはじめたものだ。

知識で得たテクニックが頭から抜けて役に立たないのなら、せめて彼が望むがままに貪られなくてはと思うのに、これから愛のない行為をすることに、抵抗を覚えるのだ。

純潔を散らせることが惜しくなったからではない。

この魅惑的な男に、愛されて抱かれるわけではないことが、悲しくなったのだ。

凜風の脚はいよいよ大きく開かれ、なにか熱く大きなものが秘処に触れた。

凜風が本能的な恐怖を感じてわずかに身を竦めさせた直後、今まで指を差し込まれていたそこに、大きな熱杭が押し込まれ、裂かれそうな痛みに声を上げてしまう。

御子神は動きを止めると、訝しげに口を開いた。

「まさか、……処女なのか？」

「ち、違います！」

言い当てられた凜風の声は、動揺するあまり裏返ってしまった。

それで察したらしい御子神は、長いため息をついて言った。

「……処女を、見ず知らずの男にやるな」

御子神は身体を離して立ち上がり、浴室へと向かった。

きっと、完全に凜風の身体に興味をなくしてしまったのだ。

もしかすると、処女は嫌いだったのかもしれない。

凜風は薄い掛け布団を身体に巻きつけると慌てて後を追い、鍵がかけられた浴室の外から叫んだ。

「お願いだから続けて！　あなたに気に入ってもらえないと、お父さんが戻ってこれなくなるの！」

水音は止まることがない。

これは……凜風の言葉など聞くものかという、拒絶のアピールなのだろうか。

「あなたの力が……必要なの！」

しばらくして水音が止まると、カチャリと音がしてドアが開いた。

濡れ髪をタオルで拭き、セクシーさをさらに強めた御子神が出てくる。

バスローブを着ているが、筋肉質の逞《たくま》しい肉体をしているのがよくわかった。

(右肩から胸のところにあるのは、入れ墨？)

黒一色だが、杖のようなものに一匹の蛇が巻きついていて、象徴的だ。

まるで悪魔の刻印かのような不気味さはあるが、不思議と彼の雰囲気にマッチする。

(どんな模様であれ、入れ墨をしているなんて、やっぱりヤクザなんだわ……)

御子神は前髪を掻き上げると、黙り込んだままの凜風に苦笑してみせた。

「俺に迫ったのはお前の父親が関係しているからなのか？　訳ありなら事情を話せ」

凜風の声は届いていたらしい。凜風はこくりと頷いて語りはじめた。

「わたしの父は弁護士で、法律事務所を構えているんですが……」

「普通の言葉遣いでいい。敬語は面倒だ」

「……わかったわ。一ヶ月前、広告代理店で働いていたわたしに、父の事務所で弁護士をしている兄から電話がかかってきたの」

『凛風、大変だ。父さんが倒れて昏睡状態なんだ』

倒れた原因は、心労による持病の悪化だった。

聞けば、数週間前から事務所にヤクザたちが押し掛けてきて、室内を荒らされるなどの嫌がらせを受けていたのだという。

ヤクザたちの目的は父の事務所を畳ませることだった。命までは取らないとは言われたものの、嫌がらせは従業員たちの家族にまで及び、みんな怖がって辞めてしまった。

その上、ヤクザが頻繁に出入りするせいで、事務所には反社会的勢力との繋がりがあるという悪評まで立ち、仕事の依頼は次々にキャンセルとなり、そんな中、父が倒れたのだ。

このままでは事務所を畳むことになってしまうと、兄は凛風に告げた。

『本当は凛風を巻き込みたくない。だけど父さんが倒れた今、僕ひとりの力では事務所の存続が難しい。凛風、父さんの事務所を守るために力を貸してくれないか』

「――退職して兄と力を合わせて頑張っているけれど、今も毎日のように事務所にヤクザが来て、嫌がらせは続いているの」

「……で、今日は別のヤクザに絡まれていたと？　ヤクザに好かれやすいのか、警戒心がなさすぎるのか」

「それは、疲れてたから……。今度からは気をつける。でも、助けてくれてありがとう」

凜風が改めて礼を述べると、御子神は腕組みをしていた手を軽く上げて応えた。

「あいつらとは初対面だったようだが、事務所に来ているヤクザはどこの組の者だ？」

「知らない。組も名前も。お父さんがヤクザと関係があるなんて聞いたことないし、調べたけどそういう案件もなかった」

「とすれば、誰かに雇われてでもいるのか」

「多分。事務所を畳めって言うからには、お父さんに対して恨みがある誰かの差し金だと思うんだけれど……。見当なんてつかないし」

ため息をつく凜風に、少し考え込んでいた御子神は怪訝な顔を向けた。

「しかしお前の兄は弁護士なんだろう？　恐喝や器物損壊、業務妨害を受けているんだ。お前が奔走しなくても、法的な措置がとれるはずじゃないか。父親だって倒れる前に動かなかったのか？」

その問いに、凜風は微妙な表情をして口を開いた。

父は放っておけばそのうち鎮まると楽観視していて、なにも手を打たなかったこと。

雇用していた弁護士が、耐えかねて法的措置をとったが、なぜか大した抑止力にならななかったこと。

逆に報復を受け、家族がひどい目に遭わされて退職したこと――

「わたしの兄は頭はいいけれど、弁護士になりたてだから経験が少ないの。ベテランの先輩弁護士ですらヤクザに負けたのに、兄が勝てるわけがない」

その上、気が弱く、優しい性格の兄は入院中の父や凛風になにかされたら困ると、すっかり臆してしまっている。

「警察も暴追センターも、積極的に動いてくれないし、父の知り合いの弁護士に頼んでも、うちの事務所の二の舞になることを怖れて突っぱねられた」

家族ぐるみの付き合いがあった、父の親友の弁護士ですら力になってくれなかった。

『凛風ちゃん。悪いことは言わない。事務所はすぐに畳んで遠くに行った方がいい。事務所が潰れるという目的さえ果たせば、ヤクザたちが凛風ちゃんや涼《りょう》くんを深追いすることはないだろう。お父さんが目覚めたら、またみんなで一からはじめればいいじゃないか』

そう言われても、父の命ともいえる事務所を、父の意向も聞かずに畳むなど、できるはずもなかった。

しかも、ヤクザが絡む悪徳弁護士という汚名を着せられたままでは、どの地でも再出発は難しいだろう。

父の親友で同業者なのに、簡単にそんなことを口にする彼を恨めしく思ったからこそ、凜風は固く心に誓ったのだ。

どんなことをしてでも、父の事務所を守ると。

「父はわたしの誇りなの。ヤクザなんかに負けずに、事務所を守りたい。父が安心してまた戻ってこれる場所をなくしたくないの！」

父は必ず帰ってくるのだから――強い思いを御子神にぶつけると、彼は静かに呟く。

「だから、靴擦れを起こすほど歩き回っていたのか。事務所と父親を救える弁護士を探して」

なぜ靴擦れのことを知っているのかと思ったが、愛撫で足に口づけられたことを思い出す。

その時に気づかれたのだろう。凜風は妙に気恥ずかしくなり、咳払いをしてから答えた。

「……ええ。もちろん弁護士だって人間だし、自分の名誉や事務所を守りたいのはわかる。だけど、本当に困っている人たちを救うのが弁護士の仕事じゃないの？　少なくともわたしは、父の姿を見てそう思っていたわ。でも実際、そんな正義の味方はどこにもいなかった」

しばし沈黙が流れる。やがて口を開いたのは御子神だった。

「……なぜ俺が欲しいと？」

「ヤクザたちがあなたを怖れたからよ。あなたには力がある。きっと、どこかの組の偉い人なんでしょう？　あなたなら弁護士とは違った形で、ヤクザを抑えられる……そう思ったから。そのための対価なら、なんでも支払う覚悟よ」

凜風は御子神の腕を掴んで、必死に訴えた。

「助けてください。あなたの力が必要なの。処女が嫌いなら、わたしどこかで……」

「その必要はない」

御子神はきっぱりと言い切った後、ため息をついて気だるげに尋ねた。

「……お前の父親の名前は？」

「倉下誠《まこと》」

その瞬間、切れ長の目が驚きに見開かれた。

「だったら……お前の名前は？」

わずかに掠れたその声に、訝りながらも凜風は答える。

「凜風。倉下凜風よ」

すると御子神は瞳を激しく揺らしながら、なにかを言いたげに口を開いた。

しかし、そこから言葉は出ない。

代わりに御子神はその表情を、見ているだけで胸が締めつけられそうなほどに切なげなものへと変えた。

それは喜びのようでもあり、苦しみのようでもあり――

しかし怪訝な面持ちの凜風を見ると、口を引き結んで目を瞑《つむ》り、乱れた呼吸を整えてしまった。

「父やわたしを知っているの？」

凜風の問いには答えず、御子神はゆっくりと目を開いて凜風に言った。

「俺が欲しいなら、条件が三つある。……まずはこの先、他の男がどんなにお前の身体を求めても、絶対に差し出すな。誘うのは俺だけにしろ」

「……え？　わ、わかったわ」

まるで独占欲のような条件だ。凜風は気の抜けた返事をしてしまう。

「次の条件は……とりあえず寝ろ。化粧がはげて、すごいクマが見えている」

なぜ化粧がとれたのかを思い出し、凜風は今更のように真っ赤になって手で顔を隠す。

「第三の条件は、お前が起きてから言おう」

「でもわたし、あまり眠れなくて……」

「俺が眠らせてやるから」

御子神はそう言うと、凜風を横抱きにして寝室に連れていった。

凜風は再びベッドの上に横たえられ、御子神はその隣に寝転ぶ。

てっきりセックスを再開するのかと思いきや、彼は凜風をぎゅっと抱きしめた。

……ただそれだけだった。

「寝ろ。せめて俺がいる時くらいはゆっくりと。ひとりで……よく頑張ってきたな」

彼にとってはただの慰めの言葉だったのだろう。しかし凛風はその言葉によって、強くあろうと緊張し続けていた心身が解《ほぐ》れ、涙腺が崩壊してしまった。ぼろぼろと流れる涙が止まらない。

「大丈夫だ。お前の父親は死なない。事務所も潰れない」

御子神は薄く笑って、指で凛風の涙を拭った。

本当はこうやって誰かに、ただ抱きしめてもらいたかったのだ。

憂うことなどなにもないのだと、安心させてほしかった。

赤子をあやすように、ぽんぽんと優しく背中を叩かれる。

「必ず、またみんなが笑顔になれるから。昔のように」

御子神の声が心地いい。次第に、とろとろと微睡《まどろ》んでくる――

「似ていると思った……。だから、初めて女の誘いに乗ったんだ。それがまさか本人だったとは……」

くつくつと愉快そうな笑い声が響き渡る。

「会いたかった。……凛風」

そう耳元で囁かれた時、凛風は既に夢の中だった。

だから——しっとりと重ねられた唇にも気づかなかった。

第一章　法曹界の悪魔

都内。閑静な文教地区の一角、ビルの一階に『倉下法律事務所』はある。

凛風の父が、亡き母との思い出が深いという理由から、この場所で仕事をはじめて三十年。

四人の精鋭弁護士と三人の事務員が在籍し、日中は相談に訪れた依頼人の応対に忙しい——それが事務所の日常の光景だったが、今では所長代理を務める凛風の兄と事務員の凛風のふたりだけしかおらず、見る影もない。

そんな事務所に、足繁くやってくるのは、今となってはヤクザだけだ。

金髪のライオンヘアをした兄貴格の男と、若いチンピラ風情《ふぜい》の三人の子分たち。四人は棚や机にあるファイルや書類を散乱させて、好きなだけ暴れた後はお決まりの捨て台詞《ぜりふ》を吐いて去っていく。

『いいか、今日中に事務所から出ていけよ。明日またこの時間に、確認しに来るからな』

しかし今日、予告された時刻を過ぎても四人はやってこなかった。

こんなことは初めてだ。来ないに越したことはないが、焦らすことで、なにか良からぬことを企んでいるのではないかと邪推してしまう。そうなると、諸手を挙げて喜ぶこともできない。

「ねぇ、凛風。ヤクザが来ないのは、ここから出ていかない僕たちに根負けしたからだと思う？」

凛風の三歳違いの兄、涼が、壁掛け時計を見ながら妹に問う。

凛風とよく似た整った顔立ちだが、妹より柔和で優しげな雰囲気を持つ。

「どうだろうね。黒幕とか上司とかと、わたしたちを追い出すための作戦会議をしているのかも。でも大丈夫よ。またわたしが昨日みたいに、竹箒《たけぼうき》を振り回して追い出してやるから！」

凛風の席の背後には、大きな竹箒《たけぼうき》がたてかけられている。それを見た涼が、不安げな声を出す。

「もしかして、竹箒《たけぼうき》に対抗して今度は銃とか用意してくる気かも……。今のうちに、僕もホームセンターで頑丈そうなフライパン、買ってきた方がいいかな」

「さすがに貫通するんじゃない？」

「だよね、あはははは。はぁ……」

涼は物騒な話に空笑《そらわら》いをした後、大きなため息をついた。

「でも、最近はあのヤクザたち、片付けやすい場所を荒らすよね。最初は窓割られたり、色々な備品を壊されたのに。脅してはくるけど、僕たちに怪我をさせないし、すぐに帰ってくれるようになったし。前は不定期にやってきたのに、今は次回の時間指定して、その時間にきちんと顔を出す。毎日顔を合わせているがゆえの良心の芽生えかな。このまま丸く収まらないかな」

平和主義者で温和な性格の涼にとって、大嫌いな暴力行為に怯える生活は苦痛だろう。なにかを信じ、救いを求める気持ちは凛風もわかるが、毅然として悪と対峙しなければならない場合は頼りない。

ましてや涼は弁護士だ。法の知識や優しさがあっても、依頼人の問題を解決する実行力と経験、勇猛さに欠けていれば、弁護士としては失格だ。これを機に殻を破ってほしいと凛風は思っている。

「涼兄《りょうにい》は甘い！　悪と馴れ合ってどうするのよ。わたしたち家族も、元従業員たちも、ヤクザたちから精神的損害を被《こうむ》って、物品も壊され営業妨害を受けているのよ。誰かがわたしたちをはめようとしているのなら、法の専門家らしく、現実的に、厳しく対抗しないと！」

そうは言うものの、涼もただ椅子に座って現実逃避しているわけではない。

ヤクザが来ても来なくても、法律事務所としてしなければいけない通常業務はあるし、大方の依頼をキャンセルされても、他に引き受け先がないような厄介な案件は残っている。

それを解決に導かなければ、凜風たちを見捨てた他の弁護士と同じだ。

父の事務所の弁護士は、涼ただひとり。それでなくとも処理に不慣れで、色々な判例などを調べながらの仕事は時間がかかるのに、それをヤクザに邪魔され、集中力を乱されているのだ。

睡眠不足で目を赤く充血させながら、それでも投げ出さずに懸命に仕事をしている姿は、父を彷彿させるもので、凜風は涼を鼓舞こそすれ、情けないと見下す気持ちになることはなかった。

むしろ兄の力になれない自分が口惜しい。

父と事務所がこんな事態になると予見できていたら、せめて法律関係の会社に就職して、事務員としてのイロハを学んでいたのに。

凜風たちの父である倉下誠は刑事事件を得意とし、どんな苦境に直面しても、依頼人の権利を守るために戦い、必ず勝利する無敗の、正義の弁護士として有名だった。

父に憧れる新米弁護士や恩義を感じる者たちは多く、幼くして母親を事故で亡くした凜風たちにとっては、愛情を注いで笑顔で育ててくれた、優しく尊敬すべき父親だった。

『この弁護士の金色のバッジはな、ヒマワリの中に天秤があるデザインなんだよ。ヒマワリは正義と自由、天秤は公正と平等を意味している』

父はよく、背広の襟につけている金の記章《バッジ》がどういうものか、教えてくれた。

『お前たちや、お前たちの大切な人が疑いをかけられて困っている時、このバッジをつけたお父さんたち弁護士は、たとえたったひとりになっても味方となり、守れるように最善を尽くすから』

幼い頃より、父からそう聞かされていた凜風は、父に感化されて、弱き者を守るために戦おうとする果敢な性格になった。対して兄は、弱き者に手を差し伸べる優しい平和主義者になった。

本当は兄とともに父と同じ弁護士の道を歩めれば良かったのだが、暗記が不得意な凜風は、あの分厚い六法全書を見ただけで気分が悪くなり、自分には適性がないと断念したのだ。

凜風は大学進学を機に独り暮らしをはじめ、大学卒業後、平凡な会社員になった。

相次ぐ従業員の辞職に追い詰められた兄の要請で、就職して七年目になる会社を先月退職し、父の事務所で無給で働き出した。今は事務所から目と鼻の先にある、実家のマンションに居候《いそうろう》している。

(仮にヤクザの出入りを抑えられたとしても、今ある案件を早く終わらせて成功報酬を貰うか、新規の仕事を増やして処理していかない限り、事務所が潰れてしまう)

そのためには、もっと処理に慣れたベテラン弁護士が欲しい。涼ひとりでは重荷だ。

どうすればいいだろうと、黙したまま色々と考えていると、不意に涼が話しかけてきた。

「ところで凜風。前にはぐらかされた、五日前の無断朝帰りのことなんだけれど……」

単刀直入に切り出され、凜風の心臓がどきんと跳ねた。

「誰とどこで過ごしていたの？」

この話題になると、普段は温和に笑う涼のコメカミに青筋が浮かび上がる。

「だから、ストレス発散したくて立ち寄った居酒屋で、意気投合した集団とオールで……」

「オールで遊んでいたら、クマもとれて元気になれるんだ、へぇ……？」

いつも妹の背に隠れる兄のくせに、こういう時は父代理の威圧感を放つシスコンに変身する。

「別にいいんだよ、凜風にそういう相手がいても。だけど僕に紹介はしてほしいな。誠実に想い合っての交際なら反対しないし。こんな状況だからこそ、相手にはきちんとしてもらいたいんだ」

（これって……結婚する意思があっての真面目な付き合いかを確認したいということよね。ヤクザを買うために身体を捧げていたなんて告白したら、涼兄、卒倒しちゃう）

改めて思えばずいぶんと大胆なことをしたと思う。だがあの時は、それしか術《すべ》はないと思ったのだ。未遂だったとはいえ、この件は絶対に黙秘を貫かねばならない。

「だ、だから。そんなんじゃないんだって。大学のサークルのノリで盛り上がって……」

「だったらその居酒屋と集団を教えてよ。僕も行って元気になりたいから」

「み、みんなの素性がまったくわからないから、もう会えないわよ」

そう、もう会えない——

『寝ろ。せめて俺がいる時くらいはゆっくりと。ひとりで……よく頑張ってきたな』

久しぶりにぐっすりと眠った凜風が目覚めた時、御子神はもういなかった。

結局、彼のスカウトは失敗に終わり、安眠している間に逃げられてしまったのだ。

とはいえ、ホテル代は支払い済み。御子神は、あの場限りの関係で終わらせ、姿を消した。

（条件その三とやらを聞いてみたかったなあ……）

ヤクザのくせして、身体を労わり励ましてくれる、変わった男だった。

『誘うのは俺だけにしろ』——もう二度と、会う気などなかったくせに。

彼の唇、舌、指……その感触も、彼の熱い吐息も、まだ身体から抜けない。

一夜で消えない熱は、しっかり刻まれたままだ。

割り切ろうと思っていたはずなのに、なぜこんなにもあの男を忘れられないのか。

初めての快楽を植えつけた男だから？　それとも——

（あれは夢よ。だからすべて消えたの。現実にはありえない、夢幻《ゆめまぼろし》……）

そして夢から覚めた現実は、かなりシビアだ。あれだけ詳しく事情を話したのに、凜風が眠っている間に黙って姿を消したのは、関わりたくないという意思表明だろう。

御子神の痕跡が身体に蘇るたび、彼に見捨てられた事実が深く心に突き刺さる。

ヤクザに対抗できる唯一の手段を見つけたと喜んでいただけに、御子神を失ったその空虚さは、甚大なダメージを凜風に与えている。

(今日ヤクザが現れないのが、過酷な展開の兆しだったとしたら、どうやり過ごせばいいの？)

兄の手前、強気でいるけれど、不安で仕方がないのだ。

竹箒《たけぼうき》一本で今後も乗り切れるとは思えない。

あの夜だって、御子神が現れなかったら、自分は簡単に拉致されてひどい目に遭っていた。それくらい非力だと思い知ったのだ。

自分の身を守れる強さも法の知識もないのに、ただの虚勢だけで兄と事務所は守れない。

わかっているのに、然るべき術《すべ》が見つからない。

どうすればいい？　どうすれば、八方塞がりのこの状況を打開できる？

(リスク覚悟で、またあの界隈を歩いて、彼が現れるのを待ってみる？)

凜風が握った拳に力を込めた時、涼のパソコンからメールの受信音が鳴った。

涼はメール画面を見ると、やや興奮気味に妹に問いかける。

「凛風……、昔、鏑木《かぶらぎ》さんの家で遊んだ、マホちゃんを覚えてる？」

鏑木とは、事務所を畳んだ方がいいと助言した、父の親友の鏑木毅嗣《つよし》弁護士のことだ。

鏑木家は代々続く法曹一家で、明治から続く旧家でもあり、毅嗣はその現当主だ。

苦学生だった庶民の父とは大学時代に知り合い、親友になったと聞いている。互いの結婚後も〝牡丹《ぼたん》御殿〟と名高い、色取り取りの牡丹《ぼたん》が咲き乱れる鏑木家本家に招かれ、家族ぐるみの付き合いがあった。

「マホちゃん……？　離れにおばあちゃんと住んでいた、あの美少女の？」

「そう、あのマホちゃん。彼女から今、会社の代表アドレスにメールがきた」

「なんですって⁉」

鏑木マホ――マホちゃんは涼と同い年で、鏑木家長男、鷹仁《たかひと》の双子の妹だ。

れっきとした長女であるのに、なぜか祖母とともに離れに住まわせられ、両親や鷹仁がいる母屋への立ち入りを禁じられていた、訳ありの神秘的な美少女だった。

当時、鏑木家からは鷹仁だけが紹介され、父も凛風たちも長女がいるとは聞いていなかった。鏑木家を訪ねると、両家の子供たち三人は別室で遊ばされたが、鷹仁はにこやかで優等生風な外面とは裏腹に性悪だった。

気の弱い涼は鷹仁のターゲットになり、言葉だけではなく、蹴られたり抓《つね》られたりと暴力をふるわれていた。

凜風はそんな涼を庇い、鷹仁とよく喧嘩をしていたのだが、鷹仁の外面の良さのせいで親たちから怒られるのはいつも凜風ばかり。

それでも凜風の父だけは真相を見抜いていたらしく、帰りに立ち寄ったレストランではよく、大きなパフェを兄妹ふたりに食べさせてくれたものだった。

兄妹にとって鷹仁は大嫌いな相手であり、大人になった今でも涼がヤクザに対して毅然と振る舞えないのは、鷹仁から受けた暴力行為がトラウマになっているからだ。


凜風が十一歳だった十一月のある日、鷹仁の手から逃れて涼と手洗いに行った帰り、ふたりは鏑木の屋敷で迷ってしまった。

どう歩いても、両親たちがいる母屋の部屋が見つからない。

途方に暮れていた時、庭の赤い牡丹《ぼたん》を手折《たお》って口づけていた、赤い振り袖姿のマホと出逢った。

透き通るような白い肌に、背で切り揃えられた艶やかな黒髪。

日本人形風の美少女で、凜風はすぐに目を奪われた。

当時の凜風にはマホの姿が、大好きな白雪姫みたいに見えた。

だからこそ、マホが今にも消え入りそうな危うさを秘め、目に光がないことが気になった。

鷹仁と双子という割にはあまり似ておらず、同じ直系でありながら、なぜか祖母とともに住まう離れから出てはいけないと言われているらしい。

その理由を尋ねても、顔に貼り付けたみたいな微笑を見せるだけだった。

部屋までの道を教えられ一度は去りかけたが、凛風は来た道を再び駆け戻ると、彼女の手を握って言った。

友達になろう。外に出られないのなら、凛風が会いにくるから楽しく遊ぼう。

初めて見せたマホの〝戸惑い〟。それが嬉しくて、それから凛風は鏑木邸を訪問するたびに問答無用で涼と離れに向かい、マホに会って遊ぶようになった。邪魔しにくる鷹仁は撃退して。

マホは凛風より年上なのに、俗世のことや言葉をよく知らず、凛風と涼は得意になって色々と教えた。

聡明なマホはふたりの話すことを瞬く間に知識として吸収し、次第に人間らしい表情を見せるようになった。一方で、マホは鏑木家にとっては忌むべき存在らしく、鏑木家の面々はマホと会う凛風たちに不快感を示した。

それを救ったのは、母屋にやってきたマホの祖母の口添えだった。彼女は認知症を患い、マホが世話をしていたのだが、この時ばかりは正気だったように思う。

マホを最後に見たのは、凛風が熱を出して鏑木の邸で倒れる前。

回復した凜風は父に会いにきた毅嗣から、マホが海外に留学したことを告げられたのである。

そしてそれ以降、凜風たちが鏑木家に呼ばれることもなくなってしまったのだ――

（マホちゃん……懐かしい。きっとすごい美人さんになっているんだろうな）

マホを思い出そうとすると、なぜか頭がチリチリと痛み、鮮やかな赤色が脳裏を巡る。

無声音の場面の中で、赤い着物姿のマホがなにかを言っている。

奇妙なことに、その光景が思い浮かぶと、なぜか怖くなって戦慄を覚えてしまうのだ。

（なんなのかしら。あんなに慕っていたマホちゃんなのに……。最後に見たのが熱を出していた時だから、きっと怖い夢と現実を混同してしまったのかも）

マホと会わなくなって、十八年。記憶から抜け落ちていた相手からの突然のメール。

涼によれば、マホは七年前から弁護士をしているらしく、この事務所の噂を聞いて力になりたいと言ってくれているのだという。いつでもいいから、話を聞きにここに来たいと。

ぱあっと凜風の目の前が明るくなった気がした。

「涼兄、マホちゃんが救世主になって帰ってきてくれた！　マホちゃんが助けてくれるかも！　今から会おうよ、すぐに来てもらえるよう返信して！」

「わかった！」

涼の顔も興奮によって紅潮し、キーボードを叩く音も軽やかだ。

「……ちなみに。初恋相手だからって、浮かれないでね。七年も弁護士をしているマホ先生は、涼兄の先輩なんだから！」

途端に、キーボードを打つ手が止まる。

「は、初恋って……」

涼はわかりやすく真っ赤になって、その目を泳がせた。

「え⁉　ばれてないと思ってたの？　十一歳のわたしですらわかったのに」

驚く兄を尻目に、凛風はふと思った。

もしも兄とマホが結婚してくれたら、大好きだったマホとは姉妹になれると。

今度はあんなに狭い箱庭ではなく、広い外界を楽しみながらずっと一緒にいられる。

（未来に希望ができたわ。まずはこのトラブルを解決するのが先決だけど、これをきっかけに涼兄とマホちゃんの仲が深まるように取り持たなくちゃ！　こっちも頑張るぞ！）

凛風は微笑み、心の中でガッツポーズをするのだった。

◇

『立てば芍薬《しゃくやく》、座れば牡丹《ぼたん》、歩く姿は百合の花』という美人の形容詞があるが、まさしくマホがそうだった。優しく淑《しと》やかで品がある物腰、穏やかな口調は凜風の理想そのもの。

はじめこそ、マホの小さな世界に突然割り込んできた凜風と涼にびくついていたけれど、ふたりに心を開いていくにつれ、初めて嗅いだ牡丹《ぼたん》の花の香りのような上品な艶やかさも漂わせるようになった。

学校には通っていなかったが、一緒に住む祖母から読み書きのほか、常識的な知識や礼儀作法を学んだという。

マホは、凜風と涼が外界から持ち込むものに興味津々だった。

『はい、マホちゃん。あーん。これね、凜風が大好きなイチゴのアメ。美味しいでしょう？』

『まあ、本当に美味しい！　……ねぇ、凜風ちゃん。その小さい箱はなあに？』

『これはねー、トランプっていうの。マホちゃん、今日はこれで遊ぼうよ！』

そして順応力も高く、頭も良かった。

『神経衰弱もババ抜きも、またマホちゃん、涼兄に勝っちゃった。すごい！』

『僕、記憶力だけは自信があったのに』

『ふふ、迷ったら、涼くんの目を見ると、正解がわかっちゃうのよ』

次回から、涼はサングラスを持参したが、それでもマホにはボロ負けだった。今度は眉毛の動きでわかったのだとか。涼がわかりやすいのもあるが、それ以上にマホは観察眼に優れていた。

『凜風ちゃん、牡丹《ぼたん》によく似たこっちの花を芍薬《しゃくやく》というのだけれど、違いはどこかわかる？』

多弁の大きな花はそっくりで、凜風には見わけがつかなかったが、マホ曰《いわ》く、牡丹《ぼたん》の方が茎が太く、葉はギザギザしていて、蕾は尖っているのだという。

『普通、牡丹《ぼたん》は初夏に花を開くけど、この家の牡丹《ぼたん》には寒牡丹《ぼたん》という秋咲きのものや、冬牡丹《ぼたん》という冬咲きの牡丹《ぼたん》があるの』

そしてマホは少し口籠もりながら、どこか必死に言葉を続けた。

『季節が変わっても別の牡丹《ぼたん》が綺麗で……。だから……もし良かったら……』

『うん！　ずっと一緒に牡丹《ぼたん》の花を見ようね。涼兄も！　みんなで指切り、約束ね』

表情が豊かになったマホは、凜風の返答に心から嬉しそうに微笑んでいた。

マホの膝の上が凜風の特等席になると、マホはおずおずと凜風を抱きしめてくれるようになった。字の練習と称して、マホに本を読んでもらい、マホの身体と声に包まれるひとときは至福。

だからこそ別れ際になるといつも、凜風は大泣きし、涼ももらい泣く。困ったように笑うマホに背を押され、次も絶対会いにいくからと何度も約束して、時間を告げる使用人と母屋に戻ったものだ。

手を振る凜風が見えなくなるまで、マホはずっと離れから見送ってくれた。

そう、今にも泣き出しそうな悲しげな顔をしながら——

いつからマホは、自分が外国に行くことを知っていたのだろう。

雪が降ったあの日、熱で倒れなければ、マホから別れの言葉を貰っていたのだろうか。

『凜風ちゃん、涼くん、いらっしゃい』

あの笑顔が、突然見られなくなるなんて。

赤い唇で赤い牡丹《ぼたん》に口づけしていた、赤い着物姿のマホ。

まるで血のような赤色を愛《め》でたマホ……

そこまで考えた時、頭がちりっと痛んだ。

今までマホのことを忘れていたのに、やはり思い出そうとすれば頭痛がする。

でもきっと、大人になったマホに会えば、そうしたものはすべて解消できるだろう。

涼がメールでやりとりをして数時間後、マホは事務所に来ることになったのだ。

「落ち着けよ、凜風」

「そういう涼兄こそ、うろうろしないで所長代理としての貫禄見せて、どしりと座っていてよ」

兄妹揃って、気もそぞろである。

約束の時刻まであと十五分というところで、入り口で物音がした。

「マホちゃんがもう来たんだわ！」

凛風は涼と見合わせた顔を輝かせた。

どんな女性になっているだろう。たとえド派手になっていようと、体形が変化していようと、昔の面影がなくなってしまっていようと、マホであるのなら関係ない。

（マホちゃんに会える！）

凛風は童心に返り、全速力で入り口へ駆けた。

曇った硝子の奥に人影が見える。

早く入ってくればいいのに、もじもじしているあたり、マホは変わっていない。

まだ再会していないというのに、堪えきれぬ感動に涙腺を緩ませながら、凛風はドアを開いて、笑顔で歓迎した。

「いらっしゃい！　マホ……」

「歓迎ありがとよ、姉ちゃん」

そこにいたのは——ヤクザだった。

しかもいつものライオンヘアの男ではない。見るからに極悪そうな顔をした見知らぬ男だ。スーツ姿にサングラスという古典的なスタイルで、修羅場慣れしていそうな四人の男を連れている。

男には今までのヤクザがしてきたことが子供の遊びと思えるほどの、暴虐的な威圧感があった。それに相対した凜風の顔は強張り、血の気が引いていく。

そんな凜風の横を擦り抜けて、彼らは凄みながら中に入ってくる。

（ああ……これは最悪な予想通り、悪夢のような展開になるかも）

電話もスマホも近くにない。涼が中にいる以上、ひとり外に助けを求めにいくわけにもいかない。

サングラスの男が指を鳴らすと、背の高い子分が肩に背負っていたなにかを床に叩き付けた。

小さく呻いたそれは、ライオンヘアの男だ。顔が腫れ上がっている。

その凄惨な姿を見て、凜風は思わず両手で己の口を押さえて、震え上がった。

サングラスの男が言う。

「一ヶ月経ってもこの事務所を潰せず、お前たちを追い出すこともできず、言い訳ばかり。これからはこいつ……有村《ありむら》に代わり、鮫邑組《さめむらぐみ》の若頭、この新谷《しんたに》がやらせてもらう」

（わ、若頭⁉）

「痛い目に遭いたくなかったら、ここからとっとと出ていけ！」

新谷が怒鳴り、再度指を鳴らしたのを合図に、男たちがさっと動く。彼らは鉄パイプのような凶器を取り出すと、それを振り回して室内を壊しはじめた。

「やめて、やめてよ！」

凛風の絶叫は、破壊音に掻き消される。

今までが平穏すぎたのだ。涼が言っていたように、ライオンヘア……有村にも幾許《いくばく》かの良心があり、あれでも抑えてくれていたのかもしれない。

新谷たちには良心も躊躇《ちゅうちょ》もない。ただの破壊者だ。

壊されていく。父が大事にしてきたものすべて、再生不可能なまでに。

（なんとか、しなきゃ……なんとか！）

「やめろおおおお！」

涼が叫び声を上げてひとりの男を止めに入るが、簡単に突き飛ばされ壁に背を打ちつけた。

「涼兄！」

凛風は走り寄り、涼を介抱しながら、ただカタカタと震えて傍観することしかできなかった。

なぜこんなことをされないといけないのだろう。

なぜこうした輩《やから》を抑えることができないのだろう。

自分に揺るぎない絶対的な力があれば、大切なものを守ることができるのに。

（動け。動け、わたしの足！　動くの！）

自身を叱咤して、震える足が少しだけ動いた、その時だった。

なにかが飛び込んできた——そう思った瞬間、破壊者たちは当て身を食らい床に倒れていく。

「なにをしてるんだ、阿呆が！」

そう怒声を上げて、新谷の手を背後に捻り上げたのは、漆黒をまとった男。

冷静さと非情さを際立たせるかのような眼鏡。固められた髪。

「お、お前……まさか御子神⁉　どうしてここに！」

吸い込まれそうなほどに魅惑的な銀青色《シルバーブルー》の瞳。

御子神だ。

もう二度と会うことはないと思っていた男が、ネクタイを締めたダークスーツ姿で、ヤクザを倒してここにいる。

「お前に説明する義理はない。俺が一番嫌うのは、素人相手の暴力行為だ。鮫邑組の若頭と聞こえたが、ここはお前らの界隈《シマ》じゃないだろう。組の休戦協定を破って戦争でもする気か？」

「ち、違う。これは仕事《シノギ》で……」

「個人的な理由でないのなら、誰からの依頼でこの事務所を潰そうとしている？」

「い、言えるわけがないだろうが！　く、組の信用……沽券《こけん》に関わる！」

「ほう。言えない上得意がいるわけか。では組長《オヤジ》に伝えておけ。近々御子神が訪ねると。

もしそれを拒んだり、今後もこんなことを続けたりするのなら、俺が相手になる。今後一切、鮫邑組の者は助けないし、過去の表沙汰にしたくない件が流出する覚悟をしておけと」

「ヤ、ヤクザを脅すの……イテテテテ！」

きりきりと腕に力を入れられ、新谷は悲鳴を上げた。

「それがいやなら、即刻全員、ここから立ち去れ！」

御子神の迫力ある威嚇に身を竦ませた新谷は、床でのびている男たちを蹴り飛ばして覚醒させると、有村を担いで一目散に出ていった。

「み、御子神さん⁉　ど、どうしてここに？」

御子神は、凛風の動揺した声に軽く笑ってみせると、背広の内ポケットから黒革の名刺入れを取り出した。そして引き抜いた名刺をぴんと指で弾《はじ》いて、凛風に投げ寄越す。

その名刺には――

『MK Law Office　弁護士　御子神真秀』

「べ、弁護士⁉」

思わず声を上げた凛風に、御子神は己の襟元につけている、金色の記章《バッジ》を指さした。

ヒマワリの中にある天秤の模様。それは間違いなく、弁護士だと証明するものだ。

「ヤ、ヤクザじゃないんですか⁉」

あまりの驚愕に、凜風の声がひっくり返ってしまう。

御子神はそんな様子を愉快げに見つめながら、凜風に告げた。

「残念だが違う。ヤクザやアウトローを含め、社会的弱者を守る側の者だ」

ようやく身体を起こした涼は凜風の手にある名刺を見ると、声を上げた。

「この珍しい苗字――まさか、〝法曹界の悪魔〟⁉」

すると御子神は、にやりと口角を吊り上げて笑った。

「よく知っているな。そう呼ばれることもある」

「ほ、本物……」

涼は、興奮と恐怖をない交ぜにした表情で固まった。その理由がわからない凜風は、涼の身体をゆさゆさと揺さぶりながら、説明を求めた。

涼曰《いわ》く、法曹界には、どんな難しい案件でも必ず勝利するが、その強引さと非情さから怖れられる、ふたりの若手辣腕弁護士がいるという。

ひとりは〝法曹界のプリンス〟。由緒ある法曹一家に生まれたエリート御曹司で、手段を選ばずに勝利するところから冷血漢とも言われているらしい。

「そしてもうひとりが〝法曹界の悪魔〟。凄腕の検事だったのに突如弁護士に転身し、草薙《くさなぎ》組というヤクザの顧問弁護士を務め、二年前に組が解散してからは合同事務所に移り、反社の者たちの駆け込み寺的な存在になってるって聞いたことがある。裏社会の守護神として、ヤクザたちからも畏怖されている異色の弁護士……父さんも一目置いていたから余計記憶に残ってるんだ。それが、御子神弁護士……、あなたで？」

御子神は否定せずに、薄く笑っている。

（元……ヤクザの顧問弁護士……。裏社会の守護神……）

御子神にアウトローの香りがしていたのは、そうした経歴が関係するのかもしれない。そんな経歴があるがゆえの『悪魔』という通り名であり、彼に守られているヤクザは頭が上がらないのだろう。

考えてみれば彼は一度だって、自分のことをヤクザとは言っていない。ヤクザが彼を怖れる理由を聞いたわけでもない。凜風が勝手にそう思い込んでいただけだ。

（でも入れ墨があったわよね。弁護士も入れ墨ってしていいのかしら……）

彼自身ヤクザでないとしても、反社的な思想があるのかもしれない。そんな男に、正義と自由、公正と平等を意味する弁護士バッジをつける資格があるのか、よくわからないけれど。

ただ――それならば、なぜここに御子神が現れたのだろう。

（あの時は名前しか告げなかったのに、わざわざ事務所を調べて、助けにきてくれたの……？）

しかし、兄の涼はまったく正反対のことを考えていたようだ。

「ヤクザたちを守る、有名なやり手弁護士さんがここに来たなんて、うちに来ているヤクザの弁護人を引き受け、示談交渉でもするつもりですか？　父も僕たちもあなたとは面識がないはず」

涼は、凜風と御子神の関係を知らない。だから、誤解するのも当然だろう。

説明をしようとした凜風を背に隠して、涼が続ける。

「ヤクザが来た直後にあなたが登場した。それを偶然だと言われて信じるほど、バカではないつもりです。助けたふりをして僕たちを信用させ、その実はあのヤクザたちとグルなんじゃないですか？」

（確かにタイミングが良すぎるわ。でも、まさか……）

「御子神弁護士。妹と僕は情報を共有している。妹は確かに弁護士を探していましたが、今まで妹の口からあなたの名前は出てこなかった。いつから妹と顔見知りで、なぜここに来たのか理由を教えてください」

凜風は信じたかった。御子神との出逢いは本当に偶然で、彼は敵対する側の人間ではないと。

でも、もし、違ったら――

兄妹の緊張した視線を浴びながら、御子神は余裕めいた笑みを浮かべた。

「ほう。聞いていたのとは違い、気骨はあるようだ。頭も回るし弁も立つ。ただし、いまだ妹に関することのみ、のようだがな」

知ったような口調でそう笑うと、御子神は眼鏡を外し、固めた髪に指を入れた。

途端に、あの夜のような野性的な色香がぶわりと強まり、凜風の身体を熱くさせる。

御子神はゆったりと笑って言った。

「悪いが、俺はこの事務所潰しには一切関与していない。今日訪ねたのは、お前たちが、ここに来いと俺を呼んだからだ」

凜風は涼と顔を見合わせ、そしてふたり揃って首を横に振る。

呼んだのはマホであり、御子神ではない。

「まさか……！」

そんな声を放ったのは涼である。もう一度名刺を見ると、涼は恐る恐る御子神に聞いた。

「お名前は、〝みこがみ　まさひで〟さんか〝みこがみ　ましゅう〟さんですよね？」

「涼兄、突然どうしたの？」

凜風が怪訝な顔を兄に向けた時である。

「俺の名前は、〝みこがみ　まほろ〟。幼い頃はマホと呼ばれ、俺もそう名乗っていた」

（まほ……？）

凜風の心臓がいやな音をたてている。

鏑木家の長女のことをマホと呼んでいたのは、相手がそう名乗ったからだ。その名はどんな漢字で表すのかなど、確認する必要性すら感じてこなかった。

良からぬ予感に、凜風が引き攣った顔を御子神に向けると、彼は告げた。

「鏑木から、遠戚の御子神に養子に出され、今は御子神姓を名乗っている。昔は訳あって牡丹《ぼたん》御殿……鏑木本家で女として育てられ、祖母と本家の離れにいた。あの当時は声変わりがまだだったから、今とは声色も違うが」

他人にしては、あまりにも情報が正確すぎる。

「俺がメールの差し出し人。弁護士の、マホだ」

しかしあの頃のマホとは、あまりにもかけ離れすぎている。

涼はその場で膝をつき、涙声で独りごちている。

「違う。たまたまマホちゃんと同じ瞳の色をしているだけの別人で……」

「本名も書いていないあのメールで、よくマホだと信じて会おうとしたな。匂わせたとはいえ、あの返信……あんな大量のハートマークで大歓迎されるとは思わなかった。弁護士として人を信じるのはいいが、もっと慎重になった方がいいぞ」

さらに肩を落とす涼にくすりと笑い、御子神は、喜びと切なさを織り交ぜたような声で言った。

「十八年ぶりか。久しぶりだな、凜風、そして涼」

色香を漂わせたその顔は、少し照れ臭そうで、ほんの少しだけマホを彷彿させた。

『ふふ、凜風ちゃん、涼くん。いらっしゃい』

凜風の中で、奥ゆかしい美少女だったマホとの思い出と、〝義姉になってもらって家族になろう計画〟がガラガラと音をたてて崩れていく。

ありえない、こんな現実は。

大体、鏑木家の面々は、マホのことを長女だと言っていたじゃないか。家族ぐるみで次男を長女として育てるなんて、どんな特殊事情があればできるものなのか。

(古くから続く、閉鎖的な旧家だから？　いや、だけどそれにしても……)

『私も凜風ちゃんのこと、大好きよ』

「マホちゃんは、わたしがなりたい理想の女の子で……こんなダークな悪魔なんかじゃないわ。わたしのマホちゃんは清純乙女で、天使……そう、天使な美少女で……」

「そりゃあ残念だったな」

にやりと笑うのは、儚げな天使ではない。どこまでも不敵な笑みを浮かべる魅惑的な男だ。

(なにかの悪夢よ。マホちゃんが、アウトローみたいな男になって……しかもあんなことやこんなことをした相手だったなんて。なにもかもがショックすぎて、今にも倒れそう……)

しかし先に倒れたのは、

「僕のマホちゃんが……」

絶望的な表情を浮かべて、失恋に涙を流す……涼の方だった。

◇

事務所には、従業員が仕事をする執務スペースの一角に、来客用の応接ルームがある他、従業員が利用できる仮眠室や簡易シャワー室がある。

ショックを受けてしまった様子の涼は、今は仮眠室で眠らせている。

ここのところ涼も睡眠不足だったようだから、ちょうどいい機会だろう。

凜風は応接ルームで、淹れ立ての珈琲を男に差し出した後、所長代理の代理として黒革のソファに座った。向かい側には、御子神――真秀が長い脚を組みながら、ゆったりと座っている。

まるで彼がこの事務所の所長かの如く、尊大で不遜なオーラを放っており、涼と同い年ながらも格の違いを感じさせた。

「最初からわかっていたの？　わたしが幼馴染だということを」

「いいや。わかったのは、お前の父親とお前の名前を聞いてからだ。まあ、お前っぽい女だなと思って誘いに乗ったのは認めるが、まさか本人だとは思ってもいなかった」

「わたしっぽいってなに？」

「それは秘密」

真秀は意味ありげに笑うと、唇の前に人差し指を立てた。

その仕草がとてもエロティックで、凛風は思わず目を逸らす。

（いちいち、ドキドキするな。これはマホちゃん、わたしの憧れの女性で……）

そう自分に言い聞かせても、脳が真秀とマホを同一視してくれない。

（あの頃のマホちゃんは十四歳。あれから第二次性徴がはじまったとしても、ここまで変われるものかしら。……あ、忘れていた）

大事なことを思い出した凛風は、殊勝に頭を下げた。

「今日も助けてくれてありがとう。マホちゃ……ええと、御子神さん」

どの表現が正しいかわからないが、言い直すと真秀は笑った。

「マホ……いや、真秀でいい」

「けど、さすがに呼び捨てなんて……」

「知らない仲じゃないだろう。俺はお前の過去も現況も身体も知っている」

さりげない最後の単語に、凛風は思わず咽《む》せ込みそうになった。

その上運悪く、ちょうど目覚めた涼がやってきて、真秀の言葉を聞いてしまった。

「……身体ってなに？」

涼から、メラメラとなにかが立ち上っている。

「はは。相変わらずのシスコンだな」

真秀は愉快そうだが、兄の剣幕に青ざめる凜風の元に涼がやってくる。

「凜風、それって例の五日前のことだよね。マホちゃ……いや、御子神さん……」

「似たもの兄妹だな。真秀と呼び捨てにしていい。俺もお前たちをそう呼ぶ」

やはり涼も呼び捨てには躊躇《ためら》いがあるのか、咳払いをしてから言葉を変えて、凜風に尋ねた。

「居酒屋で意気投合した見ず知らずの集団とオールしたから、朝帰りしたんだよね」

「へぇ、そういうことにしたのか」

「そ、それはその……」

真秀はフォローする気がないらしい。それどころかわざと煽っている気もして、凜風は慌てて叫ぶ。

「してない、してません！　ヤクザに絡まれたところを彼に助けてもらったの。それで寝不足を見抜かれて、うっかりぐっすりと寝ちゃっただけ」

嘘は言っていない。過程を少し省いただけだ。

なおも目を吊り上げて物申そうとした涼を宥《なだ》めたのは、真秀だった。

「……なぁ、涼。少し寝たら気分が良くなっただろう？　凜風も同じだ。無理をさせすぎている。せっかく凜風の気分が解《ほぐ》れて元気になったのに、なにを責めることがある？　たまには妹を労《いたわ》れ」

真秀に諭され、涼はなにも言えなくなったようだ。

（フォロー……してくれたのかしら。論点をずらしただけのような気もするけど……）

「そんなことより、目覚めたのならちょうどいい。お前もそこに座れ」

偉そうな来訪者にそう言われて、涼はしゅんとしながら凜風の横に座った。

「俺はお前たちよりも、裏社会では顔が広い方だ。この五日間で、過去にお前たちの事務所がヤクザに恨みを買うような案件があったのか、独自に調べてみた」

五日間——というと、凜風と別れて今日までの日数だ。

（自分には無関係だと背を向けたのだと思っていたけれど、調べていてくれたんだ……）

誰からも見捨てられている今、真秀の行動は素直に嬉しいと思った。

「だが、なかった。新谷も言っていた通り、ヤクザ以外の何者か、『上客』の依頼で鮫邑組が動いていたのだろう」

（その上客に、相当恨まれているということ？）

しかしそんな存在は、調べても出てこない。

「鮫邑組の歴史は浅くない。武闘派でも過激派でもない、大人しい部類の組だ。主な経営手段《シノギ》は金持ちの用心棒くらいで、それでも俺の記憶では、今まで素人相手に事件らしい事件を起こしたことはない。……詳しく教えてくれないか。鮫邑組の奴らがどうやってこの事務所を脅かしていたのか」

真秀の要請を受けて凜風と涼は説明する。それを聞き終えた後、真秀は言った。

「昔はともかく、今は暴対法だの組対法だの、ヤクザを取り締まる法律は厳しい。その中で、法の専門家相手に、白昼堂々と暴力行為をしているのは妙だ。普通、法は一方的に破壊活動をしているヤクザを守らない。組長の責任を問われたり、警察や司法が関わってくることで逆に足を掬われ、組の存続にも関わってくる場合だってある」

切れ長の目を光らせて語る真秀に、凜風も涼も頷く。

「だが実際、法的効力は薄く、天敵である警察も暴追センターも動きが鈍い。……これはまずありえない。考えられるのは、警察機構を抑えられるだけの力を持つ奴が裏にいること。だからこそ新谷も堂々と鮫邑組を名乗って、公然と事務所潰しに動いたんだ。捕まらない確証があるんだろう」

続けて真秀は、その上で金銭などの見返りもなく、有村が一ヶ月以上も事務所潰しを引き延ばしていたのも引っかかると言った。

確かに凜風自身、自由に外を歩き回れたし、事務所内限定の暴力であることを不思議に思っていた。さらに毎日来るとはいえ、滞在時間は短い。しかも次回の訪問時刻の予告までしていく。

その気になれば一日中居座り、凜風たちを力尽くでねじ伏せて事務所から追い出すのも可能なはずだ。警察や法律が怖くないのであれば一層のこと。

（そう考えると、涼兄が言っていた……ヤクザの良心の芽生え説は信憑性がありそうだけど）

有村は組の命令を受けていたが、独断で引き延ばしていたのではないか。最終的にどのようにして、事を収めようとしていたのかはわからないけれど。

「でも不思議だよ。警察を抑えられる力を持つ人物なら、ヤクザに頼らなくても、ここの事務所を潰せたんじゃないかな。どうしてヤクザなんだろう」

涼の疑問に真秀も頷いた。

「ああ。なにかすっきりとしないな。それと倉下さんだが、倒れるほど状況が悪化していたにもかかわらず、なぜ動かなかったのかも気になる。もしかすると彼は、自分たちを追い詰めようとしている人物に心当たりがあったのでは？　倉下さんが弁護をした事件で、引っかかるものはあったか？」

「僕も調べたけど、恨みを買うようなものも特殊な案件もなかった。依頼人も一般人ばかりで、ヤクザの上客になるような権力のある金持ちは思い当たらない」

「ヤクザが来る前、倉下さんの様子がいつもと違ったことはなかったか？」

「父さんの様子？　うーん……。あ、ヤクザが来る直前に、父さんが初めて裁判で負けた事件、あれはいつもと少し違ったかも……」

「負けた？　無敗を誇る倉下さんが？」

真秀の目が訝しげに細められる。兄の言葉は凜風も初耳だった。

（お父さんが負けるほどの事件って……？）

「うん。父さんは、ある製薬会社から解雇されて横領罪に問われた依頼人の弁護を引き受けたんだ。だけど、横領の証拠を正当に示してきた原告側の製薬会社が全面勝訴した。あそこまできちんと証拠を提出されたら、いくら父さんでも勝てない事件だった。ただ……」

「ただ？」

「攻め方が父さんらしくないというか、ずいぶんと大人しいな……と感じたのを覚えてる。弁護していることに迷いがあるような様子だったから。いつもはまっすぐに正義を貫こうとしているのに」

勝利できないと感じていたからなのだろうか。

「依頼人は、判決を受けてどんな様子だったんだ？」

「最後まで冤罪《えんざい》だと主張していた。判決後、父さんは依頼人の元に通って、フォローしていたよ」

真秀は考え込むと、カップを手に取り珈琲を口に含んだ。その仕草はどこまでも上品で、凛風が思わず見惚れてしまうほどだ。

（マホちゃんも、動きのひとつひとつが上品だった……）

特にあの指。がさつだった凛風とは違い、優美で楚々として……などと、昔のことを思い出していると、不意にその指で愛撫されたことを思い出し、凛風は顔を赤らめて俯《うつむ》いた。

彼と一夜を共にしていたのに、その間、まるでマホを思い出すことはなかった。

十八年の月日が流れているのだから、記憶は曖昧でも仕方がないとは思うが、あれほど慕っていた相手だったのに、なぜ記憶の片鱗もちらつかなかったのだろう。

『違う。たまたまマホちゃんと同じ瞳の色をしているだけの別人で……』

涼は、マホが銀青色《シルバーブルー》の瞳をしていたことを、すぐ思い出したのに。

しかし凛風も彼の瞳にどこか懐かしさを感じたし、彼を怖いと思いながらも欲して、抱きしめられると安心できたのは事実だった。

覚えていたのだろうか、自分の身体は。いつも膝に乗せて抱きしめてくれていたマホのことを。

カチャンと小さな音がして、凛風は我に返った。真秀がカップを皿に戻したようだ。

「その事件が引っかかるな。なにか関係があるのかもしれない」

「依頼人が逆恨みして、ヤクザを雇ったということ？」

涼の言葉に、真秀は静かに首を横に振る。

「素人が、報復するために組ごとヤクザを雇えるとは考えにくい。さらに鮫邑組の派手な動きを考えても、バックについて動かしているのは、資金力も権力もある人物と考える方が自然だ」

「なんでうちが狙われるの？　ただ依頼人を弁護しただけなのに。もし依頼人とその人物が繋がっていて報復しているのだとしたら、うちではなくてその製薬会社にすればいいと思うけど」

腕組みをする真秀は、凜風の言葉に肩を竦めた。

「やはり、ヤクザが押しかける直前に弁護したその事件をよく調べる必要があるな。倉下さんがなにかを隠していたのなら、それを暴くことで名誉挽回できる可能性もあるかもしれない。鮫邑組には俺が出向く」

凜風は涼と顔を見合わせて喜んだ。暗闇に突然光が差し込んだのだ。

「ただ、新谷にはああ言ったが、鮫邑組の打撃となる情報は手元にない。それに今の俺には現役ヤクザの直接的な後ろ楯がないから、完全には鮫邑組を抑えきれないだろう。だが俺の力がどの程度働くかで、その黒幕とやらの規模を推し量ることはできる。俺の力が効く間に、解決するのがベストだ」

（すごい……。彼は噂通り有能なんだわ。今まではただヤクザに怯えているだけで、ど

うすればいいのかわからなかったのに、やっと解決の糸口が見えてきた気がする）

たとえ悪魔だと言われていても、凜風にとって彼は救世主だ。

そんな時、涼が言った。

「色々ありがとう。でも後は凜風とふたりでなんとかするから、ここまででいい」

「涼兄⁉　真……マホちゃんがせっかく言ってくれているんだから、頼ろうよ」

「正攻法ではなく裏からヤクザの力を抑えて解決させるのなら、結局は反社と付き合いがあると周囲に示すことになる。それじゃだめだ。うちは法律事務所なんだから」

「そんな堅いこと言ってる場合⁉　さっきだって怖いヤクザが来て、事務所の中を壊していったんだよ。助けてもらったんだよ。法の力より早く確実に、ヤクザの力を抑えてもらわないと、なにもできないじゃない！　藁にも縋らないと……」

「弁護士には守らないといけない正義や理念がある。僕は、いくら旧知の仲でも、いくら藁にも縋りたい心地でも、ヤクザという悪を救済する側の弁護士の力は借りたくない。父さんが目覚めた時、なんて説明するつもり？」

「涼兄！」

気弱なくせに、そういうところばかりは頑固な父の血を引いている。兄妹が口論をはじめると、真秀の笑い声が響いた。気分を悪くするどころか愉快そうだ。

「なるほど、お前の言うことにも一理ある。ただ涼、ひとつお前に問おう。お前にとって善悪とはどういうものだ？」

「そんなもの……善は倫理的にも道徳的にも正しいことで、悪はそれの対となる、正しい行いではないこと。ヤクザの理不尽な所業のように」

「では正しいと判断する基準はなんだ？　たとえば、顔に傷をつけた強面《こわもて》の大男が、か弱そうな女の腕を掴んで怒鳴っている。この行為は正しいことか？」

「悪いに決まってる」

「では、実はその女が万引きの常習犯で、それを見つけた男が女を捕まえ、女のした行為について怒鳴っていたのだとしたら？　ちなみにその男の顔は生まれつきで、傷は事故で負ったものだとして。そんな男の行為は、悪いことか？」

「それは……正しいかも」

「つまり状況や見方によって、同じ行為が正しくも悪くもなる。善悪とはそのように脆《もろ》いものだ。だからこそ司法が客観的に善悪の判定を下す。弁護士の使命が、真実の善を見抜き、正義を行使するだけだと言うのなら、法廷で弁護士同士が対立することはないだろう」

　涼は言葉に詰まったようだ。

「俺がヤクザの弁護を引き受けているのは、奴らの悪行を法的に正当化したいためじゃない。ヤクザにならざるを得なかった者たちにも、最低限守られるべき人権があると思うからだ。今の社会では、光が当たらない部分にも公平に法の力が行き渡っているとは言えない。ヤクザを守る法などなくてもいいと思う人間も大勢いる。むろん、法で守るに値しない奴もいるが、その逆の奴だっている」

凛風はヤクザとは悪の象徴だと思っていた。だからヤクザの人権侵害など考えたこともないし、そんな状況になっても因果応報だと思っただろう。しかし実際のところ、彼らがどう生きてきたかなど知らないし、悪だと決めつけて、救済の余地はないと考えるのは、確かに偏見かもしれない。

「ヤクザも人間だ。困っていても法の恩恵に与《あずか》れないのなら、社会的弱者だ。俺が弁護士になったのは、善を守る正義のヒーローになりたかったからじゃない。世間からも国からも基本的人権を認められず、無法地帯で見捨てられる弱者のSOSを、無視できなかったからだ」

銀青色《シルバーブルー》の瞳には、悲哀にも似た光が浮かんでいた。

なぜだかそれは……昔のマホの目を思い出させた。

人権を認められない弱者だったのだろうか、昔の彼は。

「俺にとっては世に見捨てられるヤクザも、ヤクザによって周囲から見捨てられているお前たちも、同じ立場の守られるべき存在だ。俺は自分の信念を偽ることなく、公正な弁護士でありたい」

だからこうして、凛風たちに寄り添おうとしてくれているのか。

（金色のバッジが、燦々と輝いているよう。お父さんがいたら、喜んだだろうな……）

凛風がじーんと感動して涼を見ると、涼はまだ複雑そうな顔をしていた。

涼にも真秀の言葉は響いてはいるのだろう。ただ、それを簡単に認めたくないだけで。

「ねぇ、涼兄。真秀は私利私欲のためにヤクザと馴れ合っている弁護士じゃないよ。裏社会も知っているし、弁護士経験も豊富。それにあのマホちゃんなら、悪意があるはずがないわ。必ずこの事務所を守ってくれる。だから頼ろう。彼はわたしたちの救世主よ！」

しかし、涼は素直に首を縦に振らない。

（この期《ご》に及んでまだ迷うの、涼兄！）

凛風がいらっとした時である。真秀がにやりとして告げたのは。

「簡単に力を貸すように思われているが、言ったよな、凛風。俺は高いと」

「……え？」

「条件が三つあると言ったこと、覚えているか？　目覚めたら第三の条件を告げると言ったことも」

ここで突如持ち出された話題に、やけに不安を感じながら、こくりと頷いた。

「第三の条件は——問題が解決するまでは無給でいいが、労働対価としてこの事務所か、俺が欲した時に凛風の身体を差し出すことを要求する」

ゆったりと笑う真秀の顔は、正しく悪魔のようだった。

（な、なんですって⁉）

凜風は驚きのあまり飛び上がった。

「この事務所を要求って、わたしたちはお父さんの事務所を守りたいからあなたに頼ろうとしているのよ？　それなのに乗っ取るつもり⁉　大体、あなたには自分の事務所があるでしょう⁉」

「合同事務所だから、向こうは別の奴に任せていればいい。俺を働かせる代償としてこの事務所を渡すのがいやなら、お前の身体でいいんだぞ？」

ずいぶんと負けてやっているとでも言いたげである。

すると涼が身体を捻り、両手を広げて凜風を後方に隠した。

「冗談じゃない！　可愛い妹を犠牲になんてするものか！」

「ほう？　その可愛い妹を睡眠不足にさせた上、靴擦れの足で走り回らせていたのは誰だ？」

「そ、それは……！」

「お前は、凜風と情報を共有していると豪語していたな。その割に、凜風が鮫邑組とはまた違うヤクザの巣窟に足を踏み入れて、拉致されそうになったこと、偶然通りかかった俺が助けたことは知らなかったようだが？」

涼は、凜風がそこまでの危険に陥っていたとは思っていなかったようで、驚いた顔を妹に向ける。すると凜風は小さくなった。

「ヤクザが怖いというお前の代わりに、凜風がそうした危険の中を、抵抗もできないほど疲れきった身体を引き摺って駆け回っていたんだ。それに対してお前はなにをしていた？　一ヶ月の猶予があった中、凜風の献身に見合うだけの、ヤクザを撃退する具体的な策を見つけられたのか？」

「ちょ、涼兄を……」

真秀は凜風の制止の声を聞かず、俯《うつむ》く涼に向かって辛辣な言葉を投げ続けた。

「お前は被害者であると同時に弁護士だ。妹を盾にするのではなく、妹や父を守る剣を持って戦え。弁護士なら、嫌いだから怖いから……そんな私情は抑えつけろ。守るという意味をもう一度よく考え、ベストな方法を見つけるんだ。倉下さんなら凜風をそんな危険な目に遭わせなかったはずだ」

涼は項垂れたまま、握った拳をふるふると震わせて言う。

「わかってる。自分の情けなさは自分が、一番。僕の知らないところでここまで妹を犠牲にしていても、なにも手を打てない不甲斐なさも。だけど……どうしていいかわからないんだよ。弁護士という肩書きがあっても、それを役立てられる妙案も実戦経験もない。今だって通常業務だけで精一杯なのに」

兄の苦悩がひしひしと伝わってきて、凜風も項垂れた。

涼の役に立てない自分こそが、一番不甲斐ない。情けなくてたまらなかった。

それぞれが抱える自責の念。俯《うつむ》く兄妹に、真秀が言った。

「ならば一層のこと、俺を排せず取り入れろ。求めれば助けてやる。俺はお前たちを見捨てない」

今まで孤立無援だった。

どれだけ、そう言ってくれる頼もしい人間を待ち望んでいただろう。

たとえそれが、ヤクザから慕われている弁護士であろうとも。

顔を上げた涼の目が大きく揺れているのを見た上で、真秀は選択肢を突きつけた。

「選べ。この事務所を差し出すか、凜風を差し出すか。それとも二度とお前たちに近づかないよう今ここで俺を退けるか。二十秒やるから、兄妹で考えろ」

真秀を欲するのならば、代償を支払わないといけない――

まるで悪魔との契約だと思いながら、凜風は覚悟を決めて、涼に耳打ちした。

「涼兄、ここは消去法でわたしを代償にしよう。わたしは大丈夫だから」

「バカ言うな。僕は事務所も妹も捧げたくなんてないよ。どちらも犠牲にしない方法を死に物狂いで見つけるから、ここはやっぱり断って……」

「今までだって、必死に色々考えてきたでしょう？　それに、今緊急的な危機に瀕しているのは、事務所よ。ヤクザを抑えられる彼に手を引かれる方が致命的よ。それに天使のように優しいマホちゃんが、本気でわたしにひどいことをするわけないし。きっとわたしたちの覚悟を試しているのよ」

（大体、あの夜だって処女と知って中断したくらいだもの。大丈夫よ……多分）

凛風はこれは犠牲ではないこと、真秀を失えば、逆恨みした新谷に、事務所も凛風も非道な目に遭わされるかもしれないと説き伏せた。

涼は葛藤に頭を抱えてうんうん唸り、やがて力なく頷くと、凛風に言う。

「じゃあこうしよう。今は彼を繋ぎ止めるために形式的に『凛風』と答えるけど、ふたりで、凛風が彼の犠牲にならない方法を同時進行で考えていこう。彼に悟られないように」

ふたりは強い決意を秘めた顔で頷き合った。

真秀があえて涼の前で第三の条件を口にしたのは、自己嫌悪に陥ってバラバラになりそうだった兄妹に信頼の絆を取り戻させ、再び団結させるためだということに、この時の凛風は気づいていなかった。

「二十秒だ。話し合いは終わりだ。結論を言え」

腕時計を見る真秀に、凛風は凛とした声で告げて頭を下げた。

「捧げるのはわたし。専属弁護士としてご教授のほど、どうぞよろしくお願いします」

「ほう？　涼はそれでいいのか？」

「いい……わけないけど、仕方がないじゃないか。凜風を傷つけたら許さないぞ」

涼は涙目である。

「はは、大丈夫だ。……骨まで愛《め》でてやるから」

唇を舐めるその様は天使の面影などなく、どこから見ても——悪魔だった。

第二章　結ばれた愛蜜契約

凜風の身体は、想像以上に頻繁に、そして過酷に欲された。

そう——労働によって。

（なんであんなに意味ありげに、無駄に色気ダダ漏れにして言うのかな！）

「凜風、判例を調べ上げて印刷したら、これをスキャナに。それが終わったら分析表」

「わかりました。かしこまりました！」

凜風のこめかみには、くっきりと青筋が浮き上がっている。

（なんなのよ、この鬼、悪魔！　雇われのくせに偉そうに！）

……とは口が裂けても言えない。なにせ彼は善意の無給雇用者《ボランティア》、天使のマホちゃんなのだから。

ただ働きなのに彼は、ヤクザの案件だけではなく、涼が手こずっている既存の案件処理も担ってくれているのだ。多少の人使いの荒さは、我慢我慢……。

「凜風、それから……」

しかし、あまりにノンストップで扱き使うために、凜風はついに苦言を呈した。

「あのねぇ、わたしには脳がひとつと二本の腕しかないの！　そんなに一度に言われても……」

「タスク管理は基本中の基本。小さい脳をできない理由にするのなら、忘れないようにまずはメモをとれ。指は十本あるだろう。足りないなら足も使え」

（く〜、情け容赦ない）

「そもそも、わたしは法律事務所で働くのは初めてで……」

「言い訳厳禁、仕事はどれも同じだ。重要度と緊急度を優先判断して処理するくらい、前の職場で培ってきただろうが。それとも、いなくてもいいお飾りとして給料だけ貰っていたのか？」

顔も上げずに仕事をしている真秀に、弁すら敵わない。

「ぐぅぅ！　元営業補佐を舐めないでよ！　これでも優秀だと言われていたんだから！」

メラメラと闘志を滾らせて、凜風は猛作業をはじめる。

その様子に資料を読みふける真秀が、にやりと笑ったことに気づかなかった。

奮闘の甲斐あって、予想よりも短い時間で、凜風は仕事を終えた。げっそりしながら、成果を真秀の前に積んでいく。

「終わったわ。これで文句はないでしょう⁉」

真秀はソファに座ってゆったりと脚を組むと、凜風が作った分析表を見ながら、ちょいちょいと指先を動かして凜風を呼んだ。なにか不備があったかと、凜風が紙を覗き込もうと身を屈める。

「な、なに……ん⁉」

口に放り込まれたのはイチゴ味のアメ。そして真秀は凜風の頭をひと撫でして、その手をさっさと凜風をあしらう動きに変えた。

凜風は涙目でふるふると震えながら、哀れんだ目を寄越していた涼の元へ行き、訴えた。

「お、お兄ちゃん……。わたし、悔しいんだけど……」

「凜風は控え目に言っても、かなり仕事ができる大人の女性だよ。お兄ちゃんはわかっている」

うんうんと頷きながら涼は言う。

「天使のマホちゃんはちょっと意地悪になっちゃっただけだ。凜風を助手として使いたいなら、はじめからそう言えばいいのにね。僕だって凜風が悪いオオカミに食べられるかもと生きた心地しなかったし、本当に人が悪いよなあ、真秀は。さあ、凜風。珈琲でも飲んで休憩を……」

「凜風、分析表のグラフDとGが見にくい。クロス集計に作り変えろ。大至急！」

涼に宥《なだ》められていると、背を向けているはずの真秀から次なる仕事の依頼が飛んでくる。

（本気で骨まで使う気⁉）

血も涙もないと憤然とするけれど、指示する真秀からもコロコロとアメを舐める音がすると、呼応するように凜風の口の中のイチゴ味が濃厚になった。

このアメは凜風が昔から大好きなもので、よくマホに土産として渡していたものだ。

（こんなことを覚えているなんて……！）

イチゴの甘酸っぱさが、凜風の心にまでじんわりと広がる。

まるで真秀と、同じ感覚を共有しているみたいだ。

（……あの夜に拒まれた、キスをしているかのよう）

凜風は慌てて首をぶんぶんと横に振り、邪念を振り払った。

（それにしても、凄腕の弁護士だとは聞いていたけど、ここまでだとは思わなかった）

凜風が頼まれたものはあくまで雑務。依頼解決のための本処理を行うのは真秀だ。

処理速度、知識量、経験値……どれをとっても非凡の域にある。法律に関する手続きは面倒なものばかりなのに、そのすべてに迅速に対応している全能ぶりだ。

デスクワークをこなし、客の応対もし、外出もする。その合間に、先輩弁護士として涼に仕事を教えながら、涼の仕事も監督している。もはや人間技ではない。

「涼。ここ違っている。やり直せ。……こんな程度の仕事でへばるな。依頼人は不安の中で安眠もできないんだぞ。それはお前も思い知っているだろう。甘えるな、これが弁護士の仕事だ。休憩している暇があるのなら、腕立て伏せと腹筋、百ずつ！」

パソコンに奮闘する凛風の耳に、半泣きの涼の声が聞こえる。

「百ぐらいで泣くな！　俺は毎日、五百回以上、それにジョギングやジムで身体を作っているぞ」

（そこまでしてれば、天使のマホちゃんの身体つきも変わるわよね。確かに、ムキムキではないけれども筋肉質のとてもいい身体をしていたし……って、わたしってばなにを思い出して！）

カタカタカタ。凛風のキーボードを叩く手が速くなる。

（涼兄、どれくらいの経験を積めば、真秀が認める強靱なやり手弁護士になれるんだろう……）

……あまり比較するのはやめておこう。涼のプライドがポッキリ折れてしまいそうだ。

（真秀がおかしすぎるだけよ。お兄ちゃんは有能なのだと、信じてこそ妹よ！）

あれから、鮫邑組のヤクザは来ていない。真秀が鮫邑組に乗り込んだからだろう。

真秀は倉下兄妹と再会した翌日、倉下法律事務所の弁護士として単身で鮫邑組に乗り込んだ。

ふたりを事務所に残したのは、彼らを恐怖させたヤクザたちとの対面を避けるためだ。

先にナンバーツーの新谷を威嚇していたこともあり、組長との面談はすんなりといったようだが、上客の名は組長も頑として明かさず、上客に義理立てて事務所潰しからも手を引こうとしない。

鮫邑組への決定的な切り札がない真秀は、新谷にも言っていたヤクザ間の休戦協定とやらを使い、別の組の界隈《シマ》で問題を起こせば、協定違反になると告げたようだ。

その上で、もし抗争に発展した場合、その上客は裏社会間で起きた問題からも、鮫邑組を守る力があるのか、真秀のように守ろうとしてくれるのかと問うたところ、言葉に詰まったという。

真秀はヤクザたちから、守護神とされるだけの絶対的な信頼と実績がある。仲裁者としても適任だ。上客の力があてにできない以上、真秀が背を向ければ、鮫邑組は自分たちで身を守り、抗争の落とし前をつけないといけないのだ。

それを強く認識させた上で真秀は、このまま事務所に暴力を振るい続ければ、鮫邑組を相手に訴訟を起こすと、彼らの救済どころか敵に回ることを宣言した。

よく考えて今月末に返答を寄越せと三週間の猶予を与え、もしその期間に暴力行為があればすぐに訴訟すると告げた結果、それ以来ずっとヤクザの襲撃はない。

『暴対法などによる裏社会の取り締まりは、表社会の平和を不当に害する、民事介入暴力問題に関することが主だ。裏社会の根幹にある暴虐的な闇は、いまだ法を擦り抜け生き続けている。それに迂闊に手出しをしようものなら、逆に闇に呑み込まれて消されることもあるくらい、裏社会の闇は深く重い。その怖さを知る表社会の有力者なら、あえて裏社会の問題には介入しないのが普通だ。それは上客も同じのはず』

それでも介入してくるのなら、上客が裏社会でも無傷でいられるほどの力を持っているか、我が身がどうなってもいいほど、鮫邑組に恩や義理の類いがあるからだと、真秀は述べた。

『鮫邑組が今まで強気だったのは、表社会の素人が相手なら、どんなことをしても上客が法的な問題から守ってくれる確証があったからだろう。だが裏社会ではどうか。俺の感触では現時点、鮫邑組と上客との間に、顧客以上の特別な絆はない。鮫邑組が俺の言葉に揺れたのは、上客は裏社会とは一線を画していて、裏社会では上客の力は期待できないと考えたからだと思う』

真秀は鋭い眼差しをしたまま、持論を展開させた。

『裏社会間の抗争の熾烈さは、裏社会に住む者が一番よく知っている。その上で、それを恐れずに三週間以内に鮫邑組が動くとすれば、上客が裏社会までも鮫邑組の安全を保証したということ。俺の動きすら、完全に抑えることができると、鮫邑組もまた確信したということだ』

それだけの力を持つ人物は限られてくると、真秀は言った。

そして、上客がリスクを冒した理由が、そこまでしても鮫邑組にこの事務所を潰させたいためなら、ここを守ろうとする真秀が表社会の法を持ち出して戦意を見せた以上、表社会から必ず真秀に圧力をかけてくると推測した。

『逆に言えば、元検事の俺にどう圧力をかけるかで、上客の素性や立ち位置を推定できる。せっかく三週間という時間を確保したんだ。この間にすべきことをして、上客を絞り込んで捕まえる』

――と、真秀は凛風と涼では不可能だった、見えぬ敵と戦う舞台と指標をすぐに整えてしまったのだ。しかも圧力を恐れることなく、逆に敵の正体を見極めるために利用しようとしている。

なににつけても有能な男である。

ヤクザがまた来る可能性はあるが、真秀がいてくれるだけで、以前とは違う安心感がある。きっとこれは、彼の仕事ぶりから伝わる信頼感なのだろう。

そして現在、通常業務を進めつつ、父親が敗訴した事件の関係者を洗い出しているが、大きな力を持つ人物や、それに繋がりそうな人物の輪郭は、一向に浮かび上がってこなかった。

真秀のスパルタが続いたおかげで、涼が頭を抱えていた大きな案件はなんとか終了し、後は時間がかかる案件のみとなった頃、ひとつの難関を越えたということで、応接ルームで打ち上げをすることになった。

外出した涼が戻った時、両手に荷物を提げていたが、酒やおつまみだったようだ。重いものを軽々と運べるようになったのは、毎日の筋トレの成果かもしれない。

「さあ、無礼講だ。凜風、僕がちゃんと家に連れ帰ってあげるから、安心してお酒を楽しんで。真秀も、なんならうちに泊まるといい。徒歩圏内にあるから」

真秀は仕事に没頭しすぎて終電を逃してしまうらしく、今では仮眠室が彼専用の部屋と化している。

でもきっと、真秀はこの事務所に寝泊まりすることで、ヤクザが夜に襲撃しないように見張ってくれているのだろうと、涼が凜風に告げたことがある。

涼もよく事務所に泊まることがあったが、同じ理由からだったようだ。ヤクザに押し負ける軟弱な身体をしているのに、そういうところだけは責任感が人一倍強いのだ。

「お疲れ様でした。そして真秀の歓迎会を兼ねて。乾杯！」

涼は肉体でも頭脳でも敵わぬ真秀に少しでも男らしさを見せようと、ウイスキーと氷、さらにグラスまで買ってきたらしいが、それに真秀が一抹の不安を感じたらしい。

今まさに涼が飲もうとしていたロックのウイスキーを取り上げて、代わりに女性に人気の、アルコール度数が低い缶チューハイを手渡した。

打ち上げを開始して五分――宴の後のことは心配するなと豪語していた涼が、テーブルに突っ伏して泣いている。缶チューハイはまだ半分も減っていない。

「僕の天使のマホちゃん、女の子に戻ってぇぇぇぇ……」

凛風が兄と飲むのは初めてだったけれど、ここまで兄が酒に弱いとは思わなかった。

（妹は、このほぼジュースな缶チューハイなら、五本あけてもきっと酔わないよ……）

やがて涼は、涙ながらにくだを巻いた後、ソファの上で横になって寝てしまった。

「涼兄。こんなところで寝ないの。家に帰ろう？」

「寝かせておいてやれ。ブラック企業並みに毎日が大変だったんだから」

「それをあなたが言う？」

「確かにな」

くつくつと喉元で笑う真秀は、片手でネクタイを解くと、黒いワイシャツのボタンをひとつ外してラフな姿になる。そしてゆったりと脚を組み直すと、琥珀色のウイスキーを口に含んだ。

帝王の如き貫禄を漂わせつつ、くつろいで見せる男の色香が全開である。

仕事モードから離れた途端、あの夜の真秀になり、凜風は動揺を隠すのに必死だ。

（どうして突然、そういうフェロモンを出しちゃうかな！）

「凜風。なんで突っ立っている？　隣に来い」

「と、隣⁉」

「そっちは涼が横になっているんだ。座れる場所はここしかない」

真秀は自分の隣のスペースを手で軽く叩く。

「それとも、俺を意識しているとか？」

にやりと笑う彼は、流し目のような妖艶な目を向ける。

「そ……ソンナワケナイジャナイデスカ！　アハハハハハ」

ロボットのようにギクシャクと動きながら、真秀の横に座り自棄《やけ》気味にハイボールを呷《あお》る。

「遠すぎる」

飲んでいる途中にウエストに真秀の手が伸び、そのまま引き寄せられる。

咽《む》せ込むのを必死に堪え、なんとか嚥下した凜風は、焦った声で言う。

「酔っ払い！　セクハラ弁護士！」

「この程度で酔うか。それに今はプライベート。堅苦しいこと抜きにお前といたい」

絶対酔っているのだと思う。熱っぽい目をしているのだから。

「だったら昔語りでもしましょうか、マホちゃん」

凜風はわざとそう言って、真秀を揶揄《からか》おうとしたのだが――

「あぁ。お前が廊下から庭に派手にスッ転んで、池に落ちた挙げ句、何百万もする錦鯉を手で掴んで、『マホちゃん、お刺身ゲット！』と満面の笑みで言ったこととか？」

「そ、それは乱入してきた鷹仁が足を引っかけて……！　マホちゃんが心配して駆け寄ってきたから、大丈夫だと安心させるために……」

「夏休みの宿題をたんと持ち込んで、『マホちゃんのお勉強用』と言って俺にやらせようとしたこととか？」

「い、一緒にやろうとしたの！　そしたらマホちゃんがさらさらと解いていって……」

（間違いない。そんなことを知っているなんて、真秀は、マホちゃんなんだわ）

「ねぇ、どうして変わっちゃったの？」

単刀直入に質問したところ、空気が瞬時に張り詰めた気がした。

やがて真秀は、翳った顔で答える。

「捨てたかったから。あの家で過ごしたことをなにもかも」

その日はすべてを拒絶して虚無だった。

それが悲しくて、凜風は缶をテーブルに置いた後、恨めしげに訊いてしまう。

「……わたしや涼兄のことも？」

するど真秀は、皮肉めいた笑みを浮かべて、気だるげに答えた。

「先に捨てたのはどっちだ」

「え？」

「大方、俺が出したメールで思い出してマホマホ言っているだけで、俺がメールをしなけりゃ、この先ずっと思い出そうともしなかったんだろうが」

向けられる眼差しは、わずかに咎めるようなものだった。

（確かにずっと忘れてはいたけれど、そんな刺々しい言い方しなくたって……）

むっとした凛風は思わず反論した。

「だったら真秀はどうなの？　昔だって勝手にいなくなっちゃったくせに。あの夜、わたしと会わずに身の上話をしなかったら、わたしのことなんてずっと忘れていたんでしょう？」

途端、切れ長の目が怒りにも似た激情を帯び、凛風はびくっとする。

そして同時に、マホと過ごした綺麗な思い出が、今の真秀で上書きされて消えてしまいそうに思えて悲しくなった。だから思わず、冗談めかして言ってしまったのだ。

「マホちゃんに会いたいわ。ねぇ、わたしの……天使の可愛いマホちゃんに戻らない？」

すると真秀は乱暴にグラスをテーブルに置く。その様子から真秀の怒りを感じた凛風は、なぜ彼がそこまで気分を害したのかがわからず、狼狽した。

「俺は――最初から男だ。知っていただろうが、お前は」

真秀は凜風を睨みつけてそう告げた。

「え？　わたし、今まで知らなかっ……」

「――簡単に、忘れやがって」

不可解なことを口にすると、真秀は凜風の身体を強く抱きしめながら、その唇を奪った。

「ふぅ……んっ、んんぅ！」

仄かにウイスキーが香る熱い唇が、噛みつくように凜風の唇を捕らえ、何度も角度を変えて食《は》んでくる。

キスされているのだと理解した直後、凜風はパニックになった。

どんどんと拳で真秀の胸を叩いて抵抗するが、真秀は動じない。

（どうして？　あの夜だって、真秀はキスを拒んでいたのに）

怒りか苛立ちかわからないけれど、凜風が真秀の地雷を踏んでしまったから、キスをされているのはわかった。

けれど、あの夜、凜風が切なく求めたあの感情で真秀が唇を重ねたわけではない。

これはただの、本能任せの衝動だ。そう思った凜風の胸がきりきりと痛む。

『先に捨てたのはどっちだ』

『簡単に、忘れやがって』

真秀が男だとは知らなかった。キスなんて誰ともしたことがない。

それなのに、なぜこの唇を懐かしく思うのか。

(真秀に引き摺られているだけよ。涼兄がそこにいるのに……！)

脳裏にチカチカとなにかが光る。

白い雪。揺れる赤い袖。白い地面に点々と散るのは、真っ赤な——血？

『来ないで……』

叫んでいるのは誰？

なにかが見えそうなのに、窒息感に掻き消されていく。

苦しくて薄く唇を開ければ、真秀の舌がねじ込まれた。逃げる凜風の舌は、すぐに真秀に搦めとられ、ねっとりと濃厚に舌を絡ませられる。

(なに、これ……)

口腔を蹂躙《じゅうりん》する灼熱の舌の動きに、ぞくぞくが止まらない。

初めてのキスだからなのだろうか。

それとも、相手が真秀だからなのだろうか。

まるで弱い部分を愛撫されているかのように、気持ち良くてたまらず、悶えてしまう。

真秀を叩き続けていた手からは次第に力が失われ、甘ったるい声が漏れてしまった。

湿った音が響く中、凜風の口腔も頭の中も真秀に大きく掻き回された後で、ようやく唇が離れた。互いの唇を繋げる銀の糸があまりにも淫らで、目を背けて息を整えていると、視線を感じた。長い睫毛に縁取られた銀青色《シルバーブルー》の瞳が、なにかを訴えるように凛風をじっと見つめている。

瞳の奥にあるのは、仄暗さを見せつつも、炎のように揺らめく劣情。

あの夜のように、凛風は彼を男として意識してしまい、身体を熱くさせてしまう。

戸惑う気持ちを隠しつつ、凛風は小声で詰った。

「ど、どうしてこんなこと……。あの夜のことは終わったはずよ」

すると銀青色《シルバーブルー》の瞳は、わずかに細められた。

「対価だ。言っただろう、お前が欲しくなったらお前の身体を貰うと」

「それは労働のことでしょう？　十分に扱き使われているじゃない……！」

「あれはただの、お前にできる仕事だろうが。まさか俺を働かせておいて、お前は高みの見物を決め込む気だったのか？」

「未経験の女は、その気にならないから前も中断したんじゃ……」

「誰がそんなことを言った」

「え？　でも……処女を見ず知らずの男にやるな、というのは建前では……」

「建前じゃない、言葉の通りだ。あの時の俺は、お前にとって見ず知らずの男だったからやめた。だが今の俺は、見ず知らずの男か？」

凛風が戸惑った顔をすると、真秀は薄く笑う。

「それにすでに言っていたはずだ。ひとつ目の条件として」

『この先、他の男がどんなにお前の身体を求めても、絶対に差し出すな。誘うのは俺だけにしろ』

「お前は俺専属で、俺に身体を捧げるとも宣言した。これは両者の合意があるれっきとした契約で、お前には履行義務がある」

「詭弁《きべん》よ。そんな、もっともらしい弁護士みたいなことを言ったって……」

「俺は弁護士だ」

「そ、そうだけど……」

「言っただろう。俺は〝天使で可愛いマホちゃん〟を捨てたのだと。あのマホはもういない。俺は誠実で優しい男じゃないとわかっていて、あの夜、声をかけたんだろう？」

「……っ」

「お前は、自らの意思で俺の贄《にえ》になることを望んだ。だからこの先も、俺のためだけにお前は在《あ》る。お前が俺のことをどう思っていようと、そんなものは関係ない」

正義と自由、公正と平等――それらを掲げる正義の弁護士の風上にも置けない。

でも最初から彼は言っていたじゃないか。

善を守る正義のヒーローになりたかったから、弁護士をしているわけではないと。

どこまでも傲岸不遜で、契約を盾に贄《にえ》を食らおうとするこの男は、まさしく悪魔だ。

「俺が抱きたい時に、お前を抱く。お前に拒否権などない」

それなのになぜだろう、彼の言葉から強い悲しみや苦しみを感じてしまうのは。

（大好きなマホちゃんがなにかに苦しんでいるのなら、見過ごせないよ。どんなに真秀が拒絶しても、マホちゃんとの過去はわたしの宝物なんだよ……）

天使だったマホ。悪魔だった真秀。

両者がひとつになった今、彼が実は優しいのか自分本位なのか凜風にはわからない。けれど、どんな思惑があったにせよ、二度も我が身を捧げると宣言をしたのは彼女自身だ。

なにより凜風が、女として真秀に抱かれたいと思ってしまっている。

……契約を抜きにしても。

（身体を重ねたら、本当の真秀がわかるのかな……）

なぜ彼が変貌したのか、彼が抱えているものがなにか、わかるだろうか。

身体だけではなく、その心も見せてくれるだろうか。

そんなものは、割り切った関係には必要ないとはわかっているけれど。

真秀は凜風をソファの上に押し倒した。

ぎしりと音をたてて凜風の脚の間に割って入ると、その顔の横に片手をつく。

天井の照明の光を背負い、上から凜風を射抜いてくる。

蠱惑的《こわくてき》な銀青色《シルバーブルー》の瞳が、ぎらついた熱を見せていた。

「恨むなら、俺を欲情させた自分を恨め」

どこまでも男の艶を強め、自らの劣情を隠すことはない。

彼が自分を女として強く求めていることに、興奮にも似た気持ちが湧き起こる。

ただ――

「捨てたい過去を知る幼馴染を相手に、欲情してくれるんだ?」

憎まれ口だけは赦してほしい。

食べられるということがわかっていて、平然としていられるほどの経験値はない。

あの夜とはまた、覚悟の種類が違うのだ。

真秀はにやりと笑うと、ソファの背とは逆側の凜風の片脚を掴んで広げ、ぐいと己の腰を押しつけた。ショーツのクロッチ越しに感じる、やけに硬いもの。その正体がわかり、凜風は赤面する。

思わず顔を背けた凜風の耳に、真秀が掠れた声で囁く。

「他の女には勃たない俺を、最初からお前だけはこうやって……俺を男にさせる」

(わたしだけ……)

ごりごりと押し当てられているそこが熱を持つ。気持ち良くて蕩けてしまいそうだ。

「ん……」

思わず甘い吐息が漏れてしまうと、真秀は妖艶に笑い、己の唇を舌で舐めた。

「本当にお前は……いい顔をして、俺をとことん昂《たかぶ》らせる女だな」

肉食獣のような仕草に、凜風はぞくりとしてしまう。

「ひとりの女として、男の俺を求めろ。マホなど消し去って。女のマホは……お前の願いを叶えることも、お前の身体も満たすことはできないのだから」

それは切実な懇願のように。

「でもわたし、マホちゃんが好きだったから、消したくないよ」

すると真秀は、泣いているかのような顔で笑った。

「だったら、あの時以上に――今の俺を好きになれ」

その表情と言葉をどう捉えていいのかわからず、凜風が言葉を呑み込んだ瞬間。

「凜風ぁ。もうちょっとだけ、パンダになろうよ」

涼はむにゃむにゃと気の抜けた寝言を言うと、ふたりを背にしてごろりと横を向いてしまった。

(忘れてた、完全に……。しかもなんだ、パンダになろうって……)

途端に真秀が声を押し殺して笑い出す。

「訳わからない寝言で、無意識に邪魔してくるか、シスコンめ」

そして真秀は凜風を横抱きにして立ち上がった。

「な、なに……」

「お前が実兄に見られて燃えるのなら、ここでもいいが……」

「いやよ。悪趣味すぎる！」

「では仮眠室に行くか。事務所から出て他の場所に移動できるほど俺には余裕がない」

真秀は欲情にぎらついた眼差しをして歩き出す。

「俺が男だっていうこと、お前の身体に思う存分刻んでやる」

そう口にして、もの言いたげな凜風の唇を塞いでしまった。

◇

仮眠室に入るなり内鍵をかけられ、凜風は簡易ベットに押し倒された。

服を剥ぎ取られて露わになった肌に、ねっとりとした舌が這う。真秀のそれが、火傷《やけど》をしそうなほど熱く感じるのは、思った以上に自分が緊張して、寒さを感じていたからかもしれない。

そんな凜風を温めるように、真秀は凜風を抱きしめ脚を絡み合わせながら、たおやかな身体に己の熱の痕跡を刻み込んだ。

強張っていた身体が徐々に解《ほぐ》され、蕩けさせられていく。

真秀の熱に同化していく――

「は、ぁ……」

汗ばんでくる肌がもどかしい快楽を拾うようになると、凜風の唇からは恍惚とした声が漏れはじめた。

それを見計らったかのように、今まで焦らされていた胸の頂《いただき》に吸いつかれる。

そして、くねった舌先で先端の蕾を卑猥に揺らされては、窄《すぼ》めた唇で強く貪られた。

「んんう！」

真秀の舌は、動きがいやらしすぎる。その上ねっとりとしていて、快感を深く長く刻みつけようとしてくるのだ。そんな舌で、じんじんと切なく疼いていた部分を重点的に攻められれば、たまったものではない。身体がびくんびくんと跳ね続け、嬌声が止まらなくなる。

口淫で凜風を乱しながら、真秀の手は凜風の太股《ふともも》を弄《まさぐ》っていた。凜風が無意識に腰を揺らすようになると、足の裏を撫で上げるようにして両脚を持ち上げて折りたたみ、左右に開く。

そして凜風の脚に両手を置いたまま、その身体を下にずらした。

ようやく胸の愛撫から逃れられ、深呼吸をしていた凜風は、真秀の視線に気づくと慌てた。

両脚をM字に開き、淫らな体勢をしていた自分。

真秀は露わになった秘処を見つめていた。

「そ、そんなところ、まじまじと見ないで！」

上擦った声で拒み、脚を閉じようとしたが、真秀に妨げられる。

「却下」

依然、その視線は秘処に向けられたままだ。

秘処が燃えるように熱くなる。じゅんじゅんと甘く疼きながら、たくさん蜜を溢れさせているのが自分でもわかる。せめて知らないふりをしていてほしいのに、真秀は陶酔しきった声を出した。

「……ああ、凜風。見ているだけなのに、すごいぞ。こんなに濡らして……はしたない女だな」

「言わないで、見ないで！」

凜風は両手で顔を覆って羞恥に身体を震わせ、悶えた。

「否定するな。俺が欲しいんだって、認めろよ……」

ぎしりとベッドが軋む音がした直後、秘処に熱い微風を感じた。

驚いて顔から手を外した凜風は、その風は真秀の吐息であり、彼が顔を埋《うず》めようとしていることを悟った。

「ちょ、なにして……」

「俺の女《もの》に、挨拶するだけだ」

突き放そうとしたが、真秀は動じない。

近づいてくる。凜風を乱れさせたあの唇が。

拒みたい。でも拒めない。

凜風は観念して目を瞑《つむ》ると、緊張に息を止め、睫毛を震わせる。

そして――秘処は、熱く柔らかなもので覆われた。

時間が止まったかのように思えたが、やがて凜風は、急《せ》いたような浅い呼吸をする。

真秀の唇が触れられていると思っただけで、切羽詰まった心地になったのだ。

キスだけで終わるかと思いきや、真秀はじゅるじゅると音をたてて、蜜を啜りはじめた。

「ひゃ、あああ！　やだ、それだめ！」

淫靡《いんび》な光景と快感の強さに、凜風の腰は逃げようとするが、逃げられるはずがない。

逆に浮き上がる腰を抱えられて、より間近で真秀の行為をまざまざと見せつけられることになった。

肉厚の舌が秘処の表面を往復する。ぬるりとした熱いもので、重点的に快楽の核を舐め上げては、音をたてて蜜を吸いたてる――それはあまりにも淫靡《いんび》な光景だった。

「凜風、後から後から……蜜が溢れてくる。止まらないな」

真秀は頭を振るようにして、ゆっくりと舌で秘処を掻き回しながら、凜風に妖艶な目を向けた。

「いいぞ、全部舐めとってやるから」

真秀の舌が忙しく動きはじめた。ねっとりとした触感を伝える舌は、毎回形状を変えるのか、生き物のようだ。凜風の弱い場所を見つけると動きを速め、凜風を悦に浸らせながら追い詰めてくる。

「や、やぁ……！　そんなの、だめ、だめったら！」

凜風は髪を振り乱しながら喘いだ。羞恥と快感、双方に攻められ、頭がおかしくなりそうだ。

（ああ、気持ちいい……真秀に、そんなところを舐めさせているのに……）

ヤクザすら凌駕する圧倒的なオーラと、噎《む》せ返るような色香を持つ男が、凜風の脚の間に這いつくばってそんな場所を愛してくれている――その事実だけでのぼせそうなのに、自分の痴態をずっと、熱を滾らせた銀青色《シルバーブルー》の瞳で見つめられていると思うと、身体の芯まで蕩けてくる。

「あぁ、ああ！　イク、イッちゃ……」

凜風は手で己の口を押さえると、迸《ほとばし》りそうだった悲鳴を殺す。

びくんびくんと身体が震えて果てを迎えたが、それだけで終わらなかった。

すぐに真秀の指が、蜜口から差し込まれた。

異物の感触に思わず息を呑み込んだ凜風だったが、ゆっくりと抜き差しがはじまると、次第にえも言われぬ気持ち良さを感じるようになった。

「凜風、うっとりしているところ悪いが、そんなに声を出したらお兄ちゃんにばれるぞ？」

真秀は意地悪にも、大きな快楽の波に攫《さら》われそうだった凜風を現実に引き戻した。

誰がなにかをしているのか、記憶に焼き付けろと言わんばかりに。

「はしたない妹だよな。兄の目を盗んで、俺にこんなことをされて悦んでいるなんて」

「そんな……。真秀が……まほ……あああっ、ふ……」

手で口を押さえても、弾《はず》んだ声は漏れてしまう。

（どうしよう、声……止まらない。気持ち良くて……たまらない）

身体の奥から止めどなく、熱いものが流れ続けているのがわかる。

粘着質な摩擦音が大きくなるのが、恥ずかしくてたまらない。

「聞こえるか、お前のいやらしい音。今、指三本咥えているんだぞ？　初めてのくせに、なんでこんなに感じまくるんだ、お前は。中なんて絡みついてすごいぞ、本当に処女か？」

「そんなこと……言わないで！」

羞恥心は快楽を煽る。しかもそんな艶やかな声で囁かれてはたまらなくなる。

「凜風。俺だけにしろよ、欲情するのは。俺もお前だけにしか欲情しないから」

「……っ」

「お前が他の男にこんなに乱れたら、赦さない」

強制力を持った独占欲のような声は迫力に満ちていた。

艶めく真秀の声をストレートに受けた凜風に、なにかが迫《せ》り上がってくる。

「ああ、イク……」

その勢いに呑み込まれるようにして、凜風は眉間に皺を刻んで背を反らせた。

「……凜風、俺の顔を見て……名前を呼ぶんだ」

薄く目を開くと、視界にぼんやりと真秀が映る。

「マホ……真秀、わたし……イ、あああ……っ」

喉元をさらして、声を絞り出そうとした瞬間、真秀に片手で抱かれて唇を奪われた。

「——っ！」

嬌声を真秀に消されながら、凜風は強張らせた身をびくんびくんと跳ねさせて弾《はじ》け飛んだ。

指が引き抜かれた後、縺《もつ》れるようにして絡んだ舌が優しく動き、頭を撫でられる。

無性に甘えたくなって長いキスをしていたのに、唇が離された途端、照れ臭くなる。

目を泳がせる凜風の心情を見抜いたのか、真秀はふっと笑いながらワイシャツを脱いだ。

精悍で逞《たくま》しい上半身が露わになった。

鍛えられた身体にはしっかりと筋肉がつき、見ているだけでほれぼれしてくる。

男としての色香をさらに強めるのが、右肩から胸にある黒い入れ墨だ。

杖に蛇という不可解な絵柄は、悪魔の刻印のようにも見える。

(でも彼がヤクザではないのなら、どうして入れ墨をしたのかしら)

考えながらじっと真秀の入れ墨を見ていると、真秀が視線に気づいたようだ。

「怖いか？　それならば服を着るが」

「違う、怖くないわ。そうではなく……どうして入れ墨をしてるの？」

するど真秀は皮肉めいた笑みを浮かべた。

「これは……傷を隠すための医療用刺青《メディカルタトゥ》だ」

慣れない単語を聞き返す。

「医療用？　怪我をしていたの？　傷を隠さないといけないほど大きな怪我を？」

凜風は心配そうな顔つきで答えを待った。真秀はなにかを訴えるような瞳で凜風を見たが、やがて諦めたように小さく笑った。

「これは……俺の不注意でついた傷だ。傷痕がひどくてな。養い親に勧められて刺青《タトゥ》を入れた」

「そう……だったんだ」

「そんな顔をするな。これのおかげでヤクザにも舐められずに済んできたし、俺らしいと誇らしくもある」

ゆったりと笑った後、真秀は凜風の上にゆっくりと身体を倒し、彼女の顔の横に両手をついた。

「……凜風。お喋りはそれくらいでいいか？」

欲情にぎらついた眼差しに、凜風の心が跳ねる。

床には、既に封を切っている避妊具の包みが落ちている。

考え込んでいた間に、準備は整えられていたのだろう。

とうとう、だ。凜風は強張った顔をして、こくりと頷いた。

緊張した面持ちの凜風を見て、真秀は軽く笑った。彼女の両手を己の首に巻きつかせると、熱い視線を交わしたまま唇を奪い、ねっとりとした口づけをする。

くちゅくちゅと音をたて、舌が濃厚に絡み合う。

真秀はそのまま凜風の脚を開くと、避妊具をつけた猛々しい己自身を凜風の秘処に滑らせ、何度も大きく往復させせた。

無防備な場所で感じる、熱くて質量のあるもの。

それが動く感覚は、まるで巨大な生き物が這っているかのようだ。

（はぁ……おっきくて、硬くて……熱い。気持ちいい……）

これが真秀の一部だと思うと、恐怖より興奮が勝り、凛風の感度を上げていく。

指や舌のような繊細さなどない、圧倒的な存在感を示すそれは、濡れしきる花園を蹂《じゅう》躙《りん》して問答無用の強い刺激を与えてくる。特にごりごりとした硬い先端が、前方部を掠めると、電流でも流れたかのように身体が痺れ、子宮がきゅんきゅんしてとろりと蜜を垂らしてしまうのだ。

もっと真秀を感じたい。もっと気持ち良くなりたい——凛風は、真秀との舌の吸い合いに夢中になりながら、自然に腰を動かした。

すると真秀は凛風の要求に応えるように、悩ましく腰を動かし、花園を強く抉《えぐ》ってくる。淫靡《いんび》な摩擦音が響く中、本当の交合のようにふたりの腰は激しく揺れて、強い快感を追っていく。

（ああ、気持ちいい……。真秀と直接触れ合っていると思ったら、余計へんになりそう……）

乱れた息。悩ましい吐息——それは凛風だけのものではなかった。

（真秀も感じてくれているんだ……）

真秀がさらに猛々しくなり、きゅんきゅんとしている蜜口に入りかけては、通り過ぎる。そのもどかしさに焦れていると、やがて真秀が掠れた声で耳打ちした。

「……痛かったら俺の肩を噛んでいいから」

そして彼は凜風の脚を大きく左右に開くと、剛直を凜風の蜜口へと押し込んだ。

「ああ……」

ぎちぎちと中を押し開いて、大きな異物が入ってくる。その衝撃に思わず凜風が喉を曝け出すようにして仰《の》け反《ぞ》ると、真秀はその喉に舌を這わせながら、さらに腰を進めてくる。

圧迫感に腹が裂かれるかと思ってしまい、凜風は焦って上擦った声を出した。

「真秀、大きすぎる。これ以上は……無理……！」

すると真秀が好戦的な眼差しで、凜風に言う。

「いいことを教えてやる。男にとって、大きいという言葉は褒め言葉だ。お前が読んだ本には、そう書いてなかったか？」

（確かに書いてあったけど……）

気を逸らした瞬間、凜風の抵抗力が弱まった。それを見計らい、真秀がずんと大きく腰を入れてくる。

内壁が強く擦り上げられるとともに、凜風の脳裏に赤い亀裂が走った。

破瓜《はか》の痛みが広がるより早く、凜風は強く抱きしめられ、上擦った声で耳打ちされる。

「テクニックなんて必要ない。お前が、お前でありさえすれば、俺は……」

言葉が震えて途切れた後、蕩けるような甘美な口づけがなされる。

その合間に切なげに呼ばれる、凛風の名。胸が締めつけられる心地になると、痛みよりも、胎内の真秀の方を強く感じてくるようになった。

大きく熱いものが息づいている――

抱きしめ合うよりもっと深いところで、真秀と直接繋がっていると思うと、多幸感が強まった。

（なんだかすごく、愛おしい……）

真秀は唇を離した後、じっと凛風を見ていた。

銀青色《シルバーブルー》の瞳は切なげに揺れながら、なにかを訴えている。

それは、在《あ》りし日のマホを彷彿させた。

「マホちゃん……？」

思わずその名を口にすると、真秀は傷ついたような表情を見せて言う。

「お前の身体は、男の俺を受け入れているのにな……」

「え？」

「なんでもねぇよ。痛みは？　まだ痛いか？」

「大丈夫」

迎え入れている真秀が、びくびくと震えながら、再び動きたがっている。

それを嬉しいと喜べるだけの余裕がない凜風には、無性に気恥ずかしく、焦りすら覚える。

どう振る舞うのが正しいのかわからないが、こんなにもリアルに欲を伝えているくせに、動こうとしない真秀に、おずおずと言ってみた。

「本当に大丈夫だから、そ、その……いいよ、動いても……」

すると小さな舌打ちが聞こえる。

「お前に気遣われるとはな……。だったら、遠慮なく……食わせてもらう」

真秀は、暴虐的なまでの色香を全開にして動きはじめた。

みっちりと埋め込まれていた熱い剛直が、ゆっくりと引き抜かれていく。いなくなったのを寂しく思う前に、内壁を強く擦られてまた押し込まれる。

繰り返されるその動きは、破瓜《はか》の痛みを掻き消すほど強烈で不思議な触感を伝えた。

身体に走るぞくぞくとしたものが止まらず、肌はざわめき粟立ってしまう。

汗でしっとりとした強靱な身体に包まれながら、官能的な男の匂いに噎《む》せ返りそうだ。

「ひゃあ、あん、んんっ」

抽送のリズムに弾《はず》む凜風の声は、明らかに甘さが滲んでいた。

凜風が感じはじめたのを悟ると、真秀は情け容赦なく深層を穿った。

「あ、ああっ」

内壁を激しく擦り上げて、奥まで貫いてくる雄槍。

そのたびに目がチカチカし、気持ち良さに気が遠くなりそうになる。

「真秀……気持ちいい……。どうしよう、わたし、おかしくなっちゃう……」

ざわざわとした快楽のさざ波は大きくなり、喘ぎ声はもはや啜り泣きに近い。

真秀はふっと笑い、凜風の口を塞いで濃厚なキスをした後、凜風の両脚を持って腰ごと持ち上げ、高い位置で結合する様を見せつけた。

真秀の剛直がゆっくりと凜風に突き刺さり、蜜がくぷくぷと音をたてて溢れている。

どこまでも卑猥な光景を見せつけられ、凜風はあまりの羞恥に取り乱した。

「やっ、やだっ、恥ずかしいっ」

凜風は、真秀の腕を掴んでやめさせようとするが、彼は動じない。

「はは。凜風、お兄ちゃんに聞こえるぞ」

むしろ凜風をもっと乱れさせようとしているかの如く、腰を回して抽送に変化をつけた。

淫靡《いんび》な水音を大きく響かせ、凜風の中を攪拌《かくはん》してくる。結合部分からは、泡立った薄いピンク色の淫液がとろとろと垂れており、凜風がぶるりと身震いした。

（ああ、わたし……真秀に食べられているんだ……）

ぞくぞくとした昂《たかぶ》りが感度をさらに上げ、凜風は大きく身悶えた。

真秀の精悍な肉体は上気し、男らしい鎖骨に汗が滲んでいる。

時折髪を掻き上げながら、挑発的に凛風を見下ろす目はどこまでも色っぽかった。

その彼が時折、眉間にくっと皺を寄せて苦しげな表情をし、薄く開いた口から悩ましげな吐息を漏らしているのに気づくと、凛風の胸の奥がきゅうんと音をたてた。

（もっと、真秀が欲しい……）

快楽の波がひとつのうねりとなりはじめた。それは凛風を呑み込もうと大きく渦巻いている。

凛風は自ら真秀の唇を求め、脚を真秀の腰に巻き付けた。

果てる時は、真秀と一緒がいいと強く思ったのだ。

すると真秀は困った顔をして凛風の頭を抱きしめ、腰の律動を速めた。

その動きは依然猛々しいものだったけれど、真秀のキスはとても甘い。そして彼は唇を離すと、凛風と額《ひたい》だけをくっつけ、己の切迫感を吐息で凛風に伝えた。

追い詰められる心地の中で、快感とはまた違って膨れ上がるものはなんだろう。

熱い視線を交わしつつ、揺れる彼の瞳を見ていたら、その答えがわかりそうなのにどうしてもみつからなかった。強引で獰猛なのに、真秀は己の感情を解放しない。本当の彼を見せてくれない。

真秀には、凛風のような膨れ上がる気持ちはないのだろうか。

それを寂しく思っていると、やがて快楽の坩堝《るつぼ》が凜風を捕らえた。

「あ、ああっ、わたし、わたし……」

全身がざわっと総毛立ち、果てに向けて身体に力が入る。

「凜風、俺も……」

耳元で聞こえるのは、余裕のない、掠れきった声だ。

凜風は真秀にしがみついた。少しでも真秀を強く感じたかったからだ。

やがて真秀のひと突きが決定打となり、凜風はか細い声を上げて弾《はじ》けた。

ほぼ同時に、凜風の中でぶわりと膨らんで震えたそれ。

「凜風、凜風……！　――っ！」

まるで恋しがっているかのように凜風の名を呼んだ真秀は、果てに上《のぼ》り詰めた凜風の身体を強く抱きしめると、薄い膜越しに熱い迸《ほとばし》りを勢い良く注いだ。

ぜぇぜぇと息を切らしてぐったりしたのは凜風だけ。

すぐに、避妊具を着け替えて中に入ってきた真秀の芯は、萎えていなかった。

（――っ⁉）

凜風は本能的な危機感を抱き、及び腰になる。

「契約は〝俺が欲した時〟。それに言っただろう？」

真秀はゆらりと揺らめくようにして妖艶に笑って続ける。

「恨むなら、俺を欲情させた自分を恨め。――俺はまだ足りない」

真秀は強張った顔を見せる凛風の顎《あご》を掴むと、その顔を覗き込んだ。

「た、足りない……？」

「ああ。まだまだお前の中に、〝俺〟を刻みつけられていないからな」

「も、もう十分よ。十分すぎるわよ」

そんな悲鳴じみた声も、すぐに消される。

「――契約。いいのか、俺がこのまま仕事放棄しても」

（そ、それを言う⁉）

「早く俺を満足させないと、お兄ちゃんが起きてしまうぞ？」

真秀は問答無用で腰を動かしはじめる。

「や、んんっ、わたし、初めてなのに……」

去ったはずの快感の波が戻ってくる。自然と息が乱れてきた。

「俺のを咥え込んで離さずにいるくせに、初心者もないだろう。こんな……蕩けるような熱い中で、俺を搾り取ろうとしているくせに」

「そんな、こと……」

抵抗しているはずなのに、声は甘く、艶めいてしまっている。

真秀は、反論もできずに乱れはじめた凛風を見つめる。

その目を愛おしげに細め、焦がれるような炎を宿しながら。

◇

「あのさあ、凜風。真秀となにかあった？」

結局あの日は、明け方まで真秀に抱かれ続けた。

涼は妹の嬌声に目覚めることなく、翌日の昼近くまで眠りこけ、『凜風も酔っ払っていたから仮眠室で寝させた』という真秀の言葉を、疑いもなく信じた。

そのくせ、いつも通りに振る舞っているはずの妹の変化には目敏《めざと》く、こんなふうにこっそり尋ねてくる。

「べ、別に……」

言えるわけがない。兄とタッグを組んで、真秀から己の身体を守るどころか、散々に美味しくいただかれた挙げ句、今では真秀に触れられるだけで身体が熱く濡れてしまうなどとは。

それなのに真秀には、まったく変化がない。

いつものように凜風を扱き使い、不遜に仕事を完璧に処理していく。

腹立たしいほど、真秀には引き摺るものがないらしい。

あの日以降、極度に緊張しながら次回のお誘いがかかることを覚悟していたのに、真秀からはなんの言葉もない。それどころか、仕事が終わるとそそくさとどこかへ出かけ、そのまま、今まで寝泊まりしていた仮眠室でなく自宅のマンションに直帰してしまう。

今も書類を整理している真秀とは、視線すら合わないくらいだ。

仕事に厳しくクールなのは最初からわかっていたけれど、何度も熱烈におかわりをした相手に、なにか執着めいた特別感をちらつかせたりしないものなのだろうか。

もう食べ飽きて食傷気味だから、気にもかけないのだろうか。

(きっとわたしは真秀にとって、体《てい》のいいセフレ以下、なんだろうな)

そう思うと、割り切っていたはずの胸がズキズキ痛む。

初めての相手だからと真秀に特別感を抱いても、それは虚しいだけだろう。

しかし、こちらだけが意識しているというのも、なにか理不尽すぎる気がする。

「真秀に困っていたら、僕に言うんだよ。いくら恩人でマホちゃんでも、ガツンと言ってやるからね！」

あまり頼りにならない兄ではあるが、凜風の変化は真秀によるものではないかと疑うあたり、勘が良い。

(ぐ……。人のいい涼兄に隠しごとをしていると思ったら、胸が痛むわ……)

その時、機械音が鳴った。真秀のスマホかららしい。

真秀はそれに応答すると電話を切り、凜風たちに告げた。

「今から客が来る」

「新規のお客様⁉」

兄妹が興奮した声を揃えたが、真秀はにやりと笑った。

「いいや、お前たちも旧知の客だ」

誰だろうと凜風が涼と顔を見合わせた時、来客を告げるチャイムが鳴った。

現れたのは、金髪のライオンヘア……を短く刈り上げた男。

「久しぶり……っス！」

鮫邑組の有村である。腫れ上がっていた顔も、いくらかマシになったようだ。

「なに、また事務所を襲いにきたの⁉」

凜風は顔を強張らせて警戒した。

ここしばらく平和だったせいで忘れかけていたが、また過酷な日々がはじまるのだろうか。

（いや、待って。なんで有村が真秀のスマホに電話をかけてくるわけ？）

思わず身構えていると、真秀がゆらりと立ち上がる。

すると有村は、真秀に向けて深々と頭を下げた。

「おかげさまで、指詰《エンコ》めせずして、鮫邑組から足を洗うことができました。兄貴、ありがとうございました」

「俺は弟をもった記憶はない。義兄弟の契りも交わしていない」

「それでも、御子神さん……いや、真秀さんは、俺の兄貴です！」

ずいぶんと有村が懐いているように見える。

「真秀、どういうことだ？」

怪訝な顔をした涼が、真秀に尋ねた。

「ああ。鮫邑組の組長に会う前、有村から話を聞こうとしたんだ。だがこいつは、組にいる限り、組の情報を外部に漏らせないと頑なでな」

有村は、今どき珍しい男気を見せる男であったようだ。

「実は、鮫邑組に猶予を与える際、五体満足での有村の脱退と、今後、有村には関知しないという条件を追加していてな」

途中経過の報告要員が欲しいから、という名目のそれに鮫邑組は渋々従ったらしい。

「有村が解放されたということは、まだ俺の脅しは効いているということだな」

それは、例の『上客』がまだ動きを見せていない、ということでもある。

情報を諦めるのではなく、情報を得るために組から抜けさせるあたりが真秀らしい。

「最近も色々と相談に乗ってもらって……俺、兄貴には本当に感謝していて……」

有村は言葉尻を震わせ、目元を袖で拭った。

（最近って……、もしかして直帰していたのは……有村の相談に乗っていたから？）

鮫邑組を離れ、晴れて自由の身となった有村は真秀に会いにやってきたらしい。

有村は、涼と凜風に向き直ると頭を下げて謝罪した。

「命令とはいえ、今まで怖がらせてしまい、すみませんでした！」

ヤクザから謝られる展開に、思わず凜風は涼と顔を見合わせてしまった。

「俺、周りから舐められたくなくてヤクザしてました。そしたら、ある時若頭から、従業員を追い出して事務所を潰せと命令が下って……。同じヤクザならともかく、堅気を傷つけるのが嫌で、けど、逆らえなくて……どうにかしようとはしてたんですけど」

（もしかすると、わたしが自由に外を歩けたり、最悪の事態を避けられていたのは、彼のおかげ？）

それでも怖かったのは事実だし、ありがとうと喜ぶことはできない。複雑な気持ちだった。

「あの、所長代理さん。俺に風邪薬をくれたこと、覚えてますか？」

突然話を振られた涼は、やがて思い出したのかこくりと頷いた。

「あの時の俺、風邪を拗《こじ》らせてすごい熱で。でもヤクザが風邪なんて格好悪いから、隠して粋がって、事務所を荒らしていたんです。それを……怖い思いをさせた所長代理さんが気づいて、風邪薬をくれて。俺、じーんとなってしまいまして。なんて優しい人なんだろうと。そんな人の事務所を潰せやしないと」

涼のお人好しさが、社会から爪弾《つまはじ》きにされてきた有村の心を動かしたのだ。

有村の一存で、暴力行為は最低限の形だけのものになって、事務所潰しが引き延ばされてきたらしい。

(結果的に涼兄が、この事務所を守ってくれた……ということになるのかしら)

「最近は、なけなしの良心が痛んで夜も眠れなくなって。俺、ヤクザに向いてないんですよ。でも簡単に組を抜けることもできないし、抜けたらここの事務所が大変な目に遭う。悩んでいる間に、なにとろとろしているんだと、上から焼きを入れられてしまいましたが……」

有村のしたことは簡単に許せるものではない。

彼によって、自分たちだけではなく、元従業員たちまで追い詰められた。

(だけど、組織の苦労はわかるわ)

会社員をしていた身としては、上がどんな人間でも絶対服従しなければいけないつらさはよくわかる。

この事務所に来たばかりの頃の、真秀の言葉が蘇る。

『ヤクザにならざるを得なかった者たちにも、最低限守られるべき人権があると思うからだ』

有村がどんな経緯で裏社会に足を踏み入れたのか、ヤクザに対してどんな感情を抱いていたかなど、はっきり言えばどうでもいいし、興味がない。凜風にとっては、今でもヤクザは悪の象徴としか思えないし、許容したいとか、馴れ合いたいとも思っていない。

だが、兄や真秀と違って、彼らをひとりの人間として見ていなかった自分の偏見が、今は浅はかに思えた。

「すごく顔が腫れていたけど、かなり痛い思いをしたんじゃないの？」

涼が尋ねると、有村は力なく笑った。

「自業自得です。それより若頭が出てきてしまったことで、皆さんにご迷惑をおかけしてすみませんでした。あの時、真秀の兄貴がいてくれて本当に良かった。兄貴、重ね重ね……ありがとうございました！」

有村は真摯な表情で、真秀に何度も深々と頭を下げた。

「これからはなんでもやります！　罪滅ぼしさせてください！」

有村は自分のしたことを心から悔いているようだ。それは彼の様子から見てとれる。だったら、凜風もその気持ちだけは受け入れたいと思う。

……同じ人間として。

そう思って涼を見ると、彼も微笑した。きっと凜風の変化がわかったのだろう。

今まで散々、『涼兄は甘い』と怒ってきた兄だが、今はなんだか頼もしく思えて、凜風も照れたように微笑み返した。
場所を応接ルームへと移し、四人はソファに座った。
「俺は一番年下だし、〝太一《たいち》〟でいいっス！」
聞けば、有村――太一は今年で二十七歳だという。
「ある程度は聞いていたが、もう一度聞く。まずはこの事務所を狙ってた件だが……。
お前は、組の中でどんな立ち位置にいたんだ？」
真秀が本題を切り出すと、太一が説明をしはじめた。
「はい、俺は舎弟たちを束ねる舎弟頭をしていて、一応、若頭に可愛がられてました」
すると凛風が驚いた。
「なのによく若頭はあなたを自由にしたわね。自分の弱みになる情報を知られていても
おかしくないのに」
しかも余計なことを喋るなと脅されてもおらず、若頭から突然放免を言い渡されたと
いう。
凛風は、太一の持つ情報がなにかあった時の切り札になるかとも思って聞いてみたが、
残念ながら重要な情報は与えられていなかったようだ。
（なにも知らないから、自由にされたわけか……）

「え……と、話戻しますね。今回、俺たちにはこの事務所から所員を追い出して、事務所そのものを潰せという命令がされました」

「理由は聞いていたか？」

腕組みをした真秀がゆったりと尋ねると、有村が答えた。

「いえ、ただ、上客の頼みだとか」

太一を除いた三人は、既知の事実に顔を見合わせ、頷き合った。

「上客はいつも、若頭を電話一本で呼びつけていました。若頭はひとりで出かけるので、誰も上客の顔を知りません。一度若頭に上客のことを聞いてみたんですけど、かなり羽振りがいい男で、大金をぽんと気前良く出すから、夜遊びに付き合いつつ用心棒みたいなこともしていると言っていました。それ以上のことは教えてくれなかったけれど、あくまで金ありきのギブアンドテイクの関係だったみたいで」

(上客は若頭と付き合いがあったのね。若頭を用心棒にして夜遊び……。うーん、法曹界も動かせる社会的地位がある人物が、ヤクザとの親密さを周囲に見せつけることは、迂闊《うかつ》に思えるけど。……待てよ、夜の界隈を調べれば、上客ってすぐにでも判明するのでは？)

しかしそれで簡単に正体がわかるのなら、あまりにもお粗末すぎて、逆に罠のような気もしてくる。

上客についてあれこれ考えている凜風の横で、別のことを考えていたらしい真秀は首を傾げた。

「ギブアンドテイクと割り切っているのなら余計、解せないな。この事務所にしていたことは法の規制対象だ。法がどれだけ組に打撃を与えて、ヤクザを縛り上げるものなのか、お前たちもよく知っていただろう。大金を積まれて頼まれたとしても、もっとやり方はあったはずだ」

「俺は……命令に従っただけで。とにかく周りが怯えるほどに派手にやれ、と言われたので。殺さなければなにをしてもいいと……」

「な……！」

凜風と涼は青ざめた。派手にやれというのは、やはり通報されても捕まらないという自信があったからだろう。

(殺さなければなにをしてもいいだなんて……その上客は誰で、一体わたしたちにどんな恨みを持っているの！)

憤慨する凜風の耳に、太一に問う真秀の声が聞こえてきた。

「お前は若頭に可愛がられていたと言っていたな。若頭の近くにいたのなら、たとえば若頭にかかってきた電話などから、上客の名前や特徴などを漏れ聞いたりはしなかったか」

すると太一は少し考えてから、ぽんと手を叩いて答えた。

「若頭がそいつに電話していた時に、名前だけ聞きました。確か……タカヒトと」

「タカヒト⁉」

凛風と涼の声が揃い、ともに裏返った。真秀は忌々しげに顔を歪めている。

三人は同じ人物を思い浮かべているのだ。

真秀の双子の兄、鏑木鷹仁を――

（でも、同名だが別人の可能性もある）

タカヒトという名前だけでは、真秀の兄だと断定できない。

決定打に欠ける情報をどう捉えればいいのか、凛風が思案していると、涼が言った。

「なあ、真秀。鷹仁は今なにを？　鏑木さんの後を継いで、弁護士に？」

すると真秀は心底嫌そうなため息をつくと、前髪を掻き上げた。

「養子に出されてからの鏑木の内情は知らない。風の噂を信じるのなら、あいつは弁護士どころか法曹界にもいないはずだ」

凛風と涼は驚いた。鏑木家は代々続く、由緒ある法曹一家だ。真秀は養子に出されているのだし、鷹仁が法律家になっていないのなら、誰が鏑木家を継ぐというのだろう。

（鷹仁はパパ大好きっ子だったから、パパが望む、パパと同じ法の道を歩むのだとばかり思ってた。子供の頃からわたしにはちんぷんかんぷんの法律知識をよくひけらかして

いたし。一体、どうしたのかしら）

「なにがあったんだ？」

涼が尋ねると、真秀は不機嫌そうに答えた。

「……あまりに出来が悪すぎて、司法試験に受からなかったらしい。それまでは父親の力で裏からなんとかできても、司法試験は公正だったようだ。今は父親のコネでどこかの大手企業で重役をしているはずだ」

「じゃあ跡継ぎは……」

「知らん。興味もない」

涼の質問をすっぱりと一刀両断である。

昔から鷹仁は真秀につらくあたっていた。あの頃はマホとして耐え忍んでいたが、養子に出されて成長した今となっては、嫌悪感を露わに兄も実家も突き放している。

（真秀が変わったのって、養子に出されてからなのかしら？）

養子先でもつらい目に遭ったのだろうか。凜風は不意に、時折真秀が見せる孤独で寂しげな翳りが気にかかった。

（真秀のこと、知りたいな……）

身体だけではない、彼が歩んできた人生を。

彼がなにを思い、生きてきたのか。その心の中すべてを。

そんな凜風の横で、涼がのほほんと言った。

「でもまあ僕だって司法試験はすぐに受からなかったし。そんな簡単に受かる試験じゃないよね」

涼が同意を求めて、真秀に水を向けた。

「俺は一回で受かった」

「え？」

涼が驚きに目を見開いた。

「真秀は、中学まで学校にも行かずに、家でおばあさんの世話をしてて、おばあさんから言葉を習っていたんだよね。僕と凜風がそれ以外の勉強を教えてあげて」

真秀はこくりと頷く。

「……ちょっと待って。よく考えたら真秀はもう七年、弁護士をしてるんだろう？　その前は検事をして、さらにその前に司法修習があったとして……。何歳で司法試験に通ったんだ？」

「高卒認定試験で大学に入ってすぐに予備試験を受けたから、司法試験に通ったのは二十歳の頃だな」

司法試験を受けるには、法科大学院《ロースクール》を修了するか、受験に制限がない司法試験予備試験と呼ばれるものに合格する必要がある。予備試験で合格できる若者は、本当に稀だ。

涼は大学で法科を学び、法科大学院《ロースクール》を修了してもなお、司法試験に落ちたのだ。

「二十歳⁉　ち、ちなみに……それだけ優秀な真秀が入った大学はどこなんだ？」

完全に話題が逸れているが、それなりに学歴には自信があったらしい涼は、少しだけ対抗意識を見せて真秀を質問攻めにした。

真秀が平然として答えたのは、涼の大学のさらに上をいく、日本有数の難関大学だ。

それまで学校に行っていなかった真秀が大学進学を決めたのは、養子に出された十七歳の時。検事になろうと思ったからで、塾も家庭教師も皆無の独学だったらしい。

司法試験に通れば検事になる資格は得られるが、検事として大成するためには知見を広げる必要があり、小学校すら通っていない学歴をなんとかしなければならないと考え、大学に通ったのだとか。

真秀はなぜ、実父と同じ弁護士ではなく、検事になりたいと思ったのか、凛風はその理由を聞いてみたが、真秀は曖昧に笑うばかりだ。なにか理由はあるのだろうが、言いたくないようだ。

人間、真面目に取り組んできてもその努力は報われないことがあるというのに、真秀は違う。

真秀も並々ならぬ奮励努力をしたとは思うが、今までの人生でなにかしらの不合格の憂き目に遭ってきた兄妹は、手を取り合って真秀の尋常ではない優秀さに震えた。

太一には真秀の凄さはよくわからなかったようだが、みんなが反応するタカヒトとは何者なのかを考えていたらしい。真秀が件《くだん》のタカヒトの双子弟ということを聞き、驚いた顔で言った。

「兄弟喧嘩っていうわけでもなさそうですね。けどただのいやがらせにしては、冗談で済まされないし……」

凜風は昔の鷹仁を思い出す。

顔だけはやけに整っていた少年だった。ただ、自尊心と虚栄心が異常に強い割には、確かにあまり頭が良さそうな感じはしなかった。もう少し頭を使えばいいのにと、当時小学生の凜風ですら思ったことがあったくらいだ。

（いっつも涼兄をいじめるし、マホちゃんも目の敵にして、離れに現れては嫌がらせばかりしてた。わたしや涼兄に『離れに行けば呪われるぞ』とか言って脅かす癖に、自分も来てたし、自分のことはすぐ棚に上げるし、考え方が性悪で本当に大嫌いだったなあ）

その鷹仁が事務所潰しに暗躍しているかもしれないのだ。

（別人と言い切れないわ。上客が鮫邑組の若頭を連れて、堂々と夜遊びしている浅慮さ、わたしが知る鷹仁であれば納得できる。とはいえ……）

凜風はむかむかしながら言った。

「鷹仁の狙いがなんであれ、鷹仁のせいでお父さんが倒れて、事務所が存亡の危機に瀕していたっていうの？　あの鷹仁のせいで！」

涼がその後、疑問を呈した。

「だけど、黒幕が鷹仁だったとしても、動機がよくわからないな。今まで僕たちは、鷹仁とは疎遠だったんだから。この前、鏑木さんには久しぶりに会ったけど、鷹仁の話は一切出なかったし」

「だが、確かにあいつなら、鮫邑組としても、金以外に、法曹一家という強力なスポンサーにも守られることになる。派手な動きをしていた理由も通る」

そう告げた真秀の目は、凜風にはどす黒い闇を秘めているように見えた。

真秀も、鷹仁に対しかなり思うところがあるのだろう。

「ただ――黒幕にしては、小物すぎるのが気にかかる」

それは凜風も同感だった。成長とともに変化があった可能性も否めないが、鷹仁は元々陰険で臆病な性格だ。事務所を狙う動機も不明だし、ヤクザと組んで法律事務所を潰してしまうような、大それたことを画策するとは思えない。

涼が腕組みをして言った。

「太一が聞いたというタカヒトが、僕たちが知る鷹仁であるなら、探し出すことも諫めることもできるかもしれない。まずは夜の街に出向き、本人かどうかの照合が……」

その時、太一が突然、右手を挙げた。

「俺にお任せを！　罪滅ぼしとして目一杯、働かせていただきます。俺、この先は恩ある真秀さんの情報屋になるつもりでしたんで。身を粉《こ》にして情報を集めて参ります！後ろ暗い奴らの人脈《コネ》だけはあるんで！」

こうして、元ヤクザの情報屋が誕生した。

「ただ、ひとつ問題がありまして」

直後、太一が眉尻を下げて、情けない顔で続ける。

「実は今まで鮫邑組本家に住んでたんで、今は宿無しなんです。新しい家が見つかるまで、どこかに居候《いそうろう》させてもらえませんでしょうか。夜、寝るだけでいいので、この通りです！」

頭を下げた太一に、三人は顔を見合わせた。

(考えられる選択肢はふたつね)

ひとつは、凛風と涼が住む父のマンションに太一が同居すること。

もうひとつは、真秀が住むマンションに太一が同居すること。

父のマンションは、母が生きていた時に購入した３ＬＤＫで、今は父の部屋が空いている。父が目を覚ますまで、寝泊まりするくらいならいいかと思ったのだが――

「嫁入り前の妹を他の男と同居させるのは、兄としてはいただけない」

涼が断固反対をした。

「涼兄も一緒だし、そこまで警戒しなくてもいいんじゃ……」

なにより太一は改心したのだ。夜這いなどという不埒な真似はしないだろう。

それを告げると太一もこくこくと頷いた。

「でもさ。凜風が事務所に来るようになってから、明らかに太一、うきうきしてたよね。いつも凜風を見て、にやにやして」

兄の疑いに、太一は慌てて弁解する。

「そんなそんな……。涼さんの妹さんに、そんなやましいことなど……ひぃぃ⁉」

太一が突如、悲鳴を上げてソファから飛び上がったのは、真秀が太一を睨みつけていたからだ。

「とにかく、うちは駄目だ。真秀が引き取ってよ」

みんなからの視線を浴びた真秀は答える。

「悪いが、俺のマンションは狭くて太一が寝泊まりできるスペースがない。俺がここの仮眠室を住居として使ってもいいなら、俺の家に太一に住まわせてやることも可能だが……」

すると太一はぶるぶると震えた。

「結構です！　兄貴を追い出して、そこに住むなんて滅相もない！　それならここの仮眠室とやらをお借りできれば……」

「お前はこの事務所を荒らしにきた張本人だぞ。寝泊まりもしているなどと周りにばれれば、この事務所の評判はさらに堕ちる。その責任をどうとるつもりだ？」

「僕も真秀に同感だ。太一が改心していても、周りにはそれがわからないしね」

ふたりから反対されてしまい、太一はしゅんと肩を落とした。

「そうですよね……。虫のいい話ですよね……」

「ひとつ方法があるぞ」

そう告げたのは真秀だった。

「涼が反対するのは、凜風と太一を同じ家に住まわせることだ。だったら、凜風を俺の家に寄越せばいい」

「わたしを？　でも真秀の家にはスペースがないって……」

「俺が仮眠室を使う。風呂や着替えで、たまには家に戻るが、凜風と同居はしない」

「いやいや。わたしだって家の主を追い出せないって。だったらわたしが仮眠室でも……」

仮眠室――この単語を引き金に、めくるめく快楽の時間を思い出し、凜風は真っ赤になった顔を両手で隠した。その意味がわかるのは真秀だけだが、恥ずかしくて顔を見ることができない。

「お前を仮眠室で寝泊まりさせられるか。一応は、女なんだぞ」

真秀のそんな声が聞こえるが、なにやら愉快そうで癪だ。

涼は腕組みをして考え込み、ぶつぶつと独りごちている。

「凛風の身を守るためには、確かに僕と太一がひとつ屋根の下に住むのがベストか。それに凛風が真秀と同居しないなら、凛風もいじめられることはないだろうし。むしろこれを機に仲良くできるかもしれないし」

明るく言い終えた直後に、首を傾げて渋い顔をする。

「でも、鮫邑組がどう出るかわからない状況で、凛風を独り暮らしさせるのは……」

凛風の身を心配する涼を宥《なだ》めたのは、真秀だった。

「安心しろ、涼。俺の家はセキュリティが万全だ。仕事柄、自衛はしっかりしていないといけなくてな。だから凛風が夜ひとりになっても、暴漢に襲われる心配がない。どこよりも安全だ」

その言葉が、涼を後押ししたらしい。

「よし。だったら、太一。しばらく僕の家にいろよ。凛風はその間、真秀の家で独り暮らしだ」

全員が同意したその瞬間、凛風の視界の片隅で、真秀の口角が静かに吊り上がった。

(なんで今、にやっと笑ったの？　なにか……よからぬものを感じるんだけど)

凛風が一抹の不安を覚えている間に、涼が太一とともに事務所から出ていった。

荷物がなにもない太一のために、近くのスーパーに日用品を買いにいこうと涼が提案したのだ。

「だったらわたしも……」

たとえ短期間でも、女性の独り暮らしに必要なものはある。

ふたりの背中を追いかけようとした瞬間、ソファに座ったままの真秀が、ぐいと凜風の手を引いた。耳元で真秀に囁かれる。

「これでまた、思う存分にお前を抱けるな」

それは——ぞくりとするほど色っぽい声で。

「な、なにを……」

「ここ数日、ちらちらと物欲しそうな顔で俺を見ていたくせに」

意味深に笑うその顔は、男の艶を色濃くしている。

わかっていて、無視をしていたらしい。

憤慨する凜風から、言葉は放たれなかった。すぐに真秀の唇に塞がれていたからだ。

蕩けるような甘いキスに、身体が熱く濡れてくる。

「……俺に欲情したまま、家でいい子にしてろよ?」

妖艶な流し目を寄越すと、啄《ついば》むようなキスをして、真秀も凜風を残して出ていった。

真秀の言葉、仕草のひとつひとつにドキドキが止まらない。

「——っ!」

久しぶりのキスに腰砕け寸前になり、凜風はその場にへなりと座り込んでしまったのだった。

第三章　真紅色の天使

モノトーンで調《ととの》えられた、モデルルームのような高層マンションの上階。

２ＬＤＫの真秀のマンションはどの部屋も豪奢で広く、太一ひとりくらい余裕で寝泊まりさせられそうだ。

（なにが……スペースがない、よ。ありありじゃないの）

考えてみれば、ヤクザから敬意を示されるほどのやり手弁護士だ。

身に着けているものひとつとっても高級品ばかりな彼が、貧相な物件を選ぶはずがないだろう。

むしろ今まであんな質素な仮眠室で、よく寝泊まりできていたものだと思う。

凛風が百円ショップで買い揃えた生活必需品は、ラグジュアリーな部屋に対して違和感がありすぎて、今は棚の片隅にちんまりと置かせてもらっている。

生活感がないのは、彼があまり家に帰っていないからなのかもしれない。

『案件が重なると、事務所で徹夜もざらだったしな』

仕事中毒《ワーカホリック》――真秀の仕事ぶりを間近で見ている凜風には、そんな言葉が思い浮かんだ。

だったらこんなに広い家に住まなくてもいいのに、と思うが、セキュリティ面で選んだのだとか。確かに、真秀が言っていた通り、安全で安心なマンションのようだった。

現在、事務所から自分のマンションに凜風を送ってくれた真秀は、豪華な部屋に負けないほどの存在感を示してくつろいでいるが、対して庶民派の凜風は、居心地悪そうに小さく丸まっている。

しかも今は真秀とふたりきり。事務所では意味深な台詞《せりふ》まで貰っているのだ。

真秀が家を出る素振りを見せないため、痺れを切らした凜風は、話を切り出した。

「大体のところは説明を受けてわかりましたから、どうぞ事務所にお戻りください」

「ここは俺の自宅だが」

「そうだけど！　涼兄や太一に、戻りが遅いことでいらぬ誤解をされたら……」

「今日は早じまいして、ふたりが帰ったこと、お前も見てただろう？」

「見てましたけれども！」

気になるのは、彼の目だ。

視線を合わせたら、理性を奪われてしまいそうな……魔性の眼差し。

怖いのだ。真秀を意識してドキドキしている自分を見透かされているようで。

そして、ふたりの温度差を再確認するのが。

……それなのに、真秀はまた、凜風を惑わせる。

「つまり、俺が何時に戻ろうが、あるいは戻るまいが、わからないということだ」

「……っ」

「お待ちかねのふたりの時間だ。ここならば、声を殺さず思いきり啼けるぞ？」

「わ、わたしは、そういうつもりは……」

抵抗してみても無駄だ。

「せっかく、時間と場所を作ってやったのに？」

（まさか、太一を呼び寄せたのって、わたしを自分のマンションに来させるため？　だからあの時、笑っていたの？　真秀の画策通りだったから？）

「凜風」

名前を呼ばれただけなのに、真秀の色香が広がったようで、凜風の身体が熱くなる。

彼の誘惑に熱く濡れてしまう身体に、作り変えられてしまっているのだ。

事務所では冷え込んでいた銀青色《シルバーブルー》の瞳の奥で、なにかがゆらゆらと揺れている。

炎を思わせるそれは、真秀の欲情だということを凜風は知っている。

彼は今――凜風を求めている。強烈に。

「来い」

真秀は片手を差し伸べた。

「契約履行の時間だ」

否応なしの強制力。

魅入られた凜風は、その手をとることしかできなかった。

◇

ソファに座る真秀の膝の上、凜風は言われるがまま、おずおずと跨《また》がって座る。

真秀にぎゅっと抱きしめられると、胸の奥と彼と触れている秘処がきゅっと疼く。

もぞもぞと脚を動かすと、真秀は荒い息をひとつついた後、わざと腰を突き上げてきた。そして己の硬い部分で凜風のクロッチ越しの秘処を抉《えぐ》るように、腰を回してくる。

わかりやすい真秀の意思表示――

それだけで凜風の身体は悦び、熱く蕩けていく。

「あ、ふぅ……ん」

仰《の》け反《ぞ》った凜風の身体を支えながら、真秀は凜風の耳をねっとりと舐《ねぶ》る。

ぞくぞくとした感覚に、甘い声を漏らした瞬間、背中にある真秀の手が下着のホックを外した。

そしてキャミソールごとブラウスを捲り上げ、下着が外れた胸を両手で大きく揉みしだく。

「あぁ……」

秘処と胸にもどかしい快感を与えられ、凜風が弾《はず》んだ呼吸を繰り返していると、真秀の熱い息が胸に吹きかけられ、びくっと身体が跳ねる。

「凜風、俺を見ろ」

熱を帯びた銀青色《シルバーブルー》の瞳に見つめられると、それだけでたまらない気分になる。

彼は痛いくらいの視線を向けたまま、艶めかしくくねらせた舌で、胸の頂《いただき》にある蕾を丹念に揺らし、ちゅうと音をたてて強く吸い立てた。

「ひゃあ、ん！」

凜風が身悶えるとその目は柔らかく細められる。うっとりした顔で胸を貪り、片手でもう片方の胸の蕾をくりくりと捏ねる。強弱をつけた攻めは、凜風を乱れさせた。

さらに真秀は、凜風の腰から滑らせた手をショーツの中に入れた。尻たぶの合間から前方に滑り落ちた指は、くちゅりと音をたてて花弁を割り、濡れた花園をゆっくりと前後に擦りはじめる。

「や、ぁん、真秀、ああっ」

凜風は真秀の頭を抱えながら、か細い声で啼き、無意識に腰を浮かせて揺らした。すると真秀の指が蜜壷の中に滑り込み、ゆっくりと抽送をしはじめる。

（ああ、違う。挿《い》れてという意味じゃないのに……）

凜風の身体が悦んでいる。またこうして真秀に愛《め》でられ、昂《たかぶ》っている。

嬉しくてたまらないと、蜜が止めどなく溢れているのがわかる。

真秀にだって気付かれているだろう。どれほど彼に発情しているのか。

はしたない女だと思う。だけど――真秀にになら、見せたい。

どれほど、真秀にこうされたかったのか。

どれほど、女として愛されたかったのか。

胸を貪り続ける真秀と目が合った。

熱を滾らせた銀青色《シルバーブルー》の瞳が揺れ、切なげになにかを訴えている。

それを見ていたら、胸が締めつけられた。

やがて、言葉の代わりに唇が自然と重なり、水音を響かせて荒々しいキスを繰り返した。

そのキスで真秀の激情を知るのに、彼はそれを言葉に出さない。さらに激しく舌を絡め、蜜壷にある指の抽送を速めるだけ。そして真秀は余裕のない声で凜風に告げる。

「凜風……直接、お前に触れたい」

「……っ」

「隠してなどない、本当の俺を受け入れてくれ」

（本当の……）

真秀に触れたい。

彼のすべてを知りたい。

凜風はこくりと頷き、真秀の首に手を回して抱きついた。

ベルトが外される音がして、ストッキングがびりびりと破かれた。

「腰上げて」

ショーツのクロッチを横にずらし、ひくついている蜜口に、猛々しい剛直を埋め込んできた。

「んんう！」

圧倒的な存在感と質量。灼《や》かれそうな熱を持つ彼自身に、激しく蹂躙《じゅうりん》されていく。

ごつごつした雄々しい真秀が、生き物のように奥を目指して入ってくる――

それは戦慄であり、狂喜であり、凜風を大きく昂《たかぶ》らせてぞくぞくさせた。

「ああ……」

熱い。真秀の熱に溶けてしまいそうだ。

（これが……本当の真秀の……）

真秀のすべてを包み込んだ凜風は、剥き出しの彼と触れ合えた多幸感に酔いしれた。

直に触れ合っていると思うだけでもたまらない。

熱くて蕩けそうで、どこまでも本能的で直情的で――これが本当の真秀なのだ。

中から、まっすぐに伝えてくる。

凜風が欲しくてたまらないと。

（愛しい……）

愛を求める彼が、愛おしくてたまらないのだ。

凜風が真秀を抱きしめると、真秀もまた凜風を強く抱きしめ、よりひとつになる。

「凜風……」

その声はどこまでもやるせなく、

「凜風……俺……」

焦がれるように切ない。

言葉が続かないまま、重ねるだけのキスをした後、真秀が突き上げをしはじめた。

硬く膨張させた剛直は、密着した内壁を勢い良くリズミカルに擦り上げてくる。

「あっ、ぁあん！」

ごりごりとした先端が奥を突くと、肌が粟立つほどの強烈な快感が走り、凜風は身体を揺らしながら思わず背を反らせた。

真秀の眼差しは熱い欲を滾らせた男のものだったが、どこか儚げなマホを彷彿させる。

感情表現ができずになにかを切実に訴え、乞うているかのような……そんな頼りなげなものを滲ませていた。

それなのに、凜風を穿つ剛直と腰使いは、どこまでも猛々しい。

獰猛な熱杭に直に灼《や》かれそうな緊迫感を抱きながらも、奥深くまで真秀と一体化できる悦びに、凜風は身を打ち震えさせた。

「ああ、凜風。お前の中、俺を……悦んでる……！」

上擦ったような歓喜の声に、凜風はきゅんとなる。

互いに悦びをわかち合うことが嬉しかった。

結合した部分からはふたりの淫液が溢れ出て、一段と淫らな粘着質な音が響く。

ふたりから漏れる声も息も荒かった。

「凜、風……あぁ、やばいぞ、お前の中。そんなに嬉しいのか、生の俺が」

「うん。嬉しい、真秀を……すごく感じて……。気持ち良くて……おかしくなりそう」

快感と陶酔感に蕩けながら、髪を振り乱して凜風は叫ぶ。

真秀にしがみつくようにして自らも腰を振り、もっと真秀を感じようと締めつける。

「真秀がいる。わたしだけの真秀が。あぁ、離したくない……！」

独占欲に満ちた言葉を思わずこぼしてしまうと、真秀ははっと短く息を吐いた。そして苦しげに……しかしどこか寂しげに顔を歪めさせ、掠れた声で呟く。

「そんな……女の顔をして言うのなら――」

真秀の剛直が、凜風のより深層を抉《えぐ》り、暴こうとする動きへと変わる。

「俺を拒まず、とっとと堕ちてこい。今は身体だけでもいいから、男の俺をまるごと受け入れろ」

ぎらりと捕食者の如く目を光らせた直後、怒濤のような突き上げをしはじめた。

凜風は真秀の声を掻き消すようにして叫んだ。

「だめ、だめ……っ、真秀が気持ち良すぎてだめっ！」

ぞくぞくとしたものが次から次へと押し寄せ、止まらない。

鮮烈に込み上げてくる衝動におかしくなってしまいそうだ。

この衝動を欲情というのなら、それは果てなく尽きることがない。

この先自分はどうなってしまうのだろうと、不安も覚える。

人間としての理性が、壊れていきそうだ。

そんな凜風を見透かしたかのように、真秀が言う。

「凜風、俺だけを求める、ただの贄《おんな》になれ！」

ああ、彼は凜風が凜風である人間性は求めていないのか。

ただ快楽を享受し、彼に返せる贄《にえ》としての自分しか必要としていないのか。

揺さぶられ高みに駆け上《のぼ》りながら、凜風は涙した。

彼が求めているのは、契約履行できる女。

彼の求めに即応えられる、なし崩しの関係が可能な簡単な女。

それがたまたま凜風だけだったということ。
真秀は、凜風の悲痛さを掻き消すような激しさで、凜風を貪り、立場を明白にさせる。
彼との関係はただの主従契約であり、凜風はただの贄《にえ》なのだと。
だから真秀は、今までも一切、優しい愛の言葉を口にしない。
彼のために存在する贄《にえ》には、情けをかけないのだ。
心を通い合わせる必要性を感じていないから。
彼と自分を繋ぐのは身体。快楽のみ――
(わたし、快楽よりも、真秀からの愛が欲しい……)
割り切った関係を持ち込んだのは凜風だ。
しかし今は、割り切らないものが欲しい。
本当の真秀を特別に感じさせてくれるのなら、心でも繋がってみたい。
嘘でも偽りでもいい。
愛されていると錯覚できるくらいの、優しさが欲しいのだ。
凜風が切なさに震えた瞬間、一気に快感がうねりとなり、迫《せ》り上がってきた。
官能が凜風を呑み込み、思考を奪う。
「凜風、イくか」
真秀が苦しげな顔をしながら、追い詰められた凜風に微笑んでいる。

それが一瞬、泣いて消えてしまいそうなマホの姿と重なって見えた。

マホが凜風の前で泣いたことなどないのに、なぜかそう思ってしまったのだ。

あの頃の、マホが訴えている。凜風に手を差し伸べて必死に。

真秀との快楽に流されすぎて、マホとの綺麗な思い出を忘れないで。

そう言われている気がしたが、凜風は差し伸べられた手から顔を背けた。


ごめんね、マホちゃん。

マホちゃんを泣かせてしまっても、それでもわたしは、真秀に抱かれたかったの。

そう、これは……契約を建前にした、わたしの意志。

たとえ彼が、わたしのことを身体だけの関係だと思っていても、わたし、真秀が――

次の瞬間、鮮烈な奔流が身体を駆け抜けた。

それはまるで、拒まれたマホの慟哭《どうこく》のように。

「あああああっ」

凜風は一気に弾《はじ》けて、中の真秀をぎゅっと強く締めつけてしまう。

「凜風、ひとりでイくな。俺と……俺と一緒に、……ああ！　くそ……――っ！」

真秀は眉間に深い皺を刻みながら、呻き声を漏らして歯を食いしばり、男らしい喉仏を晒す。

どこまでも凜風の中にいたいというように、ぶるっと身体を震わせて耐えていたが、

「真秀……きて……」

凜風の呟きを聞くと、真秀はぎゅっと目を瞑《つむ》って剛直を引き抜き、唸るようにして、弛緩した凜風の腹に熱いものを浴びせた。

そして荒い息をしながら、凜風を詰《なじ》った。

「……お前、どこまで俺の理性を壊す気だ」

それは凜風には、身に覚えがない非難だ。しかし咎める余力がない凜風は、大きく乱れる息を必死に整えながら、弱々しく答えた。

「壊されているのは……わたしの方……。真秀はまだ……余裕ある、じゃない……」

「どこがだ」

真秀はスラックスのポケットから取り出した避妊具をつけて、凜風をソファに押し倒した。

「お前はまだ、俺のように……おかしくなりそうなくらい、俺を求めてはいない」

「まほ……?」

そこで言葉を止めてしまうと、真秀の顔に怒りにも似た苛立ちが色濃くなる。

「言っただろう。マホは捨てたと。早く──俺を男だと認めろ」

そして真秀は激情のまま、再び凜風を穿つのだ。

「凜風……」

縋るように、恋しそうに、その名を何度も叫びながら。

何度も激しく求め合った後、疲れ果てた凜風は眠ってしまったらしい。

夢の中には、着物姿のマホがいた。

いつものように美しく優しい微笑を湛えており、凜風は嬉しくなった。

それまでマホが男性だったという夢を見ていた気がする。

笑えない、悪い夢だったのだ。本当のマホは、このマホだ。

安堵した凜風はマホの膝に乗り、本を読んでもらう。

風邪でも引いたのか、マホの美声はいつもよりわずかに低く感じられた。

「喉、痛い？　大丈夫？」

心配になって見上げると、マホは悲しそうな顔で言った。

「もし私の声が低くなっても……好きでいてくれる？」

なにを言っているのだろう。当然じゃないか。

「私が、この姿でなくなってしまっても、嫌わないでくれる？」

縋りつくような目と声に、凜風の心が震えた。

「マホちゃんはマホちゃんでしょう？　凜風はいつだってマホちゃんが大好き」

するとマホは、凜風をぎゅっと抱きしめると、凜風の首元に顔を埋《うず》めて囁く。

「凜風ちゃん、大好き……」

自分もだと返事をしようとした瞬間、顔を上げたマホの眼差しにびくりとする。

銀青色《シルバーブルー》の瞳が鋭さを強め、ぎらついていたのだ。

仄かに色香をも感じさせるその目に、凜風が怖さを覚えてびくっと身体を震わせた瞬間、マホは段々と姿を変えていく。

「凜風ちゃん、私は……俺は……」

美しい少女の姿はどこにもない。

寂しげな翳りを持ち、胸に入れ墨をした――蠱惑的《こわくてき》な男の姿をした真秀になっていた。

「凜風。……来い」

凜風の名を呼ぶ、低く艶やかな声。

どこまでも男を主張する真秀に、凜風は恐怖する。

これは誰？　マホはどこ？

真秀の存在感に圧倒されながら、凜風は泣いて叫んだ。

マホを返して、と――

「ん……」

夢から目覚めた場所は、薄暗い寝室のベッドの上。

ひどく息苦しい夢を見ていた。

マホが男だったという事実は、思っていた以上にまだ抵抗感があるのだろうか。

現実では、男の真秀に惑わされ、惹きつけられているというのに。

横では真秀が寝息をたてており、腕枕をされていた。

こんな恋人みたいな甘いシチュエーションは初めてで、凛風の胸が高鳴る。

（一緒に……泊まってくれたんだ。満足したらいなくなってしまうかと思ってたから、なんか意外。でも嬉しい……）

カーテンの合間から漏れる月光が、真秀の端整な顔を蒼白く浮かび上がらせている。

まるで白磁の彫刻のような精巧な顔立ちだ。

あの魅惑的な瞳が見えないのに、彼は寝ていても美しく悩ましい。

長い睫毛が、時折小刻みに震えていた。

凛風は、美しい真秀の寝顔をじっと見つめながら、その頬にすりと自分のそれを摺り合わせる。

心がきゅんとしてもっと甘えたくなり、おずおずと手を伸ばして真秀に抱きついた。

今まで気を失うほど淫らな触れ合いをしてきたというのに、真秀の肌に触れると、身体が熱くなって心臓がとくとくとうるさくなる。

真秀はいつも凛風の肌を触るが、凛風は触ったことはない。

手のひらを使って彼の精悍な胸板に触れていると、あるところで手が止まった。

（入れ墨……）

真秀のそれに指の腹で軽く触れると、傷痕と思われる不自然な隆起を感じ取った。触感からして、傷はかなり深いものだったに違いない。

どれほど痛く、つらかったことだろう。

（大好きなマホちゃんの一大事を知らずにいたなんて……。しかも忘れていたなんて、薄情にもほどがあるわ……）

「ん……」

真秀が苦しげな声を上げたため、凜風は慌ててその手を引っこめた。

（やば。痛かったのかしら。というか、まだ痛みが残っているの？）

疑問に思い首を傾げた時である。

「……めろ。やめてくれ……。俺が……なにをした……」

「真秀……？」

苦悶に満ちた顔を左右に振り、切なそうな声が漏れ聞こえた。

「俺が生きていては……だめ……なのか……？」

悪夢を見ているのだろう。

しかし、真秀の苦しそうな様子を見ていると、彼の想像の産物ではない気がした。

（真秀が見ているのは、単なる妄想ではなく……過去の、記憶の断片？）

「俺は……女じゃない。俺を……見ろ。男、なんだ……」

それは、彼が否定し続けたマホの苦しみのようにも思えた。

凛風と涼がずっと女の子だと信じていたくらい、マホは自然に女性として振る舞っていたけれど、あの優しそうな天使の微笑みの陰で、こんなにも葛藤を抱えていたのだろうか。

……どんなに真秀がマホという過去と今とを切り離していても、マホは呪いのように真秀の心を蝕《むしば》んでいる。

強靱な姿になった今もなお。

それはまるで、彼の胸にある蛇の傷のように、執拗に巻きついているように見えた。

「なにがあったの、あなたに……」

凛風はそっと真秀の頬に手を添えた。

頬が冷や汗で濡れている。

彼を知りたい。

鏑木の家でなにがあったのか。

鷹仁と双子として生まれた直系なのに、なぜマホとして離れに住まわされていたのか。

凛風と別れて外国へ行った後、なぜ養子に出され、怪我をするほどのなにがあったのか。

真秀は弁護士になっているのに、なぜ後継者のいない鏑木の家と断絶したままなのか。

「教えてよ、あなたのこと……」

凜風は真秀と再会した、あの夜のことを思い出した。

『素人の女を相手に、なにをしている』

再会はまったくの偶然だったけれど、必然的事象だったと思いたい。

真秀がマホである自分を拒むのなら、真秀としての心に凜風を入れてほしいのだ。

『凜風ね、マホちゃん大好き。マホちゃんは？』

『私も凜風ちゃんが大好き』

身体の繋がりだけではなく、心も繋がりたい――そう強く思った時。

（わたし、真秀のことが好きなんだ）

同じ想い出を共有する幼馴染としてではなく、今の真秀へ恋情を抱いていることを悟った。

それは唐突であり、前からわかっていた気もする。

真秀に抱かれるたびに、彼が自分を、女として欲してくれることに歓喜しながら、彼の愛を求めていた。

強烈な快楽に流される中で、その場に留まり続ける不変な愛を欲していた。

マホに対する憧憬や友情の類いではなく、男としての真秀にずっと惹かれていたのだ。

だからこそ真秀に抱かれ続けている。抱かれたいと強く願っている。

「真秀。好きだと伝えたら……どう反応する？」

仕事モードのように冷たく無視されて、なかったことにされるのだろうか。

それとも、そんなものは必要ないと、さらに身体だけを求められるのだろうか。

（きっと……、わたしを恋人にしたいなんて思ってもくれていないよね。わたしに魅力があれば、今まで処女のはずないもの。真秀の恋人にわたしは……不釣り合いだわ）

セックスの時ですら、彼から愛の言葉は出てこないのだ。

時折切ない目はされるけれど、快楽の果てが差し迫っていれば、そうもなるだろう。

彼にとって自分は、食べたい時に食べることができる贄《にえ》に過ぎない。

その事実が、凜風の心を抉《えぐ》る。

「恋しちゃうのなら、身体の関係なんて結ばなければ良かった。割り切れると思ったのに」

悪魔のような魅力から逃れられない。それはきっと最初から、運命的に。

そんな時、真秀の頬に触れていた手の上に、彼の手が被さった。

眠ったままであるから、条件反射のようだ。

「……たい」

真秀のことを知りたくて、小さなその声を拾おうと耳を近づけた。

「会いたい……」

切なくてたまらないといったその声音に、凜風の身体は緊張に強張った。

「どんなに……嫌われても……、好き、なんだ……」

真秀の睫毛が揺れ、涙が一筋、彼の頬に伝い落ちる。

「お前を……忘れられない」

そしてすぅっとまた寝息をたてた。

凜風は、青ざめた顔でそれを見ていた。

胸がぎしぎしと軋んだ音をたてて、痛い。

「真秀は……好きな人がいるんだね。もしかして……その人のために、姿を変えたのかな」

だとすると、真秀が暴虐なまでに、凜風に彼自身を刻みつけていたのは――

「わたしは……その人の身代わりか」

執拗に抱き続けたのは、凜風にその想い人の影を見ていたからだ。

そうすることで、いなくなった想い人を引き留めようとしていたのかもしれない。

同時に叶わなかった愛を、身体で伝えていたのかもしれない。

凜風の身も心も蕩けさせるほどの、熱い愛を。

「……っ」

他の女に欲情できなかったというのも、失恋のトラウマが原因だったのかもしれない。

凜風の目からも涙がこぼれ落ちる。

(恋を自覚した直後に、失恋か)

この極上の男を、普通の一般人である凜風が手に入れることなどできるはずがない。

自分はただ、彼が忌避するマホの幼馴染であり、雇用契約者に過ぎないのだから。

「ねぇ、真秀が好きなのって、どんな女性なの……？」

事務所の件が落ち着いたら、きっと真秀は凜風に背を向け、颯爽と去っていく。

仕事に厳しい彼なら、契約に対してもドライに終えるに違いない。

契約終了時まで、他の女を想う男に抱かれると思ったら、切なくてたまらなかった。

かといって、彼抜きには父親の名誉は回復しない。

「手が届かない人だとわかってるけど……。でも……苦しいよ……」

少しずつ、離れる努力をしないといけないのかもしれない。

(真秀が泣くほど恋しい人がいるのに、わたし……自分の恋心を押しつけることはできないから)

凜風は真秀が起きぬよう、声を忍ばせて泣いた。

◇

女性にとっては憂鬱な、月に一度の訪れ。

「うう……」

凜風の月経は重く、特に一日目は貧血と腹痛がひどいため、事情を知る涼に言って、家主の真秀が外出から帰るのを待たずに、仕事を早退することにした。

ベッドで布団にくるまって横になると、ふわりと真秀の匂いを感じ取る。

凜風がこの家で寝泊まりさせてもらうようになってから、真秀は毎夜、どんなに仕事が忙しくても凜風を抱きに戻り、そのまま凜風を抱きしめながら仮眠して、朝方に事務所に帰っていく。

離れる努力をするつもりだった。だがそれを察したかのように、真秀からの求めは強くなっていった。心なしか行為は荒く、いつも以上に執拗で、身体の距離だけは近づいてしまった気がする。

昂《たかぶ》る身体と募る心をどんなに抑えようと思っても、真秀によって開発されてしまった身体は、彼の愛撫に悦んですぐに開いてしまうのだ。否応なく快楽を拾おうとしてしまう。

『凜風、誰が欲しい？』

さらには、凜風の惑いと自制心を打ち砕くかのように、真秀は必ず言葉で欲しいと言わせる。

凜風が簡単に達しないように、凜風のすべてを知る指や舌によって、焦らすだけ焦らした挙げ句、彼女が強く真秀を求めなければお預けにされる。もはや拷問である。

凜風の意思ひとつで、どうこうできる男ではないのだ。

結局、いつもなし崩しだ。今日こそは拒もうと思っていても、気づけば喘がされている。

その上、日中もあの魅惑的な目が、凜風の行動を監視しているみたいに追いかけてくる。

あの目は魔性だ。理性が吹き飛んでしまう。

見つめられるたびに酸素を奪われた気がして苦しくなる。

ある時は慌ててパーティションで区切られた簡易給湯室に逃げ込んで、気分転換に珈琲を淹れたりもした。真秀は給湯室を使うことがないから、安全な聖域だと油断していると、いつの間にか腕組みをして壁に背を凭《もた》れさせた真秀が立っている。気だるげなのに、咎めるような攻撃的な眼差しをして。

神出鬼没な男に飛び上がって驚くと、彼は凜風を後ろからぎゅっと抱きしめて唇を奪い、ショーツの下に忍ばせた指を官能的に動かして、キスをしたまま果てさせるのだ。

そして凜風がいかに彼に反応していたのかを見せつけるように、蜜が垂れるその指を、妖艶な眼差しで舐めてみせる。

回を重ねるほど言葉がなく、快感だけを引き出す抱き方になったのは、やはり愛がないからなのだろう。

あるのはただの執着。

想い人を彷彿とさせる贄《にえ》が逃げようとしていることを、察しているだけだ。

彼は凜風が知らない、例の想い人への恋情を、そこまでして守ろうとしている。

そう思うと、強烈な快感を植えつけられた後、凜風はいつも泣きたくなった。

だからこそ、真秀に抱かれずに済む月経中は、ほっと安心できるのだった。

市販の鎮痛剤を飲んでとろとろと眠っていると、名前を呼ばれて目が覚めた。

「涼から貧血だと聞いた。大丈夫か？」

薄闇の中、真秀がベッドの端に腰掛け、心配そうにこちらを見ていた。

（大丈夫って言ったら、抱こうとするのかな）

「ごめん。生理なんだ。一時的なものだから大丈夫。だけど、今日セックスは……」

「人を鬼畜のように言うな。お前の身体がつらい時に、そんなことするわけないだろうが」

「……っ」

「なんだその間抜けな顔は」

「……いや、夢かなって。真秀がそんな優しいことを言うなんて」

すると真秀の眉間に皺が刻まれた。

「お前は俺をどんな男だと思っているんだ」

「発情期の悪魔」

真秀は忌々しげな顔をしながらため息をつき、頭を掻いた。

「悪かったよ、盛《さか》ってばかりで」

凜風はまたもや驚いた。真秀が謝るなんて今までありえないことだったからだ。

「どうしたの？　悪いものでも食べた？」

どこか咎めるような眼差しを向けて、真秀は手にしていたレジ袋の中身を見せた。

「食べれるものがなにかわからないから、適当に買ってきた。弁当、食べれそうか？　それとも麺がいいか？　にぎり飯に寿司、パン……プリンやゼリーも買ってみたが」

その他、スポーツドリンクや熱冷まし用のアイテムなどもある。

訝しげにそれを見てしまった凛風は、真秀の髪がかすかに乱れていることに気づく。

（まさか……急いで来てくれたの？）

涼ならまだしも、真秀がそんな優しさを見せてくれるなんて。

「ごめん、今は食欲ないから、薬が効くまで寝させてくれるかな」

体調不良もそうだけれど、突き放さないと苦しくなるだけだ。

「そ、うか。そうだよな。いいぞ、寝てろ」

「真秀の家なのに本当にごめんね」

「いいから、寝てろ」

真秀から、かすかに怒りのようなものを感じる。苛立たせてしまったのだろう。

凛風は心で詫びながら、素直に彼の言葉に従うことにした。さあ眠ろうと目を閉じようとしたところで、脱いだ背広を投げ捨てた真秀が、なぜかベッドの中に入ってくる。

「だから、今日は……」

「黙って寝てろ」

真秀は凜風を抱きしめると、ゆっくりと手のひらで円を描くように腰を撫でた。

抱かせない女への恨めしげな仕草かと思ったが、やがてそれとは違うように思った。

乱暴でもない。官能的でもない。ただ優しさだけを感じさせる動き。

（え、まさか……）

生理痛を癒やしてくれているらしい、あの真秀が。

その上、凜風の耳元でこう囁く。

「明日、無理するなよ。お前の体調不良、気づいてやれずにすまなかった」

「……っ」

「俺ばかり盛《さか》りすぎ、盲目すぎたな……」

胸が締めつけられるほど切ない声音を響かせた後、さらにぎゅっと真秀は凜風を抱きしめる。

「焦りすぎていたんだ」

頼りなげに呟くその声は、およそいつもの彼らしくない。

「なにに？」

しかしその答えは返ってこなかった。

触れれば真秀の心がすぐそこにありそうなのに、肝心なところで真秀は拒絶する。

その心のすべてを見せようとはしない。

「早く寝ろよ。俺がお前を抱きたくならないように」

凜風は真秀の背に手を伸ばしかけたが、躊躇《ためら》った末に彼の背には回さず、そのままシーツを掴んだ。

——いつもとは違う、なにか心に染み入る夜だ。

慣れた温もりと匂いに包まれ、やがて凜風は微睡《まどろ》みはじめた。

寝息をたてる凜風を見て、真秀は切なげに彼女の名を呼ぶ。

「凜風……」

抱きしめると壊れそうなほど華奢なのに、強く抱かずにはいられなかった。

手を緩めれば、また彼女がするりと自分の元から逃げてしまいそうで。

『ねぇ、あなたはだれ？』

鏑木本家で認知症気味だった祖母の介護をしていた、十四歳のある日。

庭で花瓶に生ける牡丹《ぼたん》を切っていると、小さな乱入者と出逢った。

黒目がちの大きな目。きらきらと輝く強いその目に、真秀は一目で心を奪われた。

『マホちゃん、凜風だあい好き！』

どんなに遠ざけても屈せずに、離れにやってくる可愛い女の子。

誰からも嫌われる自分に、初めてわかりやすく好意を伝えてくれた存在。離れという小世界が、彼女がやってくると輝いて見えた。凛風の存在が、闇の中だった真秀の毎日を、希望に満ちた明るいものにさせていた。

『ふざけんなよ、マホ』

気に入らないことがあると当たり散らす兄、鷹仁。

自分に会うなと両親に厳命されているくせに、気に入らないことがあればこっそりやってきて、真秀の髪を鷲掴みにして殴り、ストレス発散をしていた。

父がそれを知らぬはずはない。つまりは暗黙の了解なのだ。

閉鎖的な旧家である鏑木家では、古くから理不尽なしきたりがあった。

そのひとつが、禁忌とされる双子のことだ。

特にその弟は禍《わざわい》を呼ぶとされ、鏑木家を守るために、誕生と同時に、闇に葬られてきたという。

母親は誕生した真秀を守ろうとしたが、産後に容態が急変し他界。さらにその後も鏑木一族において不幸が続いたことから、そのすべての責任は真秀に向けられた。

真秀の危機を救ったのは、祖母だった。

幼い子供に罪はない。双子の弟が禍《わざわい》を呼ぶというのなら、女の服を着せて娘にすればいいと、半ば屁理屈のような意見を押し通してくれたことで、真秀はマホとなり、ようやく生を認められたのだった。

それ以来、血が繋がるものも繋がらないものも、誰もが真秀を見下して扱うようになった。

祖母は、真秀を庇ったせいで一族中から責められ、ひどい扱いを受け、次第に認知症の症状が出はじめた。真秀は責任を感じ、祖母の世話をしながら、童心に返った祖母が望むがままの〝日本人形〟になっていたのだった。

自分は人形だ――そう思うことで心を殺してきたが、凜風と会ったことで少しずつ感情が芽生え、自我とともに戸惑いも持つようになった。

そして同時に、喜怒哀楽では割り切れない、複雑で繊細な深い感情――つまり恋情を、凜風に抱くようになってしまった。

女としての気持ちが保てず、男としての気持ちが育つ。

それは、鏑木本家においては禁忌だ。

それでも、自分を慕って無防備に身体を預ける凜風に触れるたび、心臓がドキドキして、彼女を離したくなくなった。いつも彼女を追いかけてちょっかいをかける鷹仁にも、彼女を連れ帰る涼にも、苛立ちを抱くようになってしまったのだ。

彼女に触れるたび、男の気持ちは加速し、真秀の手に負えないものになっていった。

愛らしい唇に、自分の唇を押しつけてみたい。

彼女の世界に、自分だけしかいないようにしたい。

それは思春期の少年としては当然でもあったけれど、当時の真秀は、そんな邪《よこしま》な思いを抱くのは、自分が忌まわしい子供だからではないかと真剣に悩んでいた。

男になってはいけない——強く己に言い聞かせていたのに、無情にも身体は男のものへと変貌していく。自分は男なのだと、身体が主張をしはじめたのだ。

そんなある日、鷹仁が——


「……凛風。あの時みたいに、また俺から離れないでくれ」

真秀は眠る凛風の頬に、自分の頬を擦りつけながら懇願する。

「なあ、どうして俺を拒むようになった？　なんで俺から逃げようとする？　俺は……我慢してるだろう、想いだけは告げずに」

切なげに揺れる瞳が、凛風の無防備な寝顔に注がれる。

「お前の身体は蕩けていても、お前の心は、そんなに……俺が嫌いなのか？　なにひとつ、伝わっていないのか、身体だけの繋がりでは……」

真秀は戦慄《わなな》く唇を、凛風のそれに重ねた。

◇

凜風の不調を契機に、真秀は前ほど凜風を求めようとしなくなった。

まだ月経中だと思っているのかと、それとなく終わったことを真秀に伝えてみたが、彼はやるせなく笑って凜風の頭をひと撫でし、仕事に戻っただけだった。

夜もマンションには来るけれど、シャワーを浴びるとすぐさま出ていく。

これは契約終了の前兆なのだろうか。

遠ざかろうとしていたのは凜風の方なのに、いざ終わりがちらつくと胸が痛んで苦しかった。

「鮫邑組の返答期限まで、あと四日。このまま、ヤクザが来ないで終わってほしいね」

カレンダーを見ている涼が、今日の日付にバツ印をつけてそう言った。

「でも返答がないのも不気味だよな。どっちつかずで今も迷っているということじゃないか。あと四日……、上客と真秀、どちらが競り勝つのか予測つかない」

そして涼は、淹れたての珈琲を口に含んでから言葉を続けた。

「ただ……例の上客、鷹仁だとしても思惑が読めないね。本気でこの事務所を潰す気なら、迷いはじめた鮫邑組を切って、別のところに頼めばいい。どうしても鮫邑組がいいなら、もっと鮫邑組をせっつけばいい。この膠着《こうちゃく》したような静かすぎる時間が不気味だよ」

裏でどんな思惑が渦巻いているのかわからないのは、凜風も気持ち悪かった。

ソファの上で横になり、天井を仰ぐ真秀はどう考えているのだろう。

わずかに開いた距離ゆえに、真秀に気軽に声をかけられない。

そんな時、陽気な声を響かせて太一が入ってきた。

「家、決まりました！　別れた女と復縁することになって。今日から女の家に転がり込みます！」

豪語した太一は、三人の冷たい視線を浴びて小さくなる。

「で、でも……。まっとうに働いて、どうにかヒモにならないようにしますので……」

凜風が言いたかったことは、悟ってくれたらしい。

「あ、それより。鮫邑組の若頭が懇意にしていたタカヒト、やはり鏑木鷹仁でした」

ここ数日姿を見せなかった太一は、家探しと復縁だけに忙しかったわけではなく、きちんと調査活動もしていたらしい。

場所を応接ルームに移し、太一はテーブルの上に盗み撮りをした数枚の写真を置いた。

「こっちの男が若頭。こっちが鷹仁です」

新谷の横に、高級スーツを身に着けている若い男がいる。

新谷が強面《こわもて》なだけに、モデルのように整った優しげな顔立ちが目を惹く。

（鷹仁だわ、間違いない。昔の面影がある）

凜風は確信する。涼や真秀も同じ意見だった。

鷹仁は真秀の双子の兄ではあるが、真秀とは似ていない。

それは真秀がマホの時からそうだった。

成長して互いに大人となった現在、真秀が闇の帝王の如く危険な香りがする美貌であるのなら、鷹仁は日が当たる場所で輝く王子様のような美貌だ。タイプが違うだけで、どちらも美形には変わりないから、そういう点で双子なのは間違いない。

写真は夜の東京を舞台にしていた。酒や商売女も写っている。

「鷹仁は現在、西条《さいじょう》グループ本社の西条カンパニーで専務をしています。鳴り物入りで入社し、大した成績も残さないままとんとん拍子に専務に出世。金の噂、女の噂……評判は良くありません」

すると涼が腕組みをして言った。

「西条グループ自体、いい噂を聞かないな。確か、西条家現当主の長男がカンパニーの社長をしていたはずだけど、下請けへの搾取がひどいらしいし、それが本社の役員に還元されてるって聞いたことがある。前に訴訟事件が起きたけれど、完全に抑えつけたみたいだし。確かカンパニーの相談役が……」

真秀が嘲笑うように顔を歪めさせて言った。

「鏑木毅嗣。鷹仁の父親だ」

自分の父親だとは言わずに。

凛風は真秀の気持ちを思うとなにも言えず、代わって鷹仁についての皮肉を口にした。

「大好きなパパのおかげで、司法試験に落ちてもエリート街道まっしぐら！　鷹仁って、いまだ世の中舐めきっているのね。どうせパパの威光を笠に着て、ろくな働きもしていないのに羽振りいい生活を送って、人生謳歌しているんじゃないの？　楽して稼いだお金でヤクザと仲良くなって、うちへ攻撃してきているのなら、ふざけんなって説教したいわ！」

凛風は言葉尻に怒りを滲ませた。太一は凛風の様子に少し怯《ひる》みながら、話を続ける。

「鷹仁と若頭との出会いは不明ですが、夜の街で遊ぶふたりの姿は、三年前から目撃されているようで。鮫邑組の経営が安定したのもその頃だから、鷹仁の用心棒代が若頭を通して組にも流れていたのかも。はした金ではないでしょうね、上客扱いされるくらいだから」

子供のひとりはヤクザを金で用心棒にし、もうひとりはヤクザの弁護をする。

名門法曹一家の現当主たる縠嗣は、そのことをどう思っているのだろう。

「あのさ、鷹仁と若頭の付き合いが三年前からだったら、なんで今、鷹仁はうちを叩こうとしているのかな。その三年に、やっぱり鷹仁に繋がる出来事があったんじゃないの？」

凛風の問いに、涼は首を傾げる。

「その頃僕は、司法修習に必死だったからなあ。父さんの様子も変わったことはなかったし。ねぇ、太一。父さんが敗訴した事件と鷹仁との関係とかってあがってきた？」

最近、同じ屋根の下で暮らしているせいか、涼と太一は仲良くなったように思える。

「今のところ皆無っス」

「そうか。だったら鷹仁から直接聞き出すしかないのかなあ」

涼がぼやいた。

「正直、会いたくない人物ナンバーワンだけれど、そうも言ってられないよね。誤解があるのなら解いて終わりにできるかもしれないし。……希望的観測だけど」

「うん、お父さんの名誉がかかってるしね……。鷹仁にはわたしが会うよ。多分、このメンバーの中で、わたしが一番強く出られると思うし」

なにせ、子供の頃は本気で取っ組み合いをした仲だ。鷹仁に泣かされたことはあるけれど、逆にわたしが泣かせたことだってある。

凜風が得意げに言うと涼が慌てた。

「いやいや、凜風。それは昔の話であって！　今は僕が所長代理なんだから、僕が……」

「だったら涼兄は、昔鷹仁にいじめられた事実を、それは過ぎた話だとなかったことにしたり、今の鷹仁はそんなことはしないと胸を張って言えたりする？」

「それは……」

涼は押し黙ってしまった。

あの頃、車が鏑木家に近づくと、涼の呼吸が乱れ青ざめる様子を、凜風はいつも見ていた。

それでも涼は、誰にも心配をかけたくないと、なんでもないふりをして鏑木家に行っていたのだ。だから余計に凜風は、そんな兄を守ろうと躍起になって、鷹仁に刃向かっていたのである。

マホが現れてからは、マホ会いたさに上機嫌だったから、いやな記憶がいくらか和らいだかと思っていたが、ヤクザに怯えたり、こうした鷹仁への反応を見る限り、いまだ傷は塞がっていないのだろう。

「所長代理の代理として、役に立ってみせるから。だからわたしに任せ……」

しかし、そんな凜風の提案を遮ったのは真秀だった。

「凜風はやめておけ。ヤクザが護衛としてついているんだ。俺が行く」

「でも……」

真秀だって兄同様、鷹仁に対していい感情はもっていないはずだ。

なにも真秀が無理することはない――そう言ったのだが、真秀は頑として受け付けない。

「鮫邑組が鷹仁のそばにいるのなら、両者の関係はいまだ維持されていると思った方がいい。ならば一層、対抗手段を持つ俺が適任だ。ここは感情論抜きにして考えろ」

現在、鷹仁自身がどれだけの力を持っているのかはわからないが、鮫邑組が今まで警察を恐れなかったのは、法曹界の重鎮である鷹仁の父親の力をあてにしていたからだろう。

（鏑木さんは、息子がヤクザと関わっていることを知っているのかしら）

知っていたら、すぐに縁を切らせただろう。世間に露見したらスキャンダルになる。

（ということは、パパに黙ってパパの力を利用して、悪いお友達を作ったのね）

父親に訴えれば、息子を抑えてくれるかもしれない。

しかし体面を保つために、息子の素行を隠そうと凜風の敵になる可能性もある。なにせ今だって、友情を切り捨ててまで、保身に走っているのだから。鏑木家当主の出方が読めないからこそ、安易に動けば首を絞めることにもなりかねないのだ。

ここは、鮫邑組と鷹仁とその父親を良く知る真秀に任せた方が得策だ。

「……わかったわ。鷹仁と会うのは、真秀にお願いしよう、涼兄」

涼は心配げな顔を真秀に向けていたが、やがて頷いた。

「問題はあいつが俺に会いたがらないだろうということだな。プライベート時に待ち伏せするか、弁護士としてあいつの会社に乗り込むか」

それについてみんなで話し合ったが、すぐには結論が出なかった。

この件は翌日に持ち越すことにして、真秀は太一に別の調査の指示をした。

それは、父が敗訴した時の依頼人の情報についてだったみたいだが、太一はふたつ返事で請け合うと、事務所から出ていった。

そして真秀は、涼とふたりで話し込んだ。凜風が聞いていてもよくわからない内容だったため、凜風は自席に戻ってファイリングをしていたものの、ふたりの談義は終わらない。

そうこうしているうちに、あっという間に七時を過ぎてしまった。

(今日はもう急ぎの仕事はないし。先に帰って夕食でも作ってあげたら、喜ぶかな)

いつも食事は、外食やコンビニ弁当で済ませていた。

(家主に不自由な暮らしをさせているし、今回も精神的にかなり負荷をかけてしまうし、少しぐらい……そういうことをしてもいいよね)

太一が家を見つけたのなら、凜風の居候《いそうろう》もおしまいだ。

それに真秀との契約自体、終了までのカウントダウンがはじまっている。

せめて、ふたりの思い出を作りたいと思ったのだ。

凜風は真秀と涼にメモを残し、話し合いの邪魔にならぬよう静かに事務所を出ると、真秀のマンションから目と鼻の先にあるスーパーで買い物をすることにした。人通りもあるし、ここならば安全だろう。

野菜を手に取りながら、ふと、真秀はどんなものが好きなのだろうと思いを馳せる。

「ああ、わたし……本当に真秀のこと、知らないんだな……」

元々生活感のない男だから、彼の嗜好も謎である。多分肉が好きだろうと思うことにして、お買い得の豚肉で生姜焼きでも作ることにした。

真秀の部屋のキッチンには使われた形跡がなかった。実際料理をするとなると、どの程度の調理器具が必要なのかわからず、とりあえずは安い包丁と片手鍋も購入した。

すべての材料を揃え、真秀のマンションに向かう。

そして、セキュリティが厳重なマンションの玄関《エントランス》に足を踏み入れようとした時だった。

「凜風」

玄関《エントランス》に横付けされていた、高級スポーツカー。

その前に立っていたのは太一の写真に写っていた、大人になった姿の鷹仁だった。

モデルのような美貌。王子様のようだが、凜風にはキザったらしいナルシストに見えてしまう。

(なんでここにいるの？　偶然……なわけはないわよね)

どんな反応が正解かわからず、なにも知らないふりをしてみることにした。

「まさか鷹仁？　久しぶり！」

凜風はとびっきりの営業スマイルを見せた。

ヤクザの影は見えないが、危なくなればマンションに逃げ込めばいい。

中にはコンシェルジュや警備員もいるのだ。

「奇遇ね、こんなところで会うなんて。鷹仁もここのマンションに住んでいるの？」

するると鷹仁は嘲笑うような笑みを作る。

「誰が、あんな忌まわしい奴と同じところに住むかよ」

真秀みたいに、鷹仁も自分の双子の弟に対してわかりやすい嫌悪の情を露わにしていた。

（似た反応なのは、さすが双子……？）

鷹仁は、このマンションに真秀が住んでいることは既知のようだ。その上でここにいたということは、凜風が住んでいることも知っていたのかもしれない。

（どうして？　事務所を潰そうとしているのは、やっぱり鷹仁なの？）

単刀直入に切り出したいところだが、鷹仁が突然姿を現した目的もわからない状況だ。少し様子を見ることにしたが、真秀への暴言は聞き捨てならなかった。

「忌まわしいなんて、ひどすぎじゃない。双子なのに」

「双子？　よしてくれよ。あんな穢れた血が僕の中にもあると思ったら、ぞっとする」

凜風はカチンときた。

「ずいぶんな侮蔑発言ね。正義の弁護士であるお父さんが聞いたら卒倒するわよ」

「父さんだって、一族全員、そう思っているんだからいいんだよ。……なんだよ、その目。そういうものなんだよ、鏑木家の双子の弟というものは」

それは真秀をマホとして扱い、養子に出した理由のことを言っているのだろうか。

「なんなの、その〝鏑木に生まれた双子の弟なら、みんなでなにをしてもいいんだ〟みたいな発言」

「言葉の通りだ。不幸を招くんだよ。実際、あいつが生まれてから、うちは不幸続きだったんだし。あいつが生まれなければ、母さんだって死ななくて済んだ」

「真秀と一緒に生まれた双子のくせに、よく言うわよ。たまたま先に生まれただけでしょう？　あんたが背負うべきだったものかもしれないじゃない」

「ち、違う！　俺はあんな奴とは違うんだ」

昔から、鷹仁が真秀に対して上から目線だった理由は、ここにあったようだ。

そして真秀が離れで、嫡男《ちゃくなん》の弟として扱われてなかったのも腑に落ちた気がした。

双子は不吉だと言われることがあるのは、凛風も聞いたことがある。

しかしそれを因習として、いまだ受け継いでいるところがあったとは驚きだった。

しかもそれが、合理的に人権を守ろうとする法曹一家とは。

「そっか。みんなでよってたかって真秀をいじめてたわけね。……最悪！」

「俺たちを悪く言うな。そういうしきたりなんだ、鏑木では！」

人としての善し悪しがわからず、虐げることに罪悪感がない。

自分のことは棚に上げて、侮辱するなと、綺麗な顔を歪めて怒り出す鷹仁が、人の血が通っていない醜悪な生物のように思えてくる。

「そのしきたりを変えないことがおかしいのよ。この現代の日本で、人権を守る法曹一家が幼気《いたいけ》な子供を差別するなんて、時代錯誤もいいところ。鏑木さんは公正で高潔な人だと思ってたのに、あんまりだわ。親も子も最低よ。幻滅！」

大人しくしようとしていたのに、言葉が止まらない。

「父さんを悪く言うな！　鏑木家は由緒ある旧家なんだから、いいんだよ！」

鷹仁も負けじと言い返してくる。まるで昔に返ったかのような、子供の喧嘩だ。

（鷹仁ってかなりパパっ子だったけれど、今もそうみたいね。怒るポイントは、自分に対してというより〝パパを馬鹿にするな〟か。これって孝行息子っていうのかしら）

しかし、だからといって、鷹仁の言い分を理解する気などない。

「へぇ、旧家なら理不尽な差別をしてもいいんだ？　すごいね、びっくり！　ちょっとこのネタ、マスコミに売ってもいい？」

「だめに決まってるだろう⁉」

怒るということは、本心では時代遅れの因習だとわかってはいるらしい。

「凜風は俺を悪者のように言うけど、あいつの方が横柄で陰険で非道だぜ？　せっかく女として生かしてやったのに、それがいやだと男を主張しはじめるし。金まで払って遠戚に養子に出してやったのに、俺に恥かかせるために、司法試験に合格してみせたんだ。

そしたら、どうだ。ヤクザ相手にしか仕事ができないなんて、とんだ無能だ」

（どこから突っ込んでいいかわからないわ。致命的なアホなのかしら、鷹仁って）

これが司法試験に合格できていたら、司法試験そのもののあり方に疑問を覚えるところだった。

こんな環境にいれば、真秀だってあんな性格の男になるだろう。

「なあ、凜風。お前、ヤクザに襲われて事務所が危なくて困ってるんだろう？　俺がなんとかしてやるよ。だから真秀をクビにしちまえ。そもそも、あいつがヤクザを操っているかもしれないぞ。ヤクザと馴れ合ってるし」

（ふーん……。そうきたか）

鷹仁がなにを言おうとも凜風が同意しないため、今度は真秀への不信感を抱かせ、自分の罪をなすりつける作戦に出たらしい。同時に鷹仁の好感度を上げさせようとでもしているのか、自分は味方だと、平然とアピールをしてくるその精神が、まったく理解できない。

なにより、一番慎重に出すべき話題のはずなのに、こんな唐突に核心に迫る発言をしたら、自分は関係者だと暴露しているのも同然だろうに、浅慮な鷹仁はそれにも気づいていないようだ。

（事務所潰しの件は、自分には無関係だとシラを切り続けられるとでも思っているのかしら。馬鹿にしないでほしいわ！）

凛風は声を荒らげたい気持ちをぐっと堪え、わざとにっこりと笑って、鷹仁に聞いた。

「へぇ、久しぶりなのにずいぶんと、うちの事情に詳しいんだね。なんで知っているの？」

「な、なんでってそりゃ……」

鷹仁はもごもごと言い淀む。

「もしかして、夜遊び仲間で用心棒の新谷さんを通して、わたしや涼兄の状況を知ったのかな」

鷹仁は驚き、明らかにぎくりとした顔をする。

「あら、わたしが知らないとでも？　真秀が新谷若頭と組長に会いにいったこと、まさか聞いてないわけじゃないでしょう」

すると鷹仁は頭を掻いて舌打ちをする。

「せっかく……穏便に話を済ませてやろうとしていたのに。そこまでわかっているのなら言うが、今、鮫邑組の動きを止めてやっているのは、真秀ではなく俺だ」

鮫邑組を使って事務所を潰そうとしていた男が、得意げになにかを言っている。

「へぇ……」

なんの感慨もない顔で答えると、鷹仁が不機嫌な顔になる。

「信じてないだろう！　真秀が若頭を取り押さえたことで、若頭だけではなく組の面子《メンツ》まで潰した。怒るあいつらを宥《なだ》めたのは、この俺だ」

「へぇ」

「信じろよ！　真秀の力なんて、俺の足元にも及ばない。全面攻撃をしそうだった奴らを、俺が抑えてやっていたんだ。凜風にとって俺は、恩人だぞ。真秀なんかよりもずっと」

事務所を潰そうとしておきながら、凜風にとって俺は、恩人だぞ。真秀への対抗心を剥き出しにして、事務所を救ってやったんだと豪語されても、あまりにも言動が矛盾していて、ただ意味不明なだけだ。

今まで凜風たちを追い詰めていた事実を、なかったことにしたいのだろうか。

それに、ここまで必死に自分の力だと誇示されると、逆に別の力が動いたように思えてくる。

だから鷹仁は、鮫邑組をけしかけて、事務所潰しを再開できないのではないか。

考えられるのは鷹仁の父か、それとも鮫邑組自体の判断か。

どちらにしても真秀の存在が、鷹仁の思惑を阻んでいるのは間違いないだろう。

「お前を守ったのは、俺だ。だったら真秀ではなく、俺に甘えろよ。真秀のマンションじゃなく、俺の家に住めよ。欲しいものはなんでも買ってやる。だから俺の女になれ」

段々と鷹仁が宇宙語を喋っている心地になってくる。

聞いているのがつらすぎる。

（ああ、わたしもう……だめ）

凜風の中で、なにかがブチッと切れる音がした。

「そもそも、うちの事務所を潰そうとしたのはあんたでしょうが！」

人差し指をびしっと突きつけ、凜風は叫んでしまった。

「お、俺はなにもしてない！　俺は凜風を守ってやっただけで」

「この期《ご》に及んで、しらばっくれないでよ！　……守ってやった？　偉そうになによ。なにを恨んでいるのかは知らないけど、一方的な暴力で、わたしたちを追い詰めたのはあんたでしょうが！　わたしの父さんまで倒れさせたくせに！」

凜風の剣幕に、鷹仁は及び腰になった。

「欲しいものはなんでも買ってやる？　あんたの女になれ？　お生憎様《あいにく》だけど、あんたなんかおよびじゃないの。簡単に靡《なび》くような尻軽女だと思わないでちょうだい！　大体、幼馴染なんて恋愛対象外だから。アウトオブ眼中！」

鷹仁は唇を戦慄《わなな》かせた。

「それにわたしは好きな人がいて、あんたなんか目じゃないの。女を引っかけたいなら他へ行って。それで事務所から手を引いて、わたしの目が届かないところへ消えて！」

完全な拒絶に、鷹仁は怒鳴る。

「俺を拒むと、ヤクザが動くぞ。今まで以上に大変なことになる」

「脅す気？　女ひとり手に入れられないからとヤクザを使うの？　一体、どこまで卑劣なの⁉」

ヤクザにまったく動じない凛風を見兼ね、鷹仁はこう言った。

「うるさい！　だったら、これならどうだ。……真秀のことを教えてやる」

真秀のこと、その言葉に凛風は動きを止め、思わず耳を傾けてしまった。

「あいつ、お前に言ってないだろう？　お前をずいぶんと恨んでいたこと」

「どういうこと？　恨むって？」

「お前のせいであいつの人生、狂ったものなあ？」

心臓がトクントクンといやな音をたてる。

「言っただろう、凛風。あいつがヤクザを操っているかもしれないと。それだけの動機がある」

鷹仁の言葉が凛風の胸に突き刺さる。

（真秀がわたしを恨んでいた？　わたしが一体、なにを……）

「お前が俺の女になるのなら、教えてやる。真秀のすべてを」

身体を重ねても、真秀は心の内を明らかにしなかった。

その裏に隠れていたのは、一体――

「いらない」

「……は？」

あまりにも即答すぎて、鷹仁がおかしな声を上げた。

「わたしがなにかをしたというのなら、わたしが直接真秀に聞いて謝る。それが人としての礼儀であり誠意よ。鷹仁から聞いたところで、本当の情報かどうかも怪しいし」

「な……」

「真秀に関することは、真秀の言葉で聞く。それ以外、わたしは信じない」

凛風の姿勢は一貫してぶれず、鷹仁を寄せ付けなかった。

躊躇《ちゅうちょ》など微塵もない。

「凛風！」

逆上した鷹仁が凛風の腕を掴まえようとするが、凛風はその手を振り払った。その拍子にレジ袋が手から離れてしまい、地面に中身が散乱し、ケースに入った包丁が飛び出した。

それを拾おうとする凛風と、彼女を無理矢理に抱きしめようとする鷹仁が揉み合う。

「凛風、俺……俺、本当は、昔から……」

その双眸はぎらつき、男の欲を滾らせている。

（やだ……。たとえ真秀と双子であっても、真秀以外の男はいやだ！）

こんな状況になって初めてわかる。

再会したあの夜、抱かれてもいいと思ったのは、真秀が相手だったからだ。

欲情を向けられて、身体が熱く蕩けたのは——真秀だったから。

「離してよ。離してってば！」

エントランスはすぐそこなのに、逃げようにも鷹仁の力が強すぎて行き着かない。

あと数十歩の距離なのに——

「凜風、なあ、俺と……」

唇が近づいてくる。気持ち悪くて全身に鳥肌が立った。

両方の手のひらでその唇を押さえて、渾身の力で突き飛ばそうとした時、

「え……」

なぜか鷹仁は真横に飛んで、頭から花壇に突っ込んだ。

「凜風に触るな、鷹仁！」

突然聞こえたその声の主は、真秀だった。

荒い呼吸をしている真秀が、殺気に満ちた目で鷹仁を睨みつけている。

真秀は横から鷹仁に拳を入れ、退けたのだ。

「真秀、どうしてここに……」

凜風の声を遮ったのは憤然とした鷹仁の唸り声だった。

「お前また、俺の邪魔をするのか！」

そして鷹仁は地面に落ちたままの包丁のケースを拾い、中から包丁を取り出した。

「今度こそ……！」

刃物を持った鷹仁が突進してくる。

凜風を背にした真秀に向かって。

「真秀、逃げて！」

凜風の目の前がチカチカしてくる。

なにか白い靄《もや》が視界を覆ってくる。

それはまるで雪のように。

「危ない、真秀！　まほ……、マホちゃあああん！」

その名を合図に、不明瞭だったものがくっきりとした輪郭を持った。


雪が降っていたあの日。

鏑木本家の離れでは、庭に出た凜風とマホが、積もった雪を手に取り、雪ウサギを作っていた。

縁側から涼とマホの祖母に温かく見守られながら、最後にマホがハサミで切った牡丹《ぼたん》の葉を二枚、丸みを帯びた雪に差し込み、完成。

『マホちゃん、ウサギさん、可愛いねぇ』

『ふふ、本当。でも凜風ちゃんの次に、ね』

『違うよ。マホちゃんの次にウサギさんが可愛くて、凜風はその下！』

頬と頬を寄せ合うようにして、ふたりで仲良く作った可愛いウサギを見て喜び、涼とマホの祖母に見せていたところ、鷹仁がやってきたのだ。

兄たちに出来映えを褒められ、照れた凜風がマホの腕にしがみついていた矢先のことだった。

鷹仁はその光景を見ると、怒りにカッと目を見開いて叫んだ。

『忌み子の分際で、凜風に触るな！』

それに対して凜風が怒った。

『イミゴ？　それって悪口でしょう！　天使のマホちゃんに悪口言わないで！』

『天使？　こいつは悪魔だ。凜風を騙しているんだぞ？　女なものか。こいつは男だ』

凜風は頭にきて、語気を荒らげた。

『なにを言っているの！　鷹仁こそ嘘ついて凜風を騙そうとしてる！』

『俺は……お前の敵じゃない！　どうしていつもそんな目で見るんだ！　じゃあ教えてやる。嘘つきはどっちなのか。どっちが凜風を騙している敵なのか』

そして鷹仁は、マホが縁側に置いたハサミを手にし、マホの赤い着物を切り裂こうとしたのだ。

『なにするの、マホちゃんに！』

凜風が鷹仁を突き飛ばすと、縁側に置いていた雪ウサギの上に鷹仁が倒れ、凜風の前で雪ウサギが壊れてしまった。

『うわああん、凜風とマホちゃんが作ったウサギさんが！』

凜風が泣き、マホが慰め、それに鷹仁が怒る。

その光景に恐怖の声を上げた祖母を、涼が奥の寝室に連れていき宥《なだ》めていた。

凜風と鷹仁の取っ組み合いの喧嘩は舞台を庭に移し、凜風は雪に白く染まっていく。

そんな中、マホが赤い着物を翻して制止に入った。

それを見計らったかのように、鷹仁のハサミが勢いをつけて動いた。

走る真紅色。

飛び散る血痕。

悲鳴を上げたマホが、黒い髪と赤い着物の袖を翻し、雪が積もった地面に崩れ落ちる。

『マホちゃん⁉』

マホの肩から胸にかけて着物はざっくりと切りとられていた。

そこにあったのは、兄よりも逞《たくま》しく筋肉がついた男の胸。

少女のものではなかった。

本能的に恐れを抱いた凜風の目の前で、蛇行した傷口から血が噴き出た。

蒼白になった凜風は尻餅をついた。

そんな凜風に、マホはゆらりと立ち上がり近づく。

『凜風ちゃん……。大丈夫……？』

自分のことよりも凜風のことを心配する。それは確かに凜風の大好きな優しい少女の声なのに、血を噴き出した身体は少年のもの。

そのちぐはぐさと、裏切られたという思いが凜風の心を占めた。

そして思い出したのだ。

時折、マホが怖い目をすることがあったことを。

特に身体を寄せ合っている時に、微笑みが消えて苦しげな表情になり、その目がぎらりと光ることがある。まるで天使が悪魔に姿を変えたかのように。

凜風がびくっとするとすぐに天使の顔に戻るから、気にしないようにしていたけれど。

その想い出を含めたすべてが、凜風の心に拒絶感を渦巻かせた。

騙されたというショックがあまりにも大きすぎた。

『来ないで……』

『凜風ちゃん？』

『わたしに近づかないで！』

凜風の感情は沸点に達していた。

『男の子のマホちゃんなんて知らない。大嫌い！』

大きく見開いたマホの目。
悲しみとともに涙がこぼれ落ちる。
『凜風ちゃん……大好きよ』
『凜風は嫌い！』
『好きなの！』
マホが泣きながら、強引に凜風を抱きしめた。
その力はいつものマホとは違った。
凜風を恐怖させる、見知らぬ男のもの。
『凜風ちゃん、あなただけは私を拒まないで』
『いや！』
『本当の私を見て。ねぇ、凜風ちゃん……好き』
唇が重なった。正しくは強引に唇を奪われたのだ。
その感触と噎《む》せ返るような鉄の臭いに、たまらず凜風は泣きじゃくる。
『いやだ、いやあああ！』
その時強く願った。
これはきっと悪夢。
目が覚めたらきっとなにごともなく、天使のマホが微笑んでいるものだと。

そして――熱を出してうなされている間に、凜風の心を傷つけた事柄はすべて記憶から消え、回復した時にはすでに、マホは海外に旅立った後だと聞かされたのだ。

第四章　願いはひとつ

目が覚めると、ベッドの上だった。

ゆっくり頬を撫でられながら目を開くと、ベッドの端に腰掛けた真秀が凜風を見ていた。

「マホちゃん、思い出したよ」

凜風はすぐにそう言った。

「あなたの胸の傷ができた時のこと」

すると真秀はつらそうに目を伏せ、凜風の頬から手を外した。

「わたし、あなたから男だっていうことを聞いていたのね」

真秀からは返事はなかった。

凜風は今までのことを思い出す。

『俺は――最初から男だ。知っていただろうが、お前は』

『お前の身体は、男の俺を受け入れているのにな……』

『言っただろう。マホは捨てたと。早く——俺を男だと認めろよ』

彼は凛風に訴え続けていたのだ。自分は男なのだと。

恐らく……マホが怪我をしたあの日、凛風が本当のマホを否定した時からずっと。

『凛風ちゃん、あなただけは私を拒まないで』

感情を表に出すようになったマホが好きだった。

本当のマホを引き出せたと得意になっていた。

しかし……マホが抱える闇を、その深淵に蹲《うずくま》っていた真秀を、凛風は拒んだ。

『男の子のマホちゃんなんて知らない。大嫌い！』

好きだったのは女という偽りの部分で、本当の部分ではなかったのだと、そう告げたのだ。男であることを否定され続けて生きてきた真秀にとって、これ以上の残酷な言葉はない。

それがトラウマになり、他の女性を抱けなくなった真秀。

夢でうなされるほど恋しい女を、男として愛せなくなった彼。

その真秀が唯一抱けるのが、彼に傷をつけた元凶の女だ。

真秀はどんな思いで、彼の〝男〟を感じて喘ぐ女を見ていたのだろう。

その心が痛すぎて。そして自分がひどすぎて——

「真秀がうなされている時、あなたの寝言を聞いたの。そこでも真秀は、自分は男なんだと訴えていた。泣きながら」

それくらい、今もつらいものなのだ。

胸につけた傷と同じく、心につけてしまった傷は。

「そこまで真秀を追い込んだのは、本当の真秀を受け入れることができなかったわたしだった。どんなマホちゃんでも好きだと言っておきながら……」

涙がぽたぽたとこぼれ落ちる。

「大好きなマホちゃんを、傷つけてしまって……ごめんなさい……」

「……っ」

真秀は唇を噛みしめて言葉を呑み込み、そしてぶっきらぼうに言った。

「謝るのは俺の方だ。今まで、悪かったな。もう……解放するから」

「え？」

突然の展開に、凜風は驚いた顔を向けた。

「契約は完了。安心しろ、仕事は最後まできちんとする。だから、お前はもう俺の贄《にえ》として身体を捧げることなく、好きなところへ行け」

凜風の心臓がドクドクといやな音をたてている。

「なんで……？」

「俺は……お前の幸せを邪魔するほど非道ではないつもりだが、応援するほど器はデカくない」

「わたしの幸せってなに？　応援ってなに？　ねぇ、真秀。そんな言葉で誤魔化さないで……」

途端、真秀が弾《はじ》け飛んだかのようにして怒鳴った。

「だから俺はもう、マホみたいに笑って心を押し殺すことはできねぇんだよ！」

そして彼は、凜風をベッドに押し倒した。

「すべてを思い出したんだろう⁉　だったら、俺がかろうじて自分を制していられるうちに、行けよ！　──俺の手がもう二度と届かないところへ、行け！」

嫌悪とは違う、恋しくてたまらないという表情と、今にも泣き出しそうな悲痛な声だ。

行けと言いながら、腕を押さえつけている真秀が見ているのは、きっと自分ではないのだろう。

凜風の中にある想い人の面影だ。

切り離そうとして、なのにできない、真秀の恋心──

（そんなに、焦がれた顔をする真秀を、見たくはなかった……）

「本当に好きなんだね」

ほろりと、凜風の目から涙がこぼれた。

（心が、苦しい……）

「寝言でも言っていたよ。本当に好きでたまらないっていうような、真秀の言葉」

別れは覚悟していた。それでも、そばにいたい。

真秀が好きなのだ。

真秀を傷つけた自分が、彼を好きだなんて言えない。言える資格もない。真秀もそれを望んでいないだろう。

真秀が欲しがっているのは想い人の心。凜風の心は、ただ真秀を苦しめるだけだ。

（それは、わかっている。わかっているけど……！）

「わたし、真秀の恋を邪魔しないから……。応援できるよう、頑張るから」

涙混じりの言葉がこぼれてしまう。

「だから。簡単に捨てないでよ……！」

想い続けることくらい、許してもらいたい。

しかし――

真秀は眉間に皺を刻んでなにかを考えた後、怪訝な顔で問うた。

「お前、思い出したんだよな。この傷ができた時のこと」

こくりと凜風は頷く。

「それで、俺に想い人がいるということも知っているんだよな」

再びこくりと凜風は頷く。

「だったら、なんでお前が〝応援〟するんだ？」

「え？」

「……いや、質問を変える。お前には好きな奴がいるんだよな。それで今日、食料を買い込んで、ここにそいつを連れ込もうとしてたんだろう？」

心外である。凜風は思わずむっとして言い返してしまう。

「食料を買ったのは、真秀に作ってあげようと思ってたから。なんで、真秀の家に他の男を連れ込んでご馳走するのよ。わたしそんな女じゃないし、そもそもそんな人いないから。わたしの周りにいる男性なんて、涼兄を除けば真秀しかいないわ。なんでそんなおかしなこと言い出すのよ」

「お前が鷹仁に叫んでいたじゃないか。幼馴染など恋愛対象外で、アウトオブ眼中だと。大体お前、俺と線を引こうとしていただろう？　お前にとって俺はセックス相手。お前が俺から離れようとしたのは、男ができたからで、俺を切ろうと……」

「幼馴染が対象外だと言ったのは、鷹仁に対してよ。あれくらいはっきり言わないと、勘違いしそうだったから。線を引こうとしていたのは、真秀に忘れられない想い人がいると知ったからよ。わたしはその人の身代わりで抱かれていたんでしょう？」

真秀は驚いた顔をしたまま固まっている。

「わたしが真秀にした仕打ちを思えば、我慢しないといけないかもしれない。でも……いくら契約や昔のことがあるからといっても、心抜きの関係はつらいの。割り切ることなんてできないよ」

「その関係を望んでいたのは……お前だっただろう。最初から」

真秀の声は、悲痛に掠れている。

「最初は必死だったから。でもわたし、好きでもない人とそういうことはできないみたい。最初に抱かれた時から、わたし……真秀の心が欲しかった。真秀の愛が欲し……」

途中で言葉が途切れたのは、真秀が唇を奪ったからだ。

「なんでお前は、昔のことを思い出してなお、男としての俺の心は見ようとしないんだろうな」

やるせなく揺れる、銀青色《シルバーブルー》の瞳。

「俺はいつも必死に、想いを呑み込んでお前を抱いていた。言葉に出せない分、身体で伝えていた。何度抱いても尽きないほどの……お前への愛を」

「わたしへの……愛……？」

真秀は笑って、驚く凜風の額《ひたい》を小突く。

「俺も、好きでもない女とセックスはできない。だから他の女に欲情もできなかったし、抱けなかった。抱けばお前を忘れられるかと、何度も挑戦してみたが無理だった。生涯女が抱けなくてもいいと思って、仕事に没頭していた。だけどあの夜」

『どうすれば、あなたを手に入れることができますか？』

『あなたが欲しいんです！』

「恐れもないまっすぐな目で俺にそう言ったお前は、忘れられない女を思い出させた。だからお前の誘いに乗ったんだ。お前は俺を欲情させ、男の昂《たかぶ》りを目覚めさせた。あの時は素性も知らなかったのに」

「……っ」

「お前が凜風だと知った時、すべてが腑に落ちた。同時に高揚した。ようやく、会えたと」

真秀は凜風の手を握る。

「鏑木一族は閉鎖的な家だった。双子を忌み嫌う一族の中に生まれた俺は、死んだ母と祖母のおかげで、男を捨てることで、生を認められた。俺はずっとマホという使用人の女として育った」

「そんな……」

「俺を庇ったせいで祖母は一族から爪弾《つまはじ》きにされ、そのストレスのせいで認知症になった。家族はその介護を俺に押しつけたが、俺にとって祖母は恩人だった。学のない俺に言葉や基礎的な知識や振る舞いを教えてもくれたんだ。まあ、それも鏑木の世界で生きるために必要な、最低限のものだったが」

確かに、マホは学校にも通っていないのに読み書きができたし、礼儀作法も素晴らしかった。

凜風が理想の女性として憧れるほどに。

「祖母も母もあの家の嫁だ。閉鎖的な鏑木の体質に思うところはあったんだろう。祖母は俺に優しかった。段々と子供に返り、俺のことをお気に入りの人形としか認識できなくなっても、祖母のつらい記憶が消えて笑顔になれるのなら嬉しくて、俺は喜んで祖母の世話をしながら、祖母の昔の着物を着て人形になった。人形として、俺は自我を……感情を押し殺して生きていたんだ。なにも望まず、ただ時間が過ぎるのを見ているだけ。そんな時、お前が現れた」

真秀は凜風の指の間に己の指を絡め、きゅっと握る。

「お前は俺にとっては眩しく鮮烈だった。俺の知らない世界を俺に教え、俺が封印していたものも簡単に解き放った」

「封印……？」

「男としての情」

真秀は握ったその手を持ち上げると、凜風の指に唇を落とした。

「離れという世間から隔離されている小世界にひっそりと生きていたのなら、俺は男という意識を持たず、持つ必要性も知らずに生きていただろう。だが俺は……俺に懐いてくるお前によって感情を学び、そして……恋をした。純粋無垢な友情とはまた別に、男としてお前を欲しいと思ってしまった。姉や友人としては持ってはならない、禁忌の……浅ましい情欲を持った」

時々、真秀を怖く感じていた変化は、彼が男となった時だったのだろう。

彼は凜風に、悩める心を伝えようとしていたのだ。

「この気持ちは、俺を姉のように慕うお前を裏切ることになる。だから、閉じ込めるつもりだった。なのにお前への恋情は強くなり、俺の身体は急速に大人の男のものへと変化しはじめた。精通がはじまり、声も低くなっていく。やがてお前に隠しきれなくなるだろう。その変化は、まるで自分が悪魔になっていくようでおぞましかった。忌み子だからなのではないかと、真剣に悩むほどに」

「……っ」

「鷹仁はずっと凜風が好きだった。怒らせることでお前の気を引いていたんだ。だからいつも離れに来ては邪魔をしていた。涼にあたっていたのも、凜風と仲がいいからだ」

「実の兄なのに？」

「俺も時々……涼に苛立っていた。実の兄なら、もっと妹に線を引けと」

むすっとした口調のまま、真秀は続けた。

「双子はおかしなところで共鳴する。だから、鷹仁は俺の変化に目敏《めざと》かった。そして凜風を俺に奪われまいと躍起になった。……だからあの事件が起きた」

あの事件——そう、真秀の傷となった事件だ。

鷹仁の嫉妬で、幸せな光景は真紅色に染まった。

「俺は鷹仁によって、お前に隠したかった男の部分を暴露され、お前にそれを拒絶された。お前が俺から離れるのだけはいやで、偽りない俺の本当の心を受け入れてもらいたくて、もがいた挙げ句に暴走した。結果、お前は気を失い、熱を出した。それを最後にお前は俺に会いにこなくなった。来るのは鷹仁だけ。奴は笑って言った」

『凜風は熱で記憶を飛ばした。それだけお前が男だということが気持ち悪く、受け入れがたいものだったんだろう』

『もう二度とお前は凜風に会うことはない。なにせ凜風が嫌っているんだから』

凜風は慌てて言った。

「嫌ってなんかないわ！　確かに、マホちゃんが男だったことは衝撃的だったけれど。だからこそ、マホちゃんに対する慕情はそのまま強く残っていたのよ。涼兄もその時、興奮して叫ぶおばあさんを宥めるのに必死で、マホちゃんの正体を知らなかった。だから本当に、わたしたちはあの時になにが起きていたのか、真実を知らずにいたの」

凜風が回復した頃、真秀の父、毅嗣がやってきて、『マホは海外へ行ってしまって、もう会えない』と言われた。それからは鏑木家に招待されなくなり、記憶を無くした凜凪はマホとの別れを純粋に悲しんでいたのだ。

そう話すと、真秀は皮肉げに笑みを作った。

「ろくに学もつけさせてもらえなかった奴が海外に？　ふざけているよな。俺は海外になど一度も行ったことがない」

「え……」

「事情を知らない俺はずっと、あの離れで……お前と涼がやってくるのを待っていた。時間がかかっても、俺は……、お前なら本当の俺を受け入れてくれて、また笑顔で会いにくると希望を捨てずにいた」

真秀は天井を仰ぎ見る。

「待っていたんだ。季節が幾度変わっても。牡丹《ぼたん》が咲くのを一緒に見ると、約束したから」

不意に凜風の脳裏に、過去の思い出が蘇った。

『季節が変わっても別の牡丹《ぼたん》が綺麗で……。だから……もし良かったら……』

『うん！　ずっと一緒に牡丹《ぼたん》の花を見ようね。涼兄も！　みんなで指切り、約束ね』

誰もやってこない縁側に座り、庭の牡丹《ぼたん》をひとりで眺めている真秀を想う。

「いつかきっと……お前とまた花摘みをしたり、笑い合えると信じて」

胸が締めつけられそうだった。

（ああ、約束したのに。わたしは……破ってしまったんだ……）

「一年が過ぎ、二年が過ぎてもお前は来なくて、祖母も亡くなった。ひとり取り残された俺は、完全に男の身体に変化し、悟った。俺からはもう、女のマホは消えてしまった。お前が愛した姿はなくなってしまったんだ……」

「……っ」

「だから、そこで諦め、お前に嫌われている現実を受け入れることにした。もうお前や涼と笑い合った……あの幸せだった日々は戻らない。俺が男に戻ったら、すべてがなくなってしまう脆《もろ》い思い出だったのだと……思い知った」

凛風の心に真秀の切ない心の痛みが伝わり、胸がぎゅっと締めつけられる心地になった。

なぜ毅嗣の言葉を鵜呑みにして、マホは海外へ行ったのだと安易に信じてしまったのだろう。自分の目で確認しにいけば良かったのだ。

そう、ここでもまた凛風は、〝本当のこと〟から目を背けていたのだ。

「男になってしまったら、忌み子問題がぶり返し、鏑木の家にはいられなくなった。父が慈善活動をしている手前、今更捨てるわけにもいかない。だからあいつは大金を支払い、遠戚に押しつけるようにして俺を捨て、俺は子供がいない御子神家の養子になった。御子神でも厄介者扱いされたが、俺の人権を認めない鏑木よりは、はるかにマシだった。傷が気持ち悪いと言いつつ、メディカルタトゥの手配もしてくれたしな」

握った手にぐっと力が込められる。

「俺は……祖母が死んだ時、遺体をぞんざいに扱って『ようやく荷物がなくなった』と笑った鏑木の父や鷹仁を忘れることができなかった。祖母を追い詰め、死してもなお、祖母の尊厳を認めない奴らへの怒りをバネに、あいつらと同じ舞台に立ってやり込めてやろうと猛勉強をしたんだ」

「そして……司法試験に合格したのね」

「ああ。俺は、鏑木弁護士と公然と対立できる検事の道を選んだ。……だがある時、ふと思ったんだ。検事という……誰かの人生を左右する重要な仕事を、父への反発心だけでしていていいのかと」

そこで悩むのは、仕事に真面目な真秀らしいと思う。

「悩んでいた二十五歳の頃、偶然ある人物に会った。その人物は俺にこう言った」

『まずはお前が救うべきは、お前自身だ。お前が暗闇の中にいた時、なにを思った？』

『検事と弁護士？　人間社会は善悪とか闇と光とか、相反する二元論のみで成り立っている単純な世界じゃねぇだろう。任侠の世界で、仁義という善悪に基づかない信念を重んじるように、第三の道を、お前の理念のもとに突き進んでみたらどうだ？　たった一度の人生、思うように生きてみろ』

「それが、草薙組四代目組長だった男だ」

真秀は、生前の組長を思い出しているように見えた。

ヤクザなのに変わり者で、悩める人間には声をかけずにはいられない性分だったのだという。組長の言葉に救われた真秀は、やがて自分のように不平等に扱われる社会的弱者を救いたいと思うようになった。

「組長の言葉は天啓だと思った。俺を認め、必要としてくれている者たちの力になりたいと、弁護士に転身し、草薙組の顧問弁護士になった」

ヤクザだろうが、人情味ある組長がいる草薙組は、真秀にとって居心地のいい、初めての〝家族〟でもあった。

「顧問弁護士になる条件として、組長から言われたのはふたつ。俺がヤクザにならないこと。組のためだと犯罪を隠蔽したり、推し進めたりしないこと」

真秀の仕事は主に、経営面での管理サポートだったが、組長が提言した休戦協定の実現に向けて、奔走する若頭の手伝いもした。そしてこの協定が結ばれたことで、近隣間のヤクザの抗争はなくなり、草薙組は穏健派を代表するヤクザとして、民間からひとまず受け入れられるようになった。

組長は組員たちを社会に戻そうとしていた。その心を引き継いだ若頭が台頭し、組長が亡くなった二年前、組は解散した。その処理完了をもって、真秀は今の合同事務所に移ったのだ。

真秀の表情が少しずつ緩んでいる。

凄惨な過去を持つ彼にも、拠り所があったことに凜風はほっとした。

同時に、真秀のことを知れば知るほど、凜風は嬉しくなった。

「……俺の、クソ面白くもない過去話はこれくらいだ。他になにか聞きたいことはあるか？」

真秀なりの誠意なのだろう。

今まで閉ざしていた心の壁を壊そうとしてくれているのだ。

歩み寄ろうとしてくれている――それが嬉しくて、同時にそうさせてしまったことが申し訳なくて、凜風は首を横に振りながら言った。

「わたしね、感じていたの、マホちゃんの男の部分」

銀青色《シルバーブルー》の瞳が大きく揺れた。

「でも認めるのが怖かった。わたしが好きになったマホちゃんが消えてしまうのがいやで。わたしずっと、マホちゃんと一緒にいたかったから」

凜風はもう片方の真秀の手をとり、握った。

「幼すぎた……なんて言い訳は使いたくない。わたしもう逃げないよ。真秀がわたしを恨んでいても、わたしは真秀と向き合いたい」

真秀は両手を握ったまま、凜風の唇を奪う。

「恨んでねぇよ。ただお前が恋しかっただけだ。会いたくて、忘れられなくて。お前に嫌われたのは自業自得。俺が傷つけてしまった女を忘れられなかっただけ。お前に会えたのなら、お前がそばにいるのなら、それでいい」

（そばに……いさせてくれるの？）

涙とともに、ぶわりと真秀への想いが膨らみ、言葉となる。

「真秀……。真秀、わたしね、真秀のこと……」

真秀はふっと笑うと再び口づけ、ゆっくりと舌を絡ませた。

そして甘さを宿した眼差しで告げる。

「またお前に嫌われたくなくて、今まで逃げてきたんだ。俺に言わせてくれよ」

優しさと切なさがない交ぜになった、銀青色《シルバーブルー》の瞳に射抜かれる。

心臓が、どくどくとうるさい。

「――愛してる」

「……っ」

心臓を鷲掴みにされた心地だった。

「昔のお前も今のお前も。マホとしても、真秀としても、愛してる。狂おしいほどに」

マホは捨てたと言っていたくせに、マホは真秀の中にいると彼は認めた。

それだけで想いが倍以上に膨らみ、凜風は嗚咽を漏らした。

「俺の……女になってほしい。一生」

真剣ゆえに震える声は、独占欲を滲ませていた。

「い、一生？」

「……いや、なのかよ」

真秀が拗ねる。

そんな可愛い表情を初めて見て、凜風は悶え死ぬかと思った。

「凜風、なんとか言えよ！」

「もちろんＯＫです。真秀はわたしの最初で最後の恋人ね」

そう言うと、真秀が笑った。

それはマホが初めて見せた時と同じ、花が綻ぶような心からの笑みだった。

「あのね、真秀。ひとつお願いがあるんだけど」

「なに？」

「これから少しずつ、言葉でも真秀の心を教えてくれると嬉しい。その……わたし、恋愛経験がないから、へんに誤解を生みたくないの。今回みたいに、なにが好きとかからでいいから、わたしに真秀を教えてほしい」

「……俺が好きなのはお前だが」

今までその言葉が欲しかったのに、いざ彼の口からするりと出てくると、なぜか顔が熱くなる。

「そ、それは嬉しいけども、それ以外……なにが食べたいとか」

「食べたいのは凜風」

真秀は手を握ったまま、器用に凜風のブラウスのボタンを外していく。

「そ、そういうことじゃなくて……。趣味とか……」

「凜風をいじめること」

「それは趣味じゃ……って、揶揄《からか》っているわね⁉　笑いすぎよ」

真秀が笑うと嬉しい。

「わかった。これからは俺の身体と言葉で、お前に愛を語る。そして気が向いたら、それ以外のことも教えてやる」

「うぅ……。なんだろう、この敗北感……」

「お前色に染めてみろよ、俺を。マホの時みたいに」

真秀はすりと、頬を擦り合わせた。

「俺は、お前だけの男になるから」

（なんていう破壊力……。言葉で……とは言ったけど、わたし、もつのかしら）

「――俺色に染まれ。俺だけを考え、俺のために生きろ」

独占欲じみたものを感じ、凜風は悦びにぞくぞくしてくる。

「わたしは……真秀の贄《にえ》だもの。あなたのためだけに存在するわ」

そして凜風はまっすぐ、蕩けそうな目を向ける真秀を見つめた。

「真秀が好きよ。再会した夜、真秀じゃなかったら、わたし……身体を捧げたいなんて思わなかった。事務所のことを口実に、あなたが欲しかったんだと思う」

真秀の切れ長の目が愛おしげに細められた。

「女として……真秀が好き。わたしの初めての相手、真秀で良かった。真秀の思い出を最悪にしたわたしなのに……事務所にまで追いかけてきて、助けようとしてくれてありがとう」

真秀は泣き出しそうな表情をしていた。

「大好き。この気持ちが……真秀に、マホちゃんに、届けばいいのだけれど」

すると啄《ついば》むようなキスをされる。

「マホと区別せず、マホの分も俺を愛せよ。お前の愛はすべて、俺だけが独占したい」

「ふふ。なんだか三角関係みたいだね」

「そうだな。普通はそこに鷹仁が入るんだろうが」

すると凜風の顔が嫌悪に歪む。

「無理無理。昔も今も、まったく入る余地ない。ノーサンキュー、お断り」

「なんだよ、それ。男として……不憫な奴。だけど、ざまあみやがれ」

笑うマホがやがて、男の顔を魅せてくる。

しばし会話がなく、熱を持ちはじめた視線をぶつけ合う。

最初に、やるせない吐息をついたのはどちらが先か。

「凜風……。抱いていいか」

いつも不可抗力的に抱くくせに、今は凜風の気持ちを重んじる。

それがなにかこそばゆく、そして愛おしい。

「いいよ。わたしも真秀に、抱かれたい。あなたの愛がもっと欲しい」

そう告げると、真秀は困った顔をして凜風の唇を荒々しく奪った。

◇

蒼白い月光が、窓から差し込む寝室。

生まれたままの姿で横になり、ふたり……ベッドの上で強く抱きしめ合う。

凜風は真秀の匂いに包まれながら、しっとりと汗ばんだ彼の素肌の感触にうっとりする。

女の凜風には持ち得ない、がっしりとした強靱な肉体。

滑らかな背中にまで筋肉がつき、男らしさを感じ取るたびに、感嘆の吐息が漏れる。

そして肌に熱を伝えてくる、入れ墨の傷《メディカルタトゥ》――

杖に蛇が巻きついた模様は、アスクレピオスというギリシャ神話の医療の神らしい。日本でも医療の象徴としてよく用いられているものだと、以前、真秀が教えてくれた。

（真秀を守ってきた入れ墨……。ありがとう……）

凜風は顔の位置をずらすと、入れ墨に唇をあてた。

「……っ」

真秀がかすかに呻き、身じろぎする。

痛かったのかと目線を向ければ、真秀が蕩けるような甘い眼差しで凜風を見ていた。

いつも、向けてくれていたのだろうか。

愛おしくてたまらないというような、こんな目を。

それを見ていると、胸がいっぱいになって苦しくなる。

この気持ちを表現できずに、無言のままで真秀の胸に頬を擦り寄せてしまうと、真秀の手に優しく頭を挟まれて角度を固定され、柔らかな唇が寄せられた。

「ん、ふぅ……」

ゆっくりと、互いの意思を確認し合うような、そんな甘美なキスだった。

何度もキスをしているはずなのに、すごく心がときめくようなものだった。

やがて唇の間から舌が差し込まれ、凜風の口腔を大きく掻き回された後、凜風の舌の根元までねっとりと絡められた。ざらついた舌を擦り合わせ、互いの舌を吸い合う。

キスの合間に漏れる吐息は、どちらも甘さを滲ませていて、互いの身体を昂《たかぶ》らせていく。

呼吸が段々と急《せ》いたものになっていくと、真秀は避妊具をつけた剛直を凜風の秘処に滑らせた。

途端に真秀の背に回った凜風の指に力が入り、キスの呼吸が乱れる。

真秀がゆっくりと腰を動かして、無防備な部分を擦り合わせてくる。キスとは違う水音が激しくなり、剛直の滑りが良くなった。

「は、ん……真秀、気持ちいい……」

唇を離すと、凜風は白く細い喉元を晒して、快感を訴えた。

真秀はその喉に舌を這わせながら、彼の肌に押しつけられていた胸を揉む。

「あぁ……」

リズミカルに揉み込みながら、指の腹で頂《いただき》にある蕾を揺らされる。もどかしい刺激に喘いだ時、完全に勃ち上がったそれを強く摘まんで捏ねくり回された。

「や、ああん、ぁあ……」

凜風はびくんびくんと身体を跳ねさせ、嬌声を強めた。

凜風は無意識に腰を動かしていた。それに気づき、どこに刺激が欲しいのか察した真秀に、疼いてたまらない花園を抉《えぐ》られ、秘処の前方にある秘粒を突かれる。

強い快感が身体に走り、凜風はか細い声を上げてよがった。

そんな凜風を、熱を帯びた銀青色《シルバーブルー》の瞳はじっと見つめていた。

切なげで優しげで、しかし男の獰猛さを秘めた瞳。

真秀は、凜風のすべてを目に焼き付けようとしていた。

ああ、見てほしい。自分のすべてを。

隠すことない本当の自分を。

「真秀、まほ……あぁ、そのごりごり……気持ちいい……」

凜風が快楽に素直になると、呼応するように秘処を滑る剛直の動きが猛々しくなり、力強く花園を荒らしてくる。ひくつく蜜口は掠められるため、それに焦れた凜風はせがんでしまう。

「あ……ん。いっちゃだめ……まほ、あぁ、いかないで……！　真秀、大好きな真秀を……奥まで、ちゃんと感じたい……」

「……っ」

「真秀に、中も外もすべて……愛されたい」

真秀は荒い息を吐き捨てると、凜風の片脚を持ち上げ、横臥《おうが》のままでひどく猛ったそれを蜜壺にねじ込んだ。潤みきった蜜壺は一気に質量ある灼熱の杭に擦り上げられ、奥に到達する。

（ああ、だめ。だめ……イク、イ……——っ！）

快感に耐えきれず、身体を震わせて声を上げたのは、どちらが先か。

「……凜風、挿《い》れただけでイクな。早々に搾り取る気か」

かなり強く締めつけてしまったようで、それになんとか耐え忍んだ真秀に睨まれる。

「だ、だって……」

しかし真秀はすぐに目元を和らげた。

「もっと……俺を愛してからにしてくれよ。片想いみたいで、寂しいだろう？」

妖艶さに優しさが混ざり、凜風の鼓動を速めさせる。

「時間はまだある……」

真秀はゆっくりとした律動を繰り返し、ねっとりとしたキスをした。

心も身体も満たされる。

真秀の全身で、愛されているのがわかる。

それは身体の芯が蕩けてしまいそうな歓喜だった。

「ああ、真秀……。どうしよう、気持ち良くてたまらない……」

すると真秀も上擦った声を響かせた。

「俺もだ。凜風……お前の中、うねって絡みついて……は、ぁ……、すごい……」

真秀はくっと眉間に皺を寄せ、薄く開いた口から扇情的な息を漏らした。

それを見ていた凜風の中で、泣きたくなるほどの強い衝動が湧き起こる。

それは、愛おしさだ。

真秀が好きだ。たまらなく好きだ。

……真秀と目が合った。

熱に蕩けた瞳が大きく揺れていた。

言葉は交わされず、熱い視線だけを交わし合う。

律動が止まると、真秀が凜風の名を呼んだ。

そして――

「愛してる」

真秀はやるせない顔でそう告げた。

「凜風、身体からも感じてくれ。いつだって俺は……お前に、愛を伝えていたよ」

そう、最初から。

真秀の身体だけは正直に、激情に猛っていた。

「愛してる――」

繰り返し告げられると、凜風の双眸から涙がこぼれ落ちた。

「俺、悲しませることを言ったか……?」

いまだ、感情を口にするのが得意ではないらしい。

どの言葉で凜風を傷つけたのかわからず、動揺している。

（ああ、それすら愛おしい……）

凜風は首を横に振ると、泣きながら微笑みを作って言った。

「嬉しすぎたの、真秀の言葉が」

「え……」

「ずっと思っていたの、真秀に愛されて抱かれたいって。だから嬉しい」

凜風の声が感動に震える。

「ああ、わたし真秀と……本当の意味で繋がれたんだね……」

また凜風の目から涙がこぼれた。

真秀はその涙を指で拭うと、凜風の唇を奪いキスを深めた。

そして、抽送が再開される。

ゆっくりとした営みの中で、愛だけが性急に育っているのがわかる。

「お前、本当に……どれだけ俺を惚れさせる気なんだ？」

真秀は苦笑すると凜風の手を握り、両手の指を絡ませ合う。

そしてすりすりと凜風に頬ずりしながら、少しずつ抽送を深める。

「ああ……」

真秀に合わせて、凜風の身体も揺れはじめた。

まるで波の狭間で愛し合い、沈んでいっているかのようだ。

きっとこれが、溺れるという意味なのだろう。

「真秀……。すごく……伝わってくるよ。ああ、嬉しい……真秀の好きは、心も気持ちいいね」

「凜風……」

「好きだよ。真秀……わたしも好き。わたしの愛も感じてね」

凜風の脚が真秀の腰に巻きついた。

「もっと……ちょうだい。もっと奥で……激しく愛し合おう」

凜風の言葉に真秀の中の男が奮えた。

「本当に……お前には敵わない。……ん」

悩ましい吐息をひとつつき、真秀は腰を回すようにして奥を突いてくる。

さらに質量を増した剛直に、凜風の子宮はきゅんきゅんと悦んだ。

凜風から嬌声が止まらなくなった。

「凜風……。俺は……愛しているという言葉より、上にある言葉を知らない」

「……っ」

「でも俺の胸を切り裂いて覗き込めば、きっとお前なら……わかるのかもしれない。この想いに適切な言葉がなにか。それを俺が伝えられないのが、苦しいが」

「真秀……」

「だから今は、俺の中では最上級の言葉として受け止めてくれ」

真秀は微笑んだ。マホとはまた違う笑みで。

「愛してる、凛風」

口下手な真秀なりに伝えてくれる、愛の言葉。

その真剣さが伝わり、凛風は感動に身を震わせた。

「泣き虫」

真秀は笑って啄《ついば》むようなキスをひとつ落とすと、抽送を速めた。

真秀も興奮しているのか、いつもより呼吸が荒いし、抽送する剛直も大きく硬い。

彼は、どこまでも男だと主張してくる。

「はっ、はぁっ」

真秀は自分が感じている姿を隠そうとしなくなった。

わざと凛風に見せているかのようだ。これが自分なのだと。

真秀が扇情的な表情をするたびに、愛が伝わっているのだと嬉しくなる。

もう凛風も隠したくはなかった。

心まで愛し合うのに、隔てるものは必要ないから。

「真秀、こっち見て……」

頬に貼りついた真秀の髪。

少し苦しげで、しかし恍惚感を漂わせる顔がこちらを向く。

快楽にとろりとしたその目が、凜風を見ると愛おしげに細められる。

無防備さも感じさせる柔らかい笑み。

そこにいるのは無垢でありながら、誑惑《きょうわく》的な魔性を秘めた男だ。

見ているだけでたまらなくなり、キスをしたくなる。

すると切なげな顔をした真秀が唇を求めてきたから、同じ気持ちなのだと嬉しくなった。

「ああっ、真秀、そこ、そこ……だめっ」

真秀は凜風の身体のすべてを知っている。

彼が凜風の弱い部分を重点的に攻め出したら、もう果てたいという合図。

余裕のない顔になった真秀は、荒々しく凜風の舌を吸い、獰猛さを見せはじめた。

互いの口から急《せ》いたような呼吸が繰り返され、肌が粟立つようなストロークで凜風の身体は急速に追い詰められていく。

「ああ、真秀、真秀、なにか……クる。ああ、なにか大きいの……」

怒濤の如く押し寄せる快楽の波が大きすぎて、凜風は悲鳴を上げた。

しかし真秀は容赦なく、凛風を最果ての地に連れていこうと抽送の速度を上げた。

「真秀、一緒に、ねぇ……一緒に……！」

「あぁ。お前を、離さ……ない」

上擦り官能的な響きを持つ真秀の声は、凛風の興奮をさらに強めた。

迫《せ》り上がるなにかが、膨れ上がる。破裂しそうな危殆《きたい》を孕む中、快楽の波は一気に加速してうねり、凛風を襲った。

白ばみはじめた世界に、チカチカと果ての到来を告げる閃光が散る。

身体が急に不安定になり、怖くなって凛風は真秀の腰に回していた脚に力を込めた。

突き上げがさらに速くなる。真秀が動物じみた声を響かせる中、凛風の身体は限界に達し、ぱああんと弾《はじ》け飛んだ。

「や、だめ、ああ……！」

なにかが怒濤の如く突き抜け、凛風は悲鳴を上げた。

それと同時に剛直がぶるっと震え、真秀が官能的な声音で呻き、凛風の身体を強く抱きしめた瞬間、薄い膜越しに熱い残滓《ざんし》を感じた。

互いの呼吸が落ち着きを見せてきた頃、ふたりの視線が合った。

少し照れたように、同時にどこまでも愛おしげに見つめ合うと、すべてを繋げたまま、愛に溢れた濃厚なキスを心ゆくまで交わすのだった。

◇

翌日、両想いになって一番先にしなければならないこと。

それは涼への報告だ。恋人ができたら報告してほしいと何度も涼に言われていたことだし、このまま隠していたら、ばれた時に大騒動になりそうな気がしたからだ。

しかし、凜風ですら過保護気味だと思う兄のこと。その上、相手は真秀だ。ストレートな報告では倒れてしまうかもしれないから、ここは遠回しにやんわりと……などと思っていると、真秀がすたすたと涼の元へ行った。

そして――

「涼。凜風は俺の女になったから」

(なぜストレートに言う⁉)

「そ、それは……ど、どういう意味で……」

兄は倒れる寸前のところで、なんとか踏ん張っているようだ。

「あ、あのね、涼兄……」

慌てて駆け寄った凜風が、とにかくやんわりとした……当たり障りのない適切な言葉を必死で探している間、またもや真秀が口を開いた。

「凛風の身も心も俺のものになった」

その通りなのだが、なぜわざわざストレートな言葉を選ぶのだろう。

「それは……。報酬として求めていた凛風を、いただきました……ということで？」

「ああ。何度食っても、骨まで……俺好みの極上の味だった」

真秀はにやりと笑う。固まる凛風に、青ざめた涼の顔が向けられる。

「何度も……美味しく……いただかれちゃったの？　身も、心も……？」

じわりとその目が潤む。

「あ、あの……」

しかし凛風にフォローなどさせやしないと、真秀は涼に追い打ちをかけた。

「これからは凛風と同棲するから。お前の家にある凛風の私物、近く引き取らせてくれ。もうそっちに帰らせないから、今から妹離れの練習、しておけよ」

一応は結婚前提の付き合いを匂わせ、涼が願う〝きちんとした〟宣言ではあったのだが、正面突破してきた真秀の言葉の威力があまりにもすごすぎて……案の定、それからの涼は大変だった。

それを思い出すだけで、心よりも頭が痛く、ため息しか出てこない。

「ねぇ、真秀。もっと、言葉を選ぼうよ」

「意味は同じだろうが」

真秀は、あんな兄の姿を見てもなにひとつ動じていないらしい。

「だけどさ、涼兄は繊細だから」

「繊細？　それはお前、兄のことをわかってないな。あいつは豪胆だぞ」

「いやいや！　ヤクザに怯《ひる》んでたの知っているじゃない」

「それは、鷹仁を思い出させる〝暴力を振るう男〟だからだ。涼は頑固だし、突然のことでも動じないし、肝が据わっている。残念なのは、あいつがそれを自覚してないということだけど」

「自覚していないのなら、繊細だということじゃない！」

「いいんだよ。俺はお前とのことを涼に隠すつもりはなかったし、歯に衣《きぬ》着せぬ関係でいたいしな」

「だけど……」

「いいんだって。ほら、ぶーたれるな。注目を浴びてるぞ？」

そして真秀は、みんなが見ている前で凜風の唇にキスをすると、艶やかに笑った。

みんなといっても、涼や太一という意味ではない。

ここは都心、しかもカップル御用達《ごようたし》の人気複合商業施設内だ。

見知らぬ顔ばかりとはいえ、施設のど真ん中でキスをされたのだ。

「こ、公然わいせつ罪よ！」

「よく知っているな。でも安心しろ、そうはならない。なぜなら俺が弁護士だからだ」

「悪徳弁護士！」

真秀は声をたてて笑った。

甘やかな声を響かせる美貌の男は、とにかく目立つ。

恋人がいようがいまいが、女性たちの目を奪っている。

（真秀はわたしのもの）

独占欲に駆り立てられ、凜風は真秀の片腕を両手で抱いた。

「なーに、可愛く甘えてくるんだ？」

真秀は、空いている片腕を伸ばして凜風の首に巻き付けると、抱き寄せる。

そして凜風の頭に熱い唇を押し当てた。

「ひ、人が……」

「見せつけているんだよ。お前は俺の女だって」

「……っ」

「ようやく手に入った、俺だけの女なんだから」

凜風の頭に頬を擦り寄せているらしい。

みんなが見ているのに、真秀のこうした仕草と言葉に、きゅんとしてしまい、人目を憚《はばか》らずに抱きつきたい衝動が湧き起こるほどだ。

それを我慢してはいるが、真秀から身体を離したくない。

そして真秀も離す気はないようで、そこもまたきゅんと胸を熱くさせる。

「ところで……。今更なんだけど、なんでここに来たの？」

少し前、事務所に顔を出した太一が悲しみの海に溺れる涼の面倒を引き受けてくれた。

今頃ふたりは、居酒屋でやけ酒を呷っていることだろう。責任を感じて凛風も付き合おうとしたのだが、真秀に用事があるからと問答無用で連れ出された先が、ここである。

「デート」

「え？」

「だからデートだって。それともお前は、俺とセックスだけしている関係でいいわけ？」

「しーしー！　公然わいせつ罪です！　わたしは……デートとか、嬉しいけど」

凛風は焦って真秀を止めつつ、デートだと知って喜びに頬を緩めた。

「俺、そういうの知らないからさ。もしお前が行きたい場所があれば言えよ。車もあるから、夜のドライブでもいい。まあ、この先は長く一緒にいるんだから、無理せず思い立った時でいい」

すごくさらりと言われたが、〝この先は長く一緒にいるんだから〟――これはかなりの破壊力があるのではないだろうか。真秀をちらりと見たが、それは自然に出たものだったようだ。

「なんで赤くなる？　まさかお前が行きたいところって、いかがわしい場所……」

「そんなわけないでしょう？　わたしだって健全な乙女なんだから」

「ははは。乙女ねぇ」

「乙女じゃないの！　乙女でしょう!?」

「まあ、確かに処女《おとめ》だったしな」

「それ、意味を変えてるよね!?」

ぱしぱしと真秀を叩くその手は、笑う彼の手に受け止められる。そしてその手の形が変わり、彼の指が滑るようにして凛風の指の間に収まると、そのままきゅっと握られる。

「さあ、色々見るか。これからの暮らしで必要なもの……まずはどこから行くか」

真秀はじっと見つめる凛風に気づき、ふっと笑った。

「お兄ちゃん公認の同棲だ。これからお前にとって俺の家は、居候《いそうろう》先ではなくお前の家だ。必要なものを揃えよう」

「……っ」

頬を熱くさせている凛風の耳元に、真秀がそっと囁いた。

「いやらしい……スケスケの下着でも見るか？」

「見ません！」

さらに顔を沸騰させる凛風に、真秀はまた声をたてて笑った。

意地悪なのは変わらないけれど、その種類が少し変わった気がする。

どこか人間らしいものを感じるのだ。

（これが真秀の素なのかもしれないわ……）

マホでもなく、悪魔の真秀でもない。

御子神真秀という、ひとりの人間としての素顔――

もしそれを少しずつ見せてもらえているのなら、嬉しいと凜風は思った。

「……真秀って、デートとかしない人だと思ってた。そういう女の機嫌伺いのようなものはすべて省略、即ホテルで大人の関係。せいぜい食事してワインでも飲んで、またホテル」

「まあ、お前以外の女であれば、そのコースかもな。ただし、俺が欲情できる女がいれば、の話」

そして真秀は流し目のような色気ある眼差しを、凜風に送る。

「女の機嫌を伺うなんて冗談じゃない。だが、それをしてもいいから、デートで色々な表情を見たいと思えるのは、この世にひとりだけ。……お前だけだ」

「……っ」

「俺はお前の身体だけを愛しているわけじゃないから。それを証明したい」

あれほど愛をくれなかった男が、両想いになった途端、伝えようとしてくれる愛は過剰。

「ま、真秀って……結構、わたしのこと好き……だよね」

照れすぎて、妙に上から目線の言葉になってしまった。

「今更かよ。まぁ、覚悟しとけ。今は……〝人並み〟に抑えてやっているだけ。もう隠す必要はなくなったんだ。俺に愛されるってどういうことか、徐々にわかると思うから」

その眼差しは妖艶であり、どこか仄暗くもあり、ぞくりとした。

そして真秀はその眼差しを向けたまま、繋いだ手を持ち上げ、凜風の手の甲にキスをする。

凜風がぶるっと身体を震わせると、真秀は満足したように笑った。

両想いになっても、彼への捧げ物となる運命は変わらないのかもしれない。

きっと真秀に魅入られたまま、この先も喜んで食べられ続けるのだろう。

彼から与えられる愛は多いけれど、凜風から引き出される愛も大きい。

無償の愛を注ごうとしない真秀は、やはり悪魔なのかもしれないけれど。

「お前と一緒なら……楽しいって思える」

それなのに時々彼は、人間に戻る。

どこか頼りなげな、マホのような儚げな空気をまとって。

「これはきっと……捨てきれないマホの感情なのかもしれない。あの頃、お前と約束してたよな。いつか一緒に外の世界で遊ぼうと」

真秀は眩しいものでも見ているかのように目を細め、天井を仰ぎ見た。

「願いは叶うものだな……」

そして彼は静かに目を伏せ、長い息をついた。

第五章　闇に咲く赤き牡丹《ぼたん》

真秀が涼に爆弾宣言をした五日後。

それまでどこか情緒不安定気味だった涼に変化があった。

父が過去に関係した事件を洗い直すために、応接ルームのソファで資料を読んでいた真秀の元に近寄った直後、無言でガンとなにかをテーブルに叩きつけて、また自席に戻った。

そこには『女心がわかる本』『女を喜ばせるコツの伝授』『恋愛トラブル対処法』『女性たちが望む幸せ婚』……などなど、余計なお世話と言いたくなるような、男性向けハウツー本が積まれていた。

これはつまり、認めてくれたということだろう。

「ありがとう、涼兄」

しかし涼は、喜ぶ妹を見るとなにかを言いたげに口を尖らせ、さめざめと泣き出した。

「僕の可愛い凜風が、真秀の毒牙にかかってしまうなんて……」

少し面倒臭い兄である。

そんな時、レジ袋を手にした太一がやってきた。彼は真秀の隣に座る。

太一は今では、報告会と称して毎日顔を出している。

髪を黒く染めスーツを着ている彼は、調査会社に就職できたようだが、傍から見ればこの事務所の所員のようだ。この姿なら、かつて事務所を荒らしたヤクザとは誰も見抜けないだろう。

さらに驚くことに、最近結婚したらしい。相手は復縁したばかりの、太一が転がり込んだ先の家主だった。

「さすがは弁護士！　女性研究もぬかりなし！　あの、何冊か借りてもいいですかね」

「全部やる」

「本当ですか⁉」

すると涼が文句を言う。

「僕がせっかく、真秀と妹の幸せのために買ってきた本なのに！」

「悪いが涼。会ったこともないこの本の著者よりも、俺の方が凜風を知っている。凜風を喜ばせ、幸せにできるのは、こいつらじゃなくて俺だ。すべて俺に任せておけ」

その自信たっぷりな返答に、凜風は顔を赤らめた。

ひゅうと口笛を吹いた太一は、鼻を鳴らしてすすり泣く涼を慰める。

「また愚痴でも聞きますから。飲みに行きましょう。今夜どうですか？　今度こそカクテル通の俺の嫁に、涼さん好みの甘くて度数の高くない美味しいカクテル、聞いておきますよ」

真秀が涼に同棲宣言をしたその日も、涼は太一に誘われて飲んだらしい。

しかし涼は、カルーアミルクふた口でぐっすり眠り、ゆすっても起きなかったんだとか。

病院に連れていった方がいいかと、焦った声で太一から真秀のスマホに連絡が入った。

涼の酒の弱さは相当であるが、それなりに酒で鬱憤《うっぷん》は晴らせるらしい。

「いや、やめておくよ。ひとりで考えたい」

「だったら、心が変わったら連絡くださいね。それはそうと……これ見てくださいよ。近所に貼ってあったんです。それも俺が見つけたのだけでも、こんなに」

太一がレジ袋から取り出したのは、カラーコピーをされた十数枚の貼り紙だ。

凜風は涼とともに、くたっている紙を手に取った。

その紙には『反社と繋がる倉下弁護士』『悪徳弁護士に制裁を！』『弱者を守らず、ヤクザから利益をもらう倉下こそが有罪』……などと、誹謗中傷のカラフルな文字が記されている。

太一曰《いわ》く、近所の電信柱や壁などに貼られていたらしい。

「鷹仁を怒らせたから、ヤクザを使っていやがらせを再開したのかしら」

鷹仁は妙に、ヤクザは自分が抑えていると豪語していたから、もしかしてそれを凜風に信じさせるために、小芝居を打ったのだろうか。

（この後に『俺が助けてやるよ』とか意気揚々と姿を現すのなら、相当なアホだし、ビラを作って貼りにいかされるヤクザも気の毒だわ）

そんなことを思っていた凜風の耳に、涼の声が聞こえてくる。

「ヤクザがこの貼り紙を書いたのなら、かなり自虐的だな。ヤクザって、自分たちを貶めて誹謗中傷して喜ぶもの？」

涼が答えを求めたのは、元ヤクザである太一である。

「ど、どうなんですかね……」

太一は引き攣った顔で笑った。

真秀は紙を見ながら考え込み、不意に裏返す。そして太一に問いかけた。

「お前、これをどう剥がした？」

「へ？　普通に手で……」

「ふぅん？　あっそ」

それで納得したらしい。

（どうしたのかしら……）

「それより、須加《すが》製薬が逆転勝訴したことについて、倉下さんが弁護した依頼人の新山《にいやま》に会って話はできたか？」

それは、凜風の父親が敗訴した案件のことについてだ。

須加製薬はかなり大手の製薬会社で、新山はそこで経理をしていたが、会社の金を横領しているなどと身に覚えのないことを言われ、突然解雇されたのだ。

新山にとってそれは寝耳に水の話で、小さい子供をふたり抱えての解雇は、死活問題だった。そこで必ず勝訴できるという凜風の父親の噂を聞きつけ、解雇処分が取り消しになるよう、須加製薬に訴訟を起こしたのだ。

だが須加製薬は逆に、新山が帳簿を改竄《かいざん》し、架空の領収書を発行するなどの悪事をはじめ、横領している証拠を事細かに提出してみせた。そうした物的証拠により、新山は負けた。

彼に残ったのは、須加製薬への損害賠償金、三千万だった。

父へ圧力を加える鮫邑組が、その件を理由としているのだとすれば、鷹仁は必ずその案件のどこかに関わっている――真秀はその線を主張し続けた。しかし太一の調査では、そこに鷹仁はのぼってこなかった。そのため真秀は、再度太一に、別の視点からのアプローチを命じていたのである。

「それが、その住所にはいませんでした。突然引っ越したらしく」

「いない……？」

真秀が険しい目をさらに細めた。

「仕方がないんじゃないですかね。裁判に負けて、逆に金を払わなくちゃいけない。嫁も子供連れて出ていけば、場所を変えて再出発したくもなりますよね……」

太一は妙に同情めいた言葉を発した。

（となれば、やはりお父さんに一番に恨みを抱いているのは、新山さんのような気がするんだけど……）

真秀は前に言っていた。

『素人が、報復するために組ごとヤクザを雇えるとは考えにくい。さらに鮫邑組の派手な動きを考えても、バックについて動かしているのは、資金力も権力もある人物と考える方が自然だ』

新山と父親の力を笠に着た鷹仁は繋がっている、その線が一番濃厚なのではないか。

新山は本当に引っ越したのだろうか。姿を隠したのではないだろうか。

「そうか。わかった。引き続き足取りを追ってくれ。それと須加製薬についてだが……」

真秀は太一にいくつか指示を出した。

指示を受けた太一が席から立った時、彼のスマホが鳴った。応答するのを躊躇《ためら》っていたようだが、真秀の許可で電話を取ると、頭だけぺこりと下げて出ていった。

「……涼」

「わかった。僕は〝あれ〟を解析しているよ」

「じゃあ俺は行ってくる。凜風も来い」

「え、どこに？」

「着いてからのお楽しみ」

真秀はにやりと笑った。

◇

都心の繁華街からかなり離れた、寂れた道沿いにある古いアパートの一室。

凜風は真秀と、その住人である男性と会っていた。

その男の名前は、新山。そう、少し前に太一が行方不明宣言をした相手が、今、目の前にいる。

（どういうこと？　太一が報告しにきて、まだ少ししか経っていないのに、なんでこんなに早く見つけられるの？）

「先日はお電話で失礼しました。倉下法律事務所におります御子神と申します。ご挨拶が遅れてしまい、申し訳ありません。改めまして、よろしくお願いします」

湿気混じりの藺草《いぐさ》の匂い。

畳の上で正座する真秀は、髪を固めて眼鏡をかけている。

初めて凜風の事務所を訪れた時のような、冷ややかで理知的な美貌を魅せていた。

新山は四十代で、どこにでもいるような平凡な雰囲気であり、真秀の整いすぎた顔と、一般人には到底持ち得ない威圧的なオーラに、わずかに顔を引き攣らせている。

真秀は、そんな新山に名刺を渡しながら言った。

「早速ですが、こちらに訪ねてきた男はいませんでしたか？」

「いいえ。今私は在宅で仕事をしているので、ずっと家にいますが、訪問客は誰も」

「こちらに住まわれてどれくらいですか？」

「裁判後に転居してきたので、約二ヶ月になりますね」

即答を受け、凜風は思わず真秀を見た。真秀は動じておらず、既に知っていたかのようだった。

（真秀はここの住所を太一に調べさせたのよね。新山さんはずっとここにいるのに、どうして太一は会えなかったの？　太一は、ここに来ていないの？　それとも……）

「わかりました。お電話でもお聞きしましたが、再度対面でもお聞きします。須加製薬での一件、力及ばずして敗訴という結果になってしまいましたが、それについてはどうお考えで?」

「……私は冤罪《えんざい》です。須加製薬が事実を捏造して、証拠にしたんです。誓って私は横領などしていない。それは倉下先生も信じてくださっていたと思います」

「倉下をお恨みになっていませんか?」

「とんでもないです!」

新山は強く言い切った。

「判決が出た後、先生はここで土下座をしてくれました。力になれずにすまなかったと。悔しくてたまらないと、泣いてくださいました」

(お父さんが……)

「弁護士費用を無料にしてくださった上、損害賠償金の支払いに困った私に三千万を無金利で貸してくださった。用心のために、家を見つけて妻子の引っ越しもさせてくださって。ただ、その後からですね、私に誰かの監視の目がついたのは。恐らく須加製薬の手の者だと思います」

父にとっては初めての敗訴で、しかも冤罪《えんざい》だとわかっていた。

だからこそ、困窮する新山を全面的に援助したという事実は、凛風の中で小さな違和感を残す。父にとって依頼人は平等のはずだ。しかも新山は父の元々の知人でもない。情に厚い父とはいえ、少し深入りしすぎていないだろうか。

（それに、須加製薬は裁判で勝ったのに、なんで監視をする必要があったのかしら）

「多分、私が……会社に不利になるような情報を握っているからだと思います」

新山は強張った顔をして言う。

「しかしこれは、言えません。倉下先生と口外しないと約束したんです」

「では倉下もそれを知っていた、ということなんですね？」

真秀が念を押すと、新山は頷いた。

やはり父は、なにかを知っているのだ。

（でもなんで黙らせたのかしら。相手側の打撃になる情報なら、法廷でそれを切り札にすれば、勝訴できたんじゃないの？）

真秀もなにか考え込んでいるようだ。そして重々しく口を開く。

「新山さんに監視がついているのなら、ご家族の方は？」

「大丈夫です。先生のアドバイスに従い、セキュリティが安全なところに移っていますので。つくづく、倉下先生の助言通りに動いていて良かったと思っています」

そして新山はこう言った。

「私は先生に感謝こそすれ、恨みは抱いておりません。冤罪《えんざい》は悔しいですよ。しかし先生が約束してくださいました。時間がかかるかもしれないけれど、必ず無念は晴らすと。その言葉を信じ、いつか妻子を呼び寄せ、堂々と生きていきます。今は辛抱の時期と思って、耐え抜きます」

そう宣言した後、新山は尋ねてきた。

「……ところで、倉下先生はお元気ですか？　最近お顔を見ていないので、御子神先生からのご連絡を受けて、もしかしてお身体の調子が悪いのではと……」

新山はかなり心配げな顔を見せている。

そうだろう。父が倒れては、他に当てがない新山は冤罪《えんざい》のままで生きねばいけないのだ。彼が今、前を向いているのは、ひとえに倉下誠という弁護士を信じているからだ。

「ぎっくり腰なんです。絶対安静で」

凛風は笑った。

「申し遅れました。わたしは、倉下の娘、倉下凛風と申します。父の事務所で事務をしております。父はまもなく元気に退院しますので、ご安心ください」

すると新山の顔がぱあっと明るくなる。

「そうでしたか！　お見舞いに伺いたいところですが、以前先生に、監視の目がある間は出歩かない方がいいと言われまして。では、もし退院なされた時はご連絡いただいてもよろしいですか？」

「もちろんです」

凛風は笑いながらも、病室で眠ったままの父を思い出す。

いまだ意識がなく、呼びかけにも答えない。

しかし必ず、父は回復する。

再び、弁護士として事務所に戻ってくる。

凛風もまた、新山と同じく、父の復活を信じ続けるしかなかった。


「どういうこと？　なんで太一は新山さんと会っていないの？」

新山の部屋から出ると、凛風はすぐに真秀に問い質《ただ》した。

「太一に調べさせたのは、この住所ではない。新山が引っ越す前の場所と、枝番違いの小学校だ」

どこまで太一の報告が信用できるのか、試したのだと言う。

「引っ越しもなにも、そこが住居でないことぐらい、実際に見にいけばわかるはず。太一があの報告をしたのは、引っ越し先を知っていて新山と接触したことを隠そうとしていたためなのか、確認を兼ねてここへきた。新山と話した限りでは、そうではないようだがな。他に思惑がありそうだ」

「ど、どうして⁉　太一は鮫邑組を抜けて、自分の行いを反省したから、わたしたちの情報屋……みたいなのになってくれたんじゃ？」

毎日やってきて、今では身内のように馴染んでいるではないか。

「組を抜けたのは間違いない。俺が他の奴に確認してる。だが、俺としても正直、倉下法律事務所を潰そうとした実行犯を、鮫邑組がそのまま野放しにするとは思っていなかった」

　太一がヤクザを辞めた時、上から規制はなにひとつなかったという。

　それは凜風も引っかかった。若頭は可愛がっていた男を、よく野放しにしたなと。

「正直、最初は使える奴だと思ったさ。しかしあいつが鷹仁の名前を軽々しく口にした瞬間、信用がおけないかもしれないと思った。ヤクザには仁義がある。それは生涯続く己の信念だ。それを堅気になった途端にべらべらと。ただ、あれはプライドがないチンピラというよりも、理由があってそう見せているように俺には思えた」

「確かに、軽いところはあるけれど……。でも……」

　だが、太一の情報が違っていたのは事実だ。

「涼もはじめから警戒していた。決定的だったのは、家を貸せと言ってきた時だろう。なにか裏があるのではないかと思い、涼と太一を一緒にすることで、太一が白か黒かを涼に判断させた」

（なんだ。わたしを抱こうとしたからじゃないんだ）

「むろん、太一を使って涼を抑えて、お前を抱く魂胆もあったがな」

　真秀は見透かしたかのように付け加えた。

「涼の判断は、黒。物色されたり、監視されたりしている気がしたらしい。太一の魂胆はなにか、誰かの命令で動いているのなら、それは誰なのか。泳がせるために、重要な調査だと言って太一に仕事をさせ、その裏で、俺と涼とで裏付けを取っていた」

「涼兄も……」

のほほんと太一と仲良くしているように見えて、実はそうではなかった。

外からでは窺い知れない兄の知性と度胸に、凜風は感嘆の息をついた。

「ああ。そして涼は、太一がよく座るソファや、マンションの部屋に盗聴器が仕掛けられていることを知って、それを逆手にとることにした。太一の報告と同時進行で独自に裏付けを取り、齟齬《そご》が生じている部分はなにかあるものとあたりをつけてきた。そうとも知らない太一は、自分の情報で俺たちを制御できていると思っていたはずだ」

「ふたりで？」

「そう。俺も日中頻繁に外出していたが、涼も出ていただろう。特に最近は〝妹をとられた可哀想な兄〟が定着していたから、ひとりになりたいと涼が出かけても『元気出してください』と、太一もノーマークだったし」

裏で動いているなど、凜風はまるで知らなかった。

「少しぐらい、わたしに教えてくれても……！」

「単純思考なお前に言ったら、すぐ顔に出すだろう？　決定的な証拠を掴むまで、太一に不信感を持っていると知られたくなかった」

自分は涼より落ち着いていると思ったが、真秀たちの評価は違ったらしい。

そして憎らしいくらい、それは正解に思える。

次から、太一にどんな顔をして会えばいいのか、わからなくなっているからだ。

凜風にネタばらしをしたということは、証拠は既に掴んでいるということだろう。

「それに、新山が妻子と別居しているということは、俺たちは太一に知らせていない」

確か太一は、こう言っていた。

『嫁も子供連れて出ていけば、場所を変えて再出発したくもなりますよね』

「太一が本人と会えないのに、どうやって内情を知れる？　それは俺たち以外の誰かから、新山に関する情報提供や指示があったからだろう。ただ、新山の現住所は知らないようだが」

「……っ」

「太一の電話が鳴っただろう？　あの着信音が鳴ると太一はこそこそして出るから、なにかひっかかると常々涼が言っていた。太一が寝ている間に、涼の手で位置情報と電話内容の盗聴ができるスパイアプリを、スマホにインストールしてある」

あの兄がそんなことまでしていたなど、驚きの連続だった。

真秀が兄のことを豪胆だと表現したのは、確かに正解かもしれない。

本当に繊細であるのなら、後ろめたいことを思っていただけでも顔に出るからだ。

「噂をすれば涼からだ」

真秀のスマホに、涼からメールが送られてきたようだ。

『聞いて』

そんなタイトルで、本文には音声データのアドレスが記されている。

真秀がそれをタップすると、音声が聞こえてきて、凜風も耳を傾けた。

《――お疲れ様です。今、事務所を出ました。貼り紙、やってみたんですが……涼と御子神に怪しまれている気がするんで、また別の手を考えます》

（太一の声だわ。あの貼り紙、自作自演だったの⁉）

涼の言葉を思い出す。

『ヤクザって、自分たちを貶めて誹謗中傷して喜ぶもの？』

元ヤクザが他人事のように書いた文章だったから、涼に指摘されたのだろう。

そしてあの場では、真秀もこう言っていた。

『お前、これをどう剥がした？』

思い返せば、表はくたくたになってはいたけれど、裏は綺麗な紙面だった。

手でビリッと剥がせば、紙のどこかが破れたり、薄くなったり、糊やテープの跡が残ったりしていてもいいはずだ。

《——レッ……オニーの件は？》
アプリの性能の限界だろう。音声が悪い上、相手の声がくぐもっていて不明瞭だ。
《——新山には行き着きません。掴んでいる新山の住所も旧住所だったので、引っ越したとの回答だけで簡単に済みました。新住所は引き続き、水面下で調べてみます。……ええ、大丈夫です。調査については、ばっちり信頼されてますので、嘘情報を流しても疑われないですよ》
実際に太一の声で裏切りを告白されると、怒りに頭がガンガンしてくる。
太一のせいで、真相へ向かう道を閉ざされていた気がしてたまらない。
《——わかった。……から、寄れ。受付……っておく》
《——では、これから向かいます》
太一は、電話の主の元に向かったようだ。
GPSの情報は、既に真秀のスマホに表示されている。
地図上で動かない赤い三角マーク。太一が今まさに訪れているそこが、電話の相手の居城なのだろう。覗き込んだ凜風は目を細めた。
「西条カンパニー……」
そこは——鷹仁がいる場所だった。

◇

西条カンパニーは、都心の一等地のビルの中に本社を置いている。

ビルの内装は巨大グループの本拠地に相応《ふさわ》しく、一流ホテルのような豪奢さがある。

その吹き抜け式の広いエントランスに、強張った表情の涼が立っていた。

「まさか、太一を使っていたのが鷹仁だったなんて……」

鷹仁という存在が、やはり涼の心の傷になっているらしい。

「単純思考のあいつにしては、裏で手回しして動く慎重さや細やかさが、気にならないこともないが……ま、因縁だな。悪夢を克服しろよ、涼。俺もできたんだから」

真秀が涼の肩を叩き、意味深に凜風に視線を送っている。

しかし、鷹仁と再会したあの日のことを思えば、真秀の中で鷹仁は思い出で終わるような簡単な存在ではないのだろう。

双子ゆえに共鳴し合う部分もあるだろうし、反発し合う部分もある。

なにより真秀の生まれ育った環境が、あまりにも過酷だった。

そんな複雑な思いを抱えて、真秀は自分たちのために戦ってくれるのだから、自分も負けてはいられないと、凜風は自分に気合いを入れる。

（さあ、今度こそ鷹仁に事務所潰しから手を引かせ、長い戦いを終わらせてやるわ！）

涼は白目を剝く寸前ながらも、ふぅーふぅーと深呼吸をしている。

（頑張れ、涼兄。繊細なのは見かけだけ。豪胆に振る舞えるんだから！）

受付で確認したところ、鷹仁が西条カンパニーで専務をしていることは間違いない。

重役には専用エレベーターが用意されていて、重役がいるフロアに行き着くためにはそれを使う必要がある。そして重役用エレベーターを使用できるのは、受付にてアポの確認がとれ、受付嬢からカードキーを渡された者たちだけのようだ。

突撃も可能だろうが、偽名や真秀と涼の名前では鷹仁に却下される可能性が高い。そこで、凜風の名前を使うことにした。

受付嬢が人数を口にしなかったこともあり、すぐに門戸は開いた。

「あのバカ面で、にやにやして凜風を待ち構えていると思うと腹立たしい」

「双子の真秀がそれを言う？」

涼の言葉に、三人は笑った。

「うん、まだ太一は動いていない」

涼のスマホで、太一のGPSを確認できる設定にしたらしい。

「鷹仁にわたしが来ると聞いただろうし焦っているよね。でも逃げたら鉢合わせしちゃう可能性が高いから、きっと専務室のどこかとか、別の部屋に逃げ込んでいそうね」

七階フロアに到着すると、美人秘書が優雅なお辞儀をして出迎えてくれた。

「専務、お客様がお見えになりました」

偉そうな返事が聞こえると、秘書はドアを開けて三人を通した。

「よ、よく来たな。凜……って、ひとりじゃないのかよ⁉」

鷹仁の明らかな落胆の表情に、思わず笑ってしまいそうになった。

真秀を刺そうとしていたくせに、よくも平然としていられるものだ。

広い専務室には、太一はいない。

特にドアがあるわけでもないから、他の部屋にいるのかもしれない。

真秀は涼に小声で指示する。

「涼、外でエレベーターを見張れ」

「でも……」

「太一を捕まえたら、連れてこい。急いで」

涼はひどくほっとした顔をすると、駆け足で退室した。

恐らく真秀は、涼が震えていたのを気遣ったのだと凜風は思った。

「――鷹仁、太一を使って、なにを俺たちから隠そうとしている？」

単刀直入に真秀が尋ねる。

「なにを言っているんだ。そもそも真秀の分際でなんでここにいる！　穢れる、出てけ！」

鷹仁は厭《いと》わしげに吐き捨てる。

真秀の表情は分厚い氷のような壁で覆われ、すべての感情を遮断していた。

恐らく真秀はマホの時から、こうして自分の心を守ってきたのだろう。

「鷹仁が答えたら、出ていくわ。わたしも鷹仁のせいで穢れたらいやだし」

凛風が言うと、鷹仁は傷ついた顔をするくせに、なぜ真秀には言葉の刃を突き刺すのだろう。言葉だけではない。昔とこの前と二度も、現実の刃を向けたのだ。

「鷹仁。太一になにを指示しようが、わたしたちは知っているから。新山さんのこと、新山さんが掴んでいる情報のこと。教えてもらっちゃったんだ～」

「なんのことだ？　太一？　新山？」

鷹仁は怪訝な顔をしている。それが演技ならば拍手を送りたいくらい真剣味がある。

しかし凛風は、目を据わらせて言う。

「そういうのいいから。知っているって言ったでしょう？　そんな演技されても時間の無駄」

「なんのことだよ。本当にわからないんだ。なぁ、凛風……」

鷹仁が凛風に手を伸ばした。凛風がその手を払うよりも早く、真秀が間に入り鷹仁の胸ぐらを掴むと、そのまうしろのデスクに鷹仁を叩きつけた。

デスクの上にあるものが床に散らばる。

「な、なにするんだ！　警備員を……！」

しかし鷹仁の手は電話機を落としてしまった。

「助けを呼びたいなら叫べばいい。俺は育ちが悪いんでね。なにしろ血が穢れているものので」


ゆったりと、酷薄に、真秀は笑う。

「警備員が来る間に、お前の息が止まっていなければいいなあ？」

「……っ」

「命が惜しければ、黙って質問に答えろ」

威嚇されてさらに首を締め上げられ、鷹仁はこくこくと頷いた。

「須加製薬の件、知ってはいけないことを知った新山は罪をかぶせられた。その件にお前は関わっているのか？」

するとと鷹仁は曖昧な表情で目を細めた。

「どっちだ」

「は、話を聞いた程度だ。直接は関わり合いがない」

「誰からだ」

「それは……」

鷹仁は、その件に関してはいかに真秀が恫喝しても、口を開かなかった。

「では質問を変える。凜風の父親、倉下弁護士及びその事務所を、鮫邑組を使って追い詰めたのはお前の指示だな？」

「そ、それは……」

鷹仁は助けを求めるように凛風を見たが、凛風は睨みつけただけだった。

「そ、そうだ……」

（やっぱり！　わかってはいたけど、腹が立つわ！）

「理由は？　弁護をしていたからではないだろう」

鷹仁からは冷や汗が噴き出している。

「新山が知ってしまった須加製薬の情報を、倉下さんが知ったからか？」

鷹仁はびくりと身体を震わせた。

「しかしお前は、須加製薬の件とは間接的な関わりだと言った。なぜ倉下さんが知ると、お前が直接関わることになる？」

「……っ」

唇を震わせるだけの鷹仁を見て、真秀は静かに目を細めていく。

「お前も知っているのか？　須加製薬の……知ってはいけない情報とやらを。その情報にお前が関わっているのか？」

すると鷹仁はぶんぶんと頭を横に振り続けた。

真秀はふとデスクにあるリーフレットを見つけると、訝しげな顔で手にした。

そこには油彩の大きな赤い花がリアルに描かれている。

（赤い牡丹《ぼたん》……）

それは鏑木本家の離れの庭に咲いていて、マホがよく生けていたものだ。

凜風が忘れていた……真秀の鮮血を彷彿させる、毒々しいまでに赤く染まった大きな花――

『鏑木家の至るところに咲いている牡丹《ぼたん》は、家とともに古い歴史がある。そこからこの家は〝牡丹《ぼたん》御殿〟と呼ばれているらしい』

小さい頃、父がそう説明してくれたことを思い出す。

そして真秀がリーフレットを広げると、一面を埋め尽くすような赤い牡丹《ぼたん》の中、カメラ目線の鷹仁の写真がある。

『レッドピオニー　代表　鏑木鷹仁』

「か、返せ！」

鷹仁はそれを奪い取り、デスクの引き出しの中に入れた。

鷹仁は西条カンパニーの専務だけでなく、別会社の代表も務めているようだ。

自慢癖があるくせに、なぜか必死な顔でそれを隠そうとしている。

「レッド……ピオニー……？」

真秀が反芻する。その声の響きが、凜風の脳裏にあるものを再生させた。

涼が送ってきた音声データである。

『レッ……オニーの件は？』

途切れ途切れだったあの声は、この単語を口にしたのではないだろうか。

「違う……。お前じゃない……」

不意に真秀が、険しい顔をして呟いた。

「あの音声ファイルの声は、お前じゃ……」

そして真秀ははっとした顔で鷹仁から手を離し、凛風に声をかける。

「出るぞ」

「え⁉」

凛風はよくわからないまま、走り出す真秀を追いかけた。

お茶を運んできた秘書を無視して、真秀はエレベーターの前で目を光らせる涼の元へと急いだ。

「え、もう話がついたの？」

涼は驚いた顔を真秀に向ける。

「いや。涼、ここに太一は来たか？」

「それが……現れない。あそこにある階段も見てたけど。まだどこかに隠れているのか……」

「GPSを確認しろ」

真秀の迫力に怯《ひる》みながら、こくこくと頷いた涼がスマホを確認し、声を上げた。

「え、えええええ⁉　もう建物を出てる。ということはこのフロアじゃなかったの⁉」

真秀は秘書の姿を見つけると駆け寄り、鷹仁に面会者が来なかったかを尋ねた。

「本日は、他にはお客様はいらっしゃいませんでしたが……」

そんな時、建物内でけたたましいサイレンが鳴り響いた。

「え……。なにかしら、非常事態が発生したようで、失礼します！」

秘書は焦った顔をして走っていなくなる。

「鷹仁が警備員を呼んだんだろう。一刻も早く出るぞ、捕まる」

そして三人は慌ててエレベーターに飛び乗った。

一階では警備員が慌ただしく上階に向かっていたが、それを横目に、三人は間一髪で外に出たのであった。


三人はすぐ、停まっていたタクシーに乗り込んだ。

真秀は険しい顔をしたまま助手席に座り、黙り込んでいる。

触れれば切り裂かれそうな剣呑《けんのん》な空気をまとう真秀に、凜風も涼も気軽に声をかけることができず、ただふたりで顔を見合わせることしかできなかった。

事務所に戻ると、真秀はあちこちと移動し、応接ルームのソファや仮眠室のベッドなどからなにかを取り外した。それは小型の盗聴器だ。それらをすべて、足で踏み潰して壊していく。

（仮眠室……え……盗聴器、仕掛けられてたの？）

ひとり恐慌状態になる凛風だったが、真秀が耳打ちする。

「仕掛けられたのはその後だから。俺がお前の声を聞かせるわけがないだろう？」

凛風は安堵のため息をついた。真秀が仮眠室で寝ていると太一は思っていたはずだ。だから盗聴器を仕掛けていたのかもしれない。普通はそこで、真秀と凛風の情交がなされるとは考えないだろうから。

「盗聴器はもうない。これで、太一にもわかるはずだ。俺たちが気づいていることを」

もう泳がせる必要がない。真秀は太一を切ったのだ。

「この先、詫びを入れにこないのなら……ただの裏切り者だったというだけのことさ」

今頃彼はなにを思っているだろう。

……ようやく気づいたのかと笑われていたら、悔しいけれど。

「太一が電話で話していたのも、西条カンパニーで会っていたのも、鷹仁ではない」

真秀は腕組みをしてそう言い放った。

「じゃあ西条カンパニーの重役さんとか？　お父さんや敗訴した事件に繋がる関係者って、あそこにいたっけ？」

　真秀は皮肉げに笑いながら、ゆっくりと言った。

「ひとり、いるだろうが。鷹仁をコネ入社させた、倉下さんの親友が」

　父の親友と呼べる者は、ひとりしかいない。

「太一は鷹仁ではなく、恐らくその上のフロアにある、相談役の部屋にいたんだ」

　相談役をしている男の名前は、すでに耳にしている。

「え、ええええ⁉」

　涼と凜風はそれぞれ声を上げた。

「そうだ。鏑木毅嗣、奴が太一を使っていたんだろう」

「ちょっと待ってよ。鏑木さんは、大学時代からの父さんの友達だぞ⁉」

　涼が動揺するあまり裏返った声で反論する。

「十分わかっている。だからお前と凜風が鏑木本家に遊びにきていたんだから」

　真秀は至って冷静だ。

「だったら！　真秀が鏑木さんを恨む気持ちはわかるけど、でもさすがに……」

「――涼。主観に囚われず、客観的に事実を見ろ。俯瞰《ふかん》的になれ。鏑木毅嗣に情があるのなら、お前たちを見捨てずに力となり、とっくのとうに倉下さんの汚名を雪《そそ》ぐ行動を起こしている」

涼も凜風も言葉を詰まらせた。

それは何度だって思ってきたのだ。

父の親友なのに、なぜ自己保身に走って父を助けてくれないのかと。

家族ぐるみで付き合いをしていた、仲がいい友達ではなかったのかと。

（鷹仁は、真秀に脅された鮫邑組の動きを抑えているのは自分だと主張していたけど、もしそれがパパだということを隠すためだったとしたら）

普通は、ヤクザと繋がる息子の愚行に気づいて止めに入った……と考えるのが自然だろう。ましてや、醜聞に気をつけなければいけない法曹一家の長である。

ただ息子が追い詰めたのは、彼の親友だ。どれだけ窮地に陥ったのかも知っている。表だって動けなくても、息子の不始末を詫びるなりフォローなりがあってもいいはずだ。

親友としての自覚と誠意があるのならば。

（それがないのは家名の方が大事だから？　それと太一を使っていたのはなぜ？）

あれこれ考える凜風の耳に、きっぱりとした真秀の声が届く。

「ヤクザを動かした上客は鷹仁だ。しかしその鷹仁と太一を動かすことで、倉下さんやお前たちを追い詰めていた黒幕は――鏑木毅嗣だ」

凜風は呼吸を止め、涼は深呼吸をしてから、真秀をまっすぐに見つめて言った。

「なぜ、真秀はそう思った？　根拠はなに？」

その時凜風の脳裏に、あの牡丹《ぼたん》のリーフレットが思い出された。

「レッド、ピオニー……」

妹の呟きに、その場にいなかった涼は訝しげに目を細める。

「レッド、ピオニー？　赤い牡丹《ぼたん》のこと？」

ピオニーとは牡丹《ぼたん》という意味らしい。そういえばリーフレットには牡丹《ぼたん》のイラストが満載だった。

「そういや、鏑木家は牡丹《ぼたん》御殿と呼ばれていたね。離れにもたくさん咲いていた。でも、なんで赤い牡丹《ぼたん》のことを凜風は口にしたの？」

凜風はリーフレットと、そこに掲載されていた鷹仁の肩書きの件を涼に話した。

「へぇ。代表ね。どんな会社なんだろうね」

涼はまるで興味がないらしい。

「でも鷹仁がレッドピオニーっていう会社のトップをしているからって、なぜ鏑木さんに疑いを？」

「俺が検事だった頃……、ある事件で鏑木毅嗣の身辺を洗ったことがある。その時、多額の裏金を隠すための、ペーパーカンパニーの存在が浮かび上がってきた。結局、正体は掴めなかったが、さっきの鷹仁の写真が載ったリーフレット、あれは慈善団体のものだった」

「慈善団体……あの鷹仁が、慈善活動……。そんなことするわけないでしょう」

もはや笑ってしまうレベルである。

「だろうな。さらにあいつの挨拶文の中で、前身として書かれていたのが、鏑木毅嗣が設立し、海外にも目を向けて慈善活動をしていた団体だった」

凜風はその文は読んでいなかったが、そうであったら、毅嗣から代表権を委譲されたのだろう。

「鏑木毅嗣は、いくつか会社を持っているが、そのすべての広告類に、牡丹《ぼたん》の写真なりイラストなりを入れている。鏑木の象徴として」

住居が牡丹《ぼたん》御殿と呼ばれるほどだ。彼自身も、牡丹《ぼたん》に愛着があるのかもしれない。

「検事の時にも引っかかった。なぜ慈善団体の広告だけは、芍薬《しゃくやく》なのかと」

(そういえば、昔マホちゃんが言ってたわね)

『凜風ちゃん、牡丹《ぼたん》によく似たこっちの花を芍薬《しゃくやく》というのだけれど、違いはどこかわかる?』

「知らないはずはないんだ。仮にも牡丹《ぼたん》御殿の主が、牡丹《ぼたん》と芍薬《しゃくやく》を取り違えるなどおかしいと思ったが、案外、意味があったのかもしれないと……鷹仁が代表になっていたあのリーフレットを見て思った」

凜風は涼と顔を見合わせた。涼は考え込み、そして言う。

「牡丹《ぼたん》の偽もの……つまり、偽の団体。鷹仁に任せてもいい、実態のない……つまり、ペーパーカンパニーってこと？　多額の裏金を隠すために？」

真秀は頷いた。

「恐らく。海外に目を向けた慈善団体の形式をとっているということは、海外を経由して資金洗浄をしたりして裏金を隠している可能性が高い。だがあの鏑木毅嗣が、わざわざ芍薬《しゃくやく》を使ってレッドピオニーを特別に扱うくらいだ。それだけに留まらず、対外的にも、レッドピオニーはなにか意味合いがあると思う。それに涼が解析した音声ファイルでも、レッドピオニーという単語に、太一が新山の名を出して反応した。新山が関係し、かつ鷹仁が俺たちからリーフレットを隠そうとするようななにかがあるはずだ」

それを聞いて凜風が、ふと芽生えた疑問をぶつけた。

「新山さんの名前がそこに出たってことは、須加製薬もレッドピオニーに関係しているってこと？　鏑木さんの会社でもないのに？」

すると真秀は目を細めて、涼と顔を見合わせる。

「……そうか。新山は経理だ。須加製薬からレッドピオニーに流れている不正金に気づいたのか。レッドピオニーは鏑木の私財だけではなく、絶対に表に出てはいけない……たとえば犯罪臭のある他者の金も隠匿管理しているのかもしれない。ある種、金庫番的な」

真秀の推測に、涼は頷きながら持論を述べる。

「法の抜け穴やコネを使って、汚い金を綺麗にして守ってやる代わりに手数料をとってるってわけか。もしかしてリーフレットは、非公式な……裏金募集広告かも」

すると真秀は、前髪を掻き上げながら同意し、冷ややかに言った。

「その線が濃厚だな。そして鷹仁は募集係の意味合いくらいしかない。レッドピオニーの顧客をとりまとめ、そして顧客の力を新たなコネにしているのは、鏑木毅嗣の方だ。鷹仁は、せいぜい父親から与えられた情報しか持たない、お飾り代表だ」

（専務室で鷹仁は、直接関わりがないはずの須加製薬の件を誰から聞いたのか、と真秀に脅された時、頑なに返答を拒否していたけど、パパだったのなら納得だわ）

「そして新山の件。新山は偶然、レッドピオニーと須加製薬の不正金の存在を知ってしまった。須加製薬は慌てて新山を切り捨てたものの、訴訟を起こされてしまった。しかし鏑木という心強い援軍に後押しされて、逆に新山から金を毟《むし》り取った……。金の亡者らしく」

レッドピオニーとは、金の亡者たちの集合体みたいなものかもしれないと、凜風は思った。

須加製薬の件でもそうだが、レッドピオニーがどんな会社なのかが明るみに出てしまうと、芋づる式に、そこで私腹を肥やしていた輩《やから》たちが表沙汰になる危険がある。そこにある金がどんなものかも同時に追及されれば、やましいことをしている者ほど身の破滅だ。

だから仲間の誰かが困っていれば、自ずと助け合いをせざるをえない。

これぞ、麗しき慈善活動である。

「ねぇ。そのレッドピオニーが、新山さんが知ってはいけない情報なのだとしたら、それを知ったお父さんは……？」

凛風は問うた。

「涼兄は、新山さんの弁護をしていた当時のお父さんの様子をこう言ってたよね」

『攻め方が父さんらしくないというか、ずいぶんと大人しいな……と感じたのを覚えてる。弁護していることに迷いがあるような様子だったから。いつもはまっすぐに正義を貫こうとしているのに』

「お父さんが新山さんに、レッドピオニーのことを口止めしたというのなら、それがどんなものであるか知っていたということよね。だけど、いつになく迷い、レッドピオニーのことを暴かずに敗訴したということは、その金の亡者たちの圧力に負けたということ？」

真秀の透き通るような銀青色《シルバーブルー》の瞳が向けられた。

そこには悲哀のようなものも感じる。

「倉下さんは……レッドピオニーに屈したのではなく、その中に親友の存在を感じたからだと思う。彼は、親友を暴いて糾弾できなかったのだろう」

「そんな……」

「しかし鏑木毅嗣は、倉下さんへの恩を仇で返し、追い詰めた。経営的にも身体的にも」

確かに、そう考えれば辻褄が合うところはあるのだ。

なぜ父が、ヤクザの妨害に対して手を打たなかったのか。

なぜ父が、新山にそこまで詫びを入れ、支援したのか。

「つまり僕たちの父さんは、正義よりも友情を優先したために、こんな目に遭っているということ？」

涼の詰《なじ》るような眼差しをしっかりと受け止め、真秀はゆっくりと頷いた。

「なんで？　お父さん、鏑木さんを助けたのに、なんでお父さんを攻撃するの⁉」

凜風の語気が荒くなってしまう。それも受け止めた真秀は、静かに返答する。

「正直、それが読めない。本気で潰したかったのなら、なぜ鷹仁を経由させてさっさと潰さず、こんなに時間をかけているのを許していたのか。意思が定まっていないように思える」

いたぶるのが目的だったのだろうか。しかし父が倒れているのに、なぜその子供たちまで追い詰めようとするのだろう。子供にまで、恨みのような感情を抱いているとでもいうのか。

真秀は続けて言った。

「太一と鷹仁は面識がないかもな。面識があれば三人で会っていただろうし、あいつにオフィスで聞いた時も、演技には思えなかった」

(わたしはそれこそが演技だと思ったけど……確かに、いつもは都合が悪くなるとすぐに目を泳がせたり怒ったりするのに、あの時は違ったような……)

「ヤクザのとりまとめを鷹仁に任せるには、心許ない部分があったのかもしれない。急な訪問とはいえ、本来隠さないといけないペーパーカンパニーのリーフレットを無造作に机に置くほど、迂闊《うかつ》な奴だ。ヤクザの手のひらの上で転がされ、余計なことを喋ってしまう危険もある。案外、太一が使われていたのは、鷹仁の監視目的かもな」

信用されず、父親にスパイを送られる息子。それが真実なら、あまりにも哀れである。

(鷹仁は、パパが表に出て困ったことにならないようにと、隠そうとしているのにね)

真秀は続けた。

「だが俺が、太一を組から抜けさせた。そこで太一の任務は、俺たちをレッドピオニーに行き着かせないよう立ち回ることになったんだろう。俺たちに流したくない情報を規制させて」

真秀の目が、妨害者に向けて怒りを強めた。

「倉下さんは信念を曲げ、敗訴してまで黙秘して鏑木毅嗣の名誉を守ったのに、奴はその恩を仇で返し、倉下さんの名誉を穢して追い詰めたんだ」

涼の目から悔し涙が流れ、それを見た凜風の目からも涙がこぼれた。

父は兄妹にとって、いつだって悪を倒す正義のヒーローだった。

しかし、親友を大切にする人間らしい男でもあった。

正義と友情を秤《はかり》にかけ、そして彼の信念を覆す道を選んでしまった。

無実の人間を有罪にしたのだ。

だから、極限まで我慢していたのだろう。

築き上げてきた弁護士の名誉を代償にして、友情を重んじた自分への罰として。

いかにそうしてまで守った親友に裏切られ、屈辱な思いをさせられても。

だから倒れてしまったのだろう。命に関わるほど深層にまで、皹《ひび》が入ってしまったのだ。

もしかするといまだ目覚めないのは、その命をも捧げて贖罪しようとしているからなのかもしれない。

かつて鏑木は、父の弁護を頼んだ凜風にこう言った。

『凜風ちゃん。悪いことは言わない。事務所はすぐに畳んで遠くに行った方がいい。事務所が潰れるという目的さえ達成できれば、ヤクザたちが凜風ちゃんや涼くんを深追いすることはないだろう。お父さんが目覚めたら、またみんなで一からはじめればいいじゃないか』

弁護士としての名誉をすべて捨てて、辺境の地へ逃げるのなら、見逃してやってもいいと言われていたのかもしれない。

何様なんだ。なぜそんなことを言われないといけないんだ。

（悔しい。悔しい。悔しい！）

感情を抑えきれずに、凛風から嗚咽が漏れる。

涼はそんな妹の肩をぽんぽんと叩いて宥《なだ》めた後、真秀に言う。

「真秀。ここで手を引いてくれ、頼む」

その顔にはいつもの穏やかさはない。

「この先は、僕と凛風でやるから」

覚悟を決めたのだ。鏑木毅嗣と戦う覚悟を。

「きみにとって鏑木毅嗣は実父だ。どんな境遇であれ血は繋がっている。親子で対立するなんて……」

しかし真秀はそれを受け入れなかった。

「ふざけるな。ここまで来て、手を引けるか」

「しかし……」

「お前に勝てるプランはあるのか？」

「ある……と思う」

あまり頼りになるとは思えない、弱々しい返答であった。

「一応聞いてやる。具体的には？」

涼はひと呼吸置いてから言った。

「鏑木毅嗣を父さんの名誉毀損で地検に告訴する。ヤクザとかレッドピオニーとか、そこできっちり訴えたら、きっと捜査のメスが入る。そうしたら……」

しかし真秀は鼻で笑った。

「検察の捜査任せがプランかよ。甘すぎだ。鏑木一族は法曹界の重鎮。告訴状を出しても、なんだかんだと理由をつけられ、不受理になって突き返される」

「そんな、なんのための告訴だよ……！」

「それが現実だ」

元検事の断言は、説得力があった。

「それに鏑木毅嗣が、倉下さんの名誉を毀損しているという客観的証拠は？」

「それは……。父さんが敗訴した時のことを突き詰めれば」

「倉下さんが正義ではなく私情を優先させたと主張して、名誉を回復するつもりか？　できると思うか？」

涼は言葉に詰まってしまった。

「あの男に一矢《いっし》報いたいのなら、名誉毀損ではなく、犯罪について確固たる証拠を掴んでからだ。レッドピオニー以外にも、色々あくどいことはやっているはずだ。中途半端な状況で訴訟を起こすなら、返り討ちにされるぞ。よくてこの先、新山のような引きこもり生活だ」

涼は呻いた。

涼の気持ちは凛風にもよくわかった。

黙するのが美徳なんていう考えはなかった。

黙することで虐げられる者がいる。その無念をすぐにでも晴らしたいのだ。

「なあ、涼」

打つ手がなく項垂れた涼に、真秀は優しく声をかける。

「俺は検事をやっていた頃、何度もあの男と対立してきた。あいつのやり口はわかっているつもりだ。それに、前にも言ったが、俺が弁護士をしているのは、善を守り悪を滅する正義心によるものではない。俺が鏑木の家で味わったような、不平等さに耐え忍ぶ……社会的弱者を助けたいからだ。今のお前たちは、俺の弁護対象だがな？」

「でも鏑木毅嗣に刃向かうなら、弁護をするきみは無傷ではいられまい。せっかくのキャリアを潰されるかもしれない。最悪、命に関わることも……」

「あのな。反社の弁護をしている俺に、新米弁護士が偉そうに説教するな。権力を抑える方法は、裏社会に片足を突っ込んだ俺もわかっている」

「え、なに……。真秀、全国各地のヤクザたちに招集かけて、大革命でも……」

真秀は、指を揺らして向かいに座る凜風に顔を近づけさせると、ちゅっと啄《ついば》むようなキスをした。

……涼の目の前で。

驚愕のあまり固まる兄妹を放置して、真秀は平然と告げた。

「俺は堅気だ。そんな力はねぇから。仮にそんなことができたとしても、弁護士資格を剥奪……」

そして真秀は眉間に皺を寄せて考える。

「そうか。突破口が閃《ひらめ》いたぞ。……としたら、策としては……」

凜風が正気に戻った時、真秀の思考はかなり進んでいたようだ。

「お前らは、倉下さんがなにかを残してないか、調べてくれ。あの人はかなり詳細に調査をする弁護士として有名だ。記録を残してないとは考えにくいが……、もしかするとその証拠すら消して、親友を守ろうとした線もありえる。手帳、パソコン、書類……あらゆるものを見てくれ」

もう真秀はやる気満々である。

複雑な思いでいる凜風と涼に、真秀は言った。

「あのな。鏑木毅嗣に怒りを感じているのは俺も同じだ。お前たちだって知ってるだろうが、あの非情な男によって俺がどんな目に遭ってきたのか。復讐くらいさせろ」

だから対立することは構わないのだ、とでも言いたげに。

「それともこう言えばお気に召すか？　……未来の嫁と義兄を、全力で守らせろって」

途端、凜風の顔は沸騰し、それが伝染したかのように涼の顔も赤くなった。

「な、なんで涼兄が赤くなるのよ」

「し、知らないよ。ああ、ああもう！　もう時間だから、もう僕帰る！」

「え……帰るって、まだ三時……！」

しかし涼はすぐに帰り支度をして、本当に帰ってしまった。

「……早く家に帰って、親父さんの部屋に証拠が残ってないか調べたいんだろうよ」

真秀が笑って言った。

「涼はシスコンだけど、ファザコンでもあるからなあ」

そして真秀は自分の横のスペースを軽く手で叩く。

凜風がいそいそと移動すると、ぐいと腕を引かれて、彼の膝の上に倒れ込んだ。

真秀は向かい合わせの凜風を抱きしめ、首筋に吸いつく。

「ちょ……っ」

「甘えろよ」

「え？」

「セックスの時限定ではなく、お前の人生すべて。俺を頼り俺に甘えろ、涼ではなく。お前のすべてをもらい受けるのは、涼ではなく俺なんだから」

「……っ」

嫉妬のような、それでいて凜風の胸をときめかせる言葉でもある。

「泣きたい時は泣け。笑いたい時は笑え。俺が惚れた女は、俺に感情を教えられるくらい、感情豊かな可愛い女なんだから」

「まほ……」

凜風は、せっかく抑えたはずの涙が止まらなくなってしまった。

込み上げてくる激情が身体を震わせる。

「うあああああああああ！」

出てきたのは……怒りの咆哮《ほうこう》のようだった。

そして凜風は真秀の胸に顔を埋《うず》めて泣きじゃくった。

悔しくてたまらないと、何度も訴えた。

真秀はそんな凜風の背中を優しく撫でて呟く。

「なんであの男は、こうやって……ひどいことを平気でできるんだろうな。なんで弁護士なんかして、法曹界で力を持っているんだろうな。……本当に、許せねぇな。容赦しないから、俺は」

その目に憎悪にも似た強い光が宿る。

しかし凜風はそれに気づくことなく、泣き続けていた。

第六章　その花を散らすために

法曹界において力を持つ、名門鏑木家の当主を相手に戦うためには、正攻法ではまず無理だ。

真秀が検事だった時代にも、鏑木毅嗣に多面の不正疑惑はあった。それを明るみに出そうと躍起になっていても、鏑木の壁は高くて分厚く、妨害を受ける。

鏑木の力をもってすれば、検察庁や警察も鏑木の盾になる現実。弱者にとって最後の砦となるべき司法もまた、悪しき因習に影響を受ける強弱関係があるのだ。

鏑木は、不正を養分に、司法界に根を伸ばした牡丹《ぼたん》の木のようなもの。

その木に大輪の花を咲かせ、魅入ったものたちの血を吸い取り、赤い牡丹《レッドピオニー》となる。

そして鮮やかに咲き誇るのだ。昔も今も、毒々しい悪花として。

毅嗣の不正を糾弾するためには、レッドピオニーがペーパーカンパニーであることを証明し、そこに不正金が流れていることを突き止めなければならない。

鷹仁は虚栄心が強く、涼などよりよほど臆病だ。せいぜい大好きな父親のご機嫌伺いをして崇《あが》め奉《たてまつ》り、施される恩恵に喜ぶくらいである。

鷹仁が強みにしているのは、鮫邑組と西条という他家の力。

あとは、真秀に脅されてもやけに庇い立てして口を閉ざした、父の力だけだ。

自分で手に入れた力など、なにもない。

毅嗣が鷹仁をレッドピオニーの代表に据えたのは、なにかあった時の身代わりにさせるためではないかと、真秀は見ている。偉大なる法律家の父に代わって、万が一の場合に罪を被るために。

だから事務所潰しにも、鷹仁を使ったのだろう。その気になれば太一を使ったように、直接ヤクザを支配できるはずだ。それをしないのは、自分が関与しているという証拠を残さぬため。そしてスケープゴートとなる実行犯を残すため。

「馬鹿な奴だ……」

鷹仁ができるのは、せいぜい父には尻尾を振る、鮫邑組を使った番犬行動くらいか。

「……っ」

不意につきんと、入れ墨の傷が痛んだ。疼くことはあっても痛むことはなかったはずなのに、やはり傷を作った元凶に関わっているせいなのか。

もう昔とは違うと思っても、引き摺るなにかがあるとは情けない。

入れ墨のモチーフであるアスクレピオスは、ギリシャ神話では死者をも蘇らせる医術を持つ、へびづかい座の象徴とされている。

彼の弟子のペオンも優秀で、師に嫉妬されて命を狙われたが、大神ゼウスによって大輪の花——芍薬《しゃくやく》に姿を変えられたことで生きながらえたという。

芍薬《しゃくやく》は後にペオンの名から転じて、ピオニーと呼ばれるようになったとか。

しかし同科同属である牡丹《ぼたん》の英名もまた、芍薬《しゃくやく》同様に、ピオニーなのだ。

同じ名を持ち、見た目もそっくりな芍薬《しゃくやく》と牡丹《ぼたん》は、まるで双子のよう。

ささやかな違いがあっても、周りからは同一視されてしまうことも多い。

だからこそ、ふたつの大輪の華は、互いに自己主張をする。

自分こそが、偽りではなく本物なのだと——

「鷹仁に色々と聞いてみたい気がするけど、西条カンパニーはもう出入り禁止だよね」

凜風の声に、真秀は物思いから覚める。

「鷹仁に突撃してみる？」

その問いかけに、真秀が笑った。

「鷹仁の移動は社用車だ。住んでいるマンションも、要人の専用住居かと思うくらいに最新式のセキュリティに守られてるぞ、突破は難しいだろうな」

鷹仁を締め上げようとした真秀が自ら確認済みだ。

「呼び出すしか方法はないだろう」

涼が腕組みをしてぼやく。

「仮に会うことができたとして、鷹仁が鏑木に打撃を与えるだけの情報を知っているか、確証がないんだよなあ」

涼はあれからずっと、凜風と手分けして、自宅と事務所に調査の証拠が残されていないか探しているが、まだ見つけられていない。

『慎重派の父さんのこと。大事なものは別に保管していると思うんだ』

親のことは子供が一番良く知っている……それが一般的のようだ。

真秀は毅嗣の心情など知りたくもないし、向こうも同じだろう。

今回だって、事務所を守る側についた真秀を忌々しく思っているはずだ。

鮫邑組が期限までに動かなかったのは、鷹仁を通して毅嗣に動きを制されたからだろう。

それは、息子ふたりを衝突させたくないという親心ではない。真秀の反撃によって、表に出るものを恐れたのだ。

真秀にはヤクザの脅しが利かない。法的な脅しもものともしない。

真秀は、かつて検事と弁護士として対立した経験からなのか、悪事に関する毅嗣の考えが、なんとなくわかる気がしていた。

毅嗣は太一を監視として使って、倉下がレッドピオニーに関する証拠を残していなかったのか探っているのだ。もしその存在ありと判断したら、事務所に火を放つなどの強硬手段に出て、確実に消し去ろうとするだろう。証拠が公になる事態になれば、毅嗣はすべての力を失い、破滅することになるのだから。

どこにあるかわからない地雷の如き証拠は、毅嗣には脅威。もしかすると真秀に圧力をかけず、かろうじて潰さずにいた事務所で自由にさせているのは、真秀を使って証拠があるかないかを確実に調べ上げさせる魂胆なのかもしれない。そして――

「鷹仁もまた、父親にいいように利用されているだけの駒だ」

真秀は言った。

「恐らく鷹仁にとって、それは〝特別な愛情〟で鼻高々なんだろうが」

嗤ってみせると、凛風がため息をついた。

「鷹仁が司法試験に受からず、後継者として除外されている理由がなんとなくわかる気がする。それなら将来有望な親戚の子供に継いでもらった方が安心だもの」

「それも含めて、父親から捨てられたくないと必死に駒として動いているんだろうね」

涼がげんなりとして言った。

捨てられたくない。鷹仁にとってそれは切実な問題のはずだ。

捨てられるとどうなるかは、双子の弟を見ていればわかる。

人格を否定され、忌み嫌われ、なかったものにされる。

昔から鷹仁が、真秀にずっと優位性を見せつけていたのは、そうした恐れがあったからなのかもしれない。父親と同じことをして、父親に気に入られなければ、自分も同じ目に遭うからと。

そして父親の望むまま、父親の人形になろうとして失敗しているのが現実。

理由は簡単。出来が悪すぎたからだ。

だから余計に必死になる鷹仁と、表面上は可愛がる素振りを見せながら、いいように使っているだけの父親。なんとも滑稽な、これが鏑木家だ。

「真秀は、なにか見つけられた？」

涼の問いに真秀は苦笑する。

「難航している。レッドピオニーの登記簿を取り寄せても、特に不審な点はない。ただ鷹仁が代表になったのは三年前。鮫邑組との付き合いがはじまった時期なのは、意味があるのかもしれない。記載された会社住所を訪ねたら、留守番らしきアルバイトばかりで、なにを聞いてもわからなかった」

相手は法曹界の重鎮だ。ミスは犯さない。

「レッドピオニーは元々、鏑木が設立した慈善団体で、過去も現在も活動記録がある。

アルバイトだけで慈善団体を運営できるかはさておき、抜け目ない鏑木のこと、表向きはペーパーカンパニーと悟らせない形態をとってはいる。だが内実を知っている者とすれば、須加製薬などの大企業が多数出入りしている割には、あまりにも寂れている印象だ。留守番役のアルバイトが裏金を取り扱っているというのも違和感がある。ここではないな、真の拠点は」

「ペーパーカンパニーのダミーだったということか……。よほど警戒してるよね」

涼の呟きに、真秀は頷いた。

「今のところは全方面死角なし。俺が検事をしていた時にかなり切り込んだから、色々と防衛策を学んだんだろうな。強固な包囲網をどう突破できるかを考えるより、レッドピオニーを表沙汰にする方法を考える方がてっとり早くて、大きな悪事がぼろぼろと出てくるように思う」

「同感だ。レッドピオニーの実態を白日《はくじつ》の下《もと》に晒すのも、それはそれで難問だけど」

「あぁ。ただどれだけ闇へ金を使い、あるいは闇から金を受けていたか、裏帳簿を管理していた奴が必ずいるはずだ。そいつを見つけて絞り出せれば……」

悪事を行っている形跡はあるのに、尻尾を掴ませない。

いつもながら狡猾なやり方に苛立ってしまう。

なにか突破口があるはずなのに。

「それに鮫邑組との約束の期間はあさってで終わる。警戒は強めておこう」

涼と凜風が頷いた時、鳴り響いたチャイムが来客を告げた。

「もしかして、ヤクザ?」

凜風の前に涼が立ち、その涼を背に残し、真秀はすたすたと玄関に向かう。

密かに指の骨を鳴らし、準備運動をしておく。

「すみませんでした!」

そこにいたのは床に額《ひたい》を擦りつけて土下座する、太一だった。

短かった髪がさらに刈られ、坊主頭だ。

しかも顔色がひどく悪く、頬が痩《こ》けてやつれていた。

「どの面下げて来たのかな」

涼の怒りのオーラは凄まじい。むろん、凜風も真秀も涼と同意見だが。

太一が恐怖に萎縮している。こんな状態の人間からはまともに情報を引き出せない。

本来なら威嚇は真秀の役目だろうが、涼がその役を担うというのなら、真秀は宥《なだ》め役に回る。真秀は身を屈めて、太一の肩に手を置く。

「……お前にも事情があったんだろう?」

太一が揺れる目を真秀に向けた。

「お前はここに馴染んでいたじゃないか。そんなお前が裏切ったなどとは、俺には思えない。よければ事情を話してくれないか。力になりたい」

凜風から視線を感じる。

嘘つき……とでも告げているらしい。

そんなことは十分わかっている。

「本当は……鮫邑組にいた頃から、鏑木毅嗣とは顔見知りでした。俺の女が鏑木の事務所に勤めていて、ちょっとした事件で助けてもらったことがあったんです。そんである日、こうもちかけられました
『一定期間、若頭の動きを教えてもらいたい』

「報酬が良かったし、鏑木は堅気だからヤクザ間の闘争になるはずもないし、聞けばタカヒトという息子が若頭と仲良くしているから、若頭がどんな人物か知りたいって言うから、親心かなって。ヤクザとつるむ息子がいたら、心配するのは当然だし」

（鏑木毅嗣が直接、太一をスカウトしたとは）

真秀は目を細めながら、太一の言葉の続きを聞いた。

「でもそのうち、若頭が誰と会っているかとか、どんな話をしているかとか、おかしなことを言ったりしていないかとか聞かれて。心配しているだけじゃないなって」

やはり毅嗣は、我が子すら信用せずに監視させていたのだろう。

「やがて、倉下法律事務所を追い詰めてくれって若頭から命令が下りました。この事務

所を威嚇して怖がらせてばかりいる自分に嫌気がさして、ヤクザを辞めようと思ったのは本当です。しかもちょうど俺の女にガキができて……」

真秀を含め、涼も凛風も初耳だった。

「やっぱ父親がヤクザなのは女と子供のためにも良くないなと思いました。でも組を抜けられなくて……。そんな俺の不甲斐なさに愛想尽かして女もいなくなってしまって、頭を抱えていた時、真秀さんに会ったんです」

真秀が単独で太一と会った際、ヤクザとしての仁義を聞かれて、太一は怖くなったそうだ。太一には仁義がなかった。人間的に落伍者だと言われた気がしたらしい。

組の情報を漏らさなかったのは仁義によるものではなく、ヤクザとしても中途半端な自分のプライドを守るためだったようだ。

「ヤクザとしても男としても中途半端で、辞めたいのに辞めることもできない。そんな時に真秀さんのおかげでヤクザを辞めることができて、この恩は返そうと思っていたんです」

太一は頭を深く垂らしながら続ける。

「それに女とも復縁できたし、今度こそ堅気としてまともに、ガキに胸張れるような父親になろうとしていた矢先、また鏑木から連絡がきまして。今度は真秀さんや涼さん、凛風さん……この事務所の者たちを監視しろと言われて。さすがにそれ、俺……断ったんです。だけど、鏑木に……嫁とガキを痛めつけると脅されまして。嫁から、鏑木を敵にしたら怖いということはよく聞いていました。刃向かう者には、権力にものを言わせて、容赦ない仕打ちをする冷酷な面があると。だから俺、逆らうことができなくて……」

太一が殺嗣から言われていたのは、レッドピオニーに真秀たちが行き着かないように見張り、邪魔をすること。特に新山の存在を恐れていて、今どこにいるのか捜すことを命じられていたらしい。

また、真秀たちがレッドピオニーについてなにか情報を知り得ているようであれば、殺嗣に報告すること。太一に与えられていた情報は限定的であり、全体像が見えるものではなく、真秀たちが知り得ている情報と同程度のものだった。レッドピオニーがどんなものかの説明はなく、太一はかなりやばい会社だとしか思っていなかったようだ。

捨て駒である太一に、重要な情報を流すはずはない。それは、真秀にとっては想定内だった。

太一が偽っている可能性もあるが、真秀の目には太一は正直に話しているように見える。

「監視がばれた後、鏑木から声がかからないので、俺はお役御免になったとほっとしていました。嫁もガキも無事でしたし。だけど嫁は逆に、鏑木がなにもしないことはおかしい、ガキになにかされるのではと心配して、引きこもってしまって。鍵をかけた部屋から出てこないんです。このままじゃ本当に嫁とガキの身が危なくなる気がして……」

いくら利用価値がなくなったとはいえ、毅嗣が、監視に失敗した太一を簡単に放免するだろうか。

毅嗣の冷酷な側面をよく知る太一の妻を、毅嗣が太一に〝なにもしない〟ことで、間接的に追い詰めていく。証拠を残さない……この不作為がもたらすものが、毅嗣の太一への制裁ではないか。

現に太一を見ていれば、その制裁は実に効果的だった。

「俺、皆さんを騙して裏切ってました。だから本当にどの面下げて言うのかって、自分でも思います。だけど、頼れるところがないんです。ヤクザものでも見捨てない真秀さんなら、ヤクザだった俺にも優しくしてくれた涼さんなら、きっと……わかってくれると思ってここに来ました」

太一は、ぼろぼろと涙をこぼした。

「……俺、嫁とガキを守りたいんです。お願いします、俺を助けてください。俺ひとりでは、なにをどうしていいのかわからなくて！　お願いします、真秀さん！」

太一は真秀の脚を掴んで慟哭《どうこく》した。

真秀は、こうした人間たちを多く見てきた。

虐げられ搾取されるだけの、権威者の道具たる人間たち。

確かに太一のしたことは心情的に許せないが、真秀が関わってきた者たちの中には、もっとひどい生き方をしてきた者もいる。しかし元来、人間に優劣などないのだ。

鏑木は〝優〟ではない。太一は〝劣〟ではない。

それを証明するのが、真秀の仕事だ。

「……太一、ひとつ聞きたい。お前の嫁、鏑木の法律事務所でなにを？　鏑木の裏の顔を知っているということは、鏑木にかなり近いところにいたのだと思うが」

「鏑木の経理を兼ねた秘書でした」

真秀はにやりと笑って、指を鳴らした。

「太一、これまでのことは水に流して助けてやる。……ただし、嫁の協力が必要だ」

「協力とは……」

「不正金を含めた鏑木の悪事について、特にレッドピオニーの実態についての証言。……恐らくお前の嫁は、鏑木が隠蔽したい闇の部分を知っている。それが鏑木を倒す武器になるはずだ」

さらに真秀はこう告げた。嫁が引きこもった今の状況は、太一への制裁の意味だけではなく、嫁への口封じを兼ねて仕向けられた可能性もあると。

「このまま鏑木の力に屈して、その影に怯えて暮らすのか？」

「で、でも……嫁、鏑木を恐れて閉じこもっているから……。そう簡単には……」

「恐れているからと、嫁を一生、引きこもらせるつもりか？　お前がそれでいいと思うのなら、なにも俺たちに助けを求める必要はない。このまま放置していろ」

「それは……」

太一が俯《うつむ》いて唇を噛みしめた時、不意に凜風が声を上げた。

「ねぇ、わたしに奥さんを会わせてくれないかな」

「凜風が？」

真秀の問いに、凜風は頷いた。

「わたしは法律のことはわからない。説得できる話術もない。だけど、わたしだからできることがあると思うの。彼女と同じ女性で、守りたいものがある……わたしだけが」

凛とした眼差しは、十八年前、真秀の心に変化を与えたものとなにひとつ変わっていない。

真秀は凜風に、賭けてみることにした。

◇

太一の妻は沙智《さち》といい、凜風と同い年の、太一にとっては姐さん女房らしい。

築十年のアパートの二階が新居で、なにかあった時のために、真秀と涼は外で待機している。

太一がドアをノックして、部屋の奥にいる沙智に声をかけたが、応答はない。

出かける前にドアの前に置いたという……太一手製の歪《いびつ》なおにぎりに、わずかにかじった跡があり、それで沙智は生きているということを確認できた。

（これくらいしか食べてないのなら、沙智さんもお腹の赤ちゃんも危ないわ！）

凜風はドアの前に正座をして、ドアを挟んだ向こう側にいる沙智に語りかけた。

「初めまして、沙智さん。わたしは凜風といいます。太一さんにお仕事でお世話になっています」

返事はなかった。

想定内とはいえ、鍵をかけて閉じこもる沙智の心を思うと、胸が痛くなる。

そうすることで、自分の心だけではなく大切な我が子をも守っているのかもしれない。

「沙智さん。今日伺ったのは、鏑木──」

凜風は続きを言いかけて、口を噤《つぐ》んだ。

〝鏑木を告発するために、不正があったことを証言してくれませんか〟〝沙智さんだけが頼りなんです〟──そう正攻法で告げてから話を展開しようとしたが、凜風はそれをやめた。

鏑木の名前に反応したからなのか、引き攣ったような泣き声がした気がしたからだ。

だから凛風はこう告げた。

「――負けないで。……沙智さん、聞こえているでしょう？　負けないで！」

応答はない。凛風の隣で項垂れて座る太一が、肩を震わせた。

「沙智さん。怖いよね、自分や大切な人たちがどうなってしまうかわからなくて。鍵をかけて部屋に閉じこもっている方が安全だと思うよね。だけど、逃げてばかりいたら、なにも解決できない。大切なものを守るために、戦わないといけないこともあるのよ」

ひと呼吸置いた後、凛風はわずかに声を震わせながら、真情を吐露した。

「わたしの父は弁護士で、たくさんの人たちを救った。だけど、倒れた父……お父さんを、誰も救ってくれなかったわ。毎日怖い人がやってきて暴力をふるうのに、誰も助けてくれなかった。警察も弁護士も、みんなが背を向けて、わたしはお兄ちゃんと震えることしかできなかった」

心なしか、ドアの向こうの声が静かになった気がする。

「毎日がつらかった。いつか戻ってくるお父さんのために、震えながら頑張るお兄ちゃんのために、なんの役にも立たないわたしが、強くならないといけないって思えば思うほど、毎日が本当につらくて。……でもつらいとは言えなくて」

思い出される、過去のあれこれ。凛風は戦慄《わなな》く唇をきゅっと引き結んでから、話を続けた。

「……そんな中、わたしの大好きな人が助けてくれたの。もう会えないと思っていたはずの人だった。彼が一緒に戦ってくれたの。お兄ちゃんとともに、前に進む力をくれたの。……わたしは逃げないよ。怖くてもわたしは戦う。どんなに強大な敵が相手でも、負けるものか！」

ドアの奥から、声は聞こえなくなった。耳を傾けていてくれているようだ。

「沙智さん。あなたにもいるでしょう。一緒に戦ってくれる大切な人。お腹にもいるでしょう？　頑張れって応援してくれている愛おしい存在が。……あなたはひとりじゃないわ。意識不明のわたしのお父さんみたいに、ひとり違う世界に行かないで。ねぇ、聞こえているのなら、こっちに戻ってきて。悲しみに泣く人たちを簡単に捨てないで！　……戦おうよ、愛する人たちのために」

凜風の声が悲痛さを強めると、太一が耐えきれないというように立ち上がり、ドアを拳でドンドンと叩きながら叫んだ。

「沙智、沙智！　俺だ、太一だ。大丈夫、大丈夫だぞ。俺たちを助けてくれる人がいる。もう大丈夫だから。ゆっくりでいいから、こっちに戻ってこい」

凜風は溢れる涙を手で拭った。

「がんばろう、沙智。戦おう、俺たち家族で！　絶対、鏑木なんかに負けるものか！」

やがて――カチャリと音がした。

開かれたドアからは、涙で顔をくしゃくしゃにさせた沙智が姿を見せた。

太一は沙智を抱きしめ、そして沙智も太一の背に手を回すと、ふたりは声を上げて泣いた。

（もう、大丈夫よね。レッドピオニーのことを聞きたかったけど、沙智さんが回復する方が先）

最大の目的は達成できなかったけれど、不思議と清々しい気分だ。

凜風が出ていこうとした時、震えた声がした。

「……待って。私に……尋ねたいことがあるんじゃないの？　鏑木って言いかけていたわよね」

言い淀む凜風に、太一が口を挟もうとする。それを制して、凜風は静かに首を横に振る。

「沙智さんが戦おうって思って、太一のところに帰ってきてくれただけで、十分！」

そう言って笑みを見せると、沙智は少しだけ首を傾げて言った。

「前に……そうやって、自分の用件より、私のことを気遣ってくれた人がいたの。あなたに、少し……あの人の面影があるわ。あなたと……お父さん、という方の名前は、倉下……さん？」

凜風は目を見開いて驚いた。

「お父さんを知っているの⁉」

「ええ」

沙智はゆっくりと目を瞑《つむ》り、静かに息を吐き出しながら言った。

「倉下さんに……渡しています。パスワードは……『エルディアブロ』」

◇

凜風の父が沙智に接触したのは、鏑木に関して疑惑を持ったからに違いない。

パスワードつきということは、データだろうが、それがどこにあるかわからなかった。

他に立ち寄る予定があるという真秀と別れ、凜風と涼は事務所に戻った。

凜風は棚などを、涼は父のパソコンの中を、くまなく探してみるが、それらしいものは見つからなかった。探索は今に限ったことではなく、日頃より、仕事の合間を縫って父が残したものがないか調べてもいたが、大体そんな貴重なデータをわかるところに置いておくような父ではない。

鏑木のために、正義心も闇に葬ったのだろうか――

「パソコンの中にはやっぱりそれらしいものはないよなあ。この前、消去したデータファイルを復活できるソフトを走らせてみたけど、全然だったし」

涼がデスクに頬杖をつきながら、椅子に座って父のパソコンを見ている。

「家かなあ。でも父さんはいつも、仕事は個人情報を扱っているから家に持ち帰りたくないと言っていたしな」

涼の独り言を聞きながら、凛風はファイルの中になにか挟まれていないか確認していた。

そして父のデスクの上にある、クリアファイルを手に取った時である。

トランクルームと書かれた書類が出てきた。そこにはルームナンバーが記載されている。

場所は、事務所から徒歩圏内にある、屋内トランクルームのようだ。

「ねぇ、涼兄。うち、トランクルーム借りてた？」

「ああ。保管しきれない過去のファイルは、トランクルームに入れてるんだ。ほとんど開けることはないけど……待って、トランクルーム？」

涼は今までその書類を何度も見ていたようだが、トランクルームの可能性に思い当たらなかったらしい。

涼と凛風は顔を見合わせ、書類に記載されている住所に走った。

整然とドアが並ぶ中、目的の番号があるドアを見つけ、受付から手渡された鍵を回す。

スペース一面、びっしりとファイルで埋め尽くされている。それらはすべて、父が取り扱ってきた仕事だ。それを見ていると、父がいかに情熱を持ってこの仕事に打ち込んできたかがわかる。

（やっぱり、お父さんには仕事を続けてもらいたい）

これだけ熱心に仕事に取り組み、己の信念のもとにたくさんの人を救ってきたのだ。

だからこそ、悔しくてたまらない。

同じ弁護士である親友から、理不尽に追い詰められた現実が。

すると涼が、人目につくように置かれていた封筒を見つけた。

「なんだろう、この封筒に僕たちの名前が書いてある」

『涼、凜風へ』——そう記された封筒の中に入っていたのは、小さなＵＳＢメモリだ。

そしてメモが一枚。

『自分に誇りを持てる人間になれ』

それは父の直筆だった。

ふたりは急いで事務所に帰り、ＵＳＢをパソコンに挿し込んで、その中身を開こうとしたが——

「パスワードを聞かれた！　ええと……え？　『エルディアブロ』……じゃなくて、『エルディアブロの意味は？』ってメッセージが出たけど。涼兄わかる？」

「わかる。スペイン語で悪魔。半角英数字入力みたいだから、akuma……と。あれ？　間違いだと弾《はじ》かれるな。だったら英語かな。devil,demon,satan,evil……すべてだめ⁉」

英語じゃないのか？」

涼は続けて、色々と言語を変えて入力してみるが、そのどれもがヒットしない。機械音がして再入力を求められる。

「ど、どうしてだろう。凜風、『エルディアブロ』で間違ってないんだよね？」

「そう改まって聞かれると、自信ないけど、多分……」

そして凜風がスマホで、『悪魔』を意味する様々な国の言語を調べ、涼がそれらを入力しては、パソコンに弾《はじ》かれていた時、真秀が帰ってきた。

凜風は真秀の手を引いてパソコンの前に立たせ、事情を話した。

「『エルディアブロの意味は？』……それでどんな言語を入れてもだめだと？」

「そう。あと可能性としてはなんだと思う？」

この中に、目的のお宝情報があるのだ。

挫《くじ》けるわけにはいかない。

すると真秀が腕組みをして考え、そしてぼそりと呟く。

「そういや太一、前に涼を飲みに誘っていた時、嫁はカクテル通だとか言っていたな。涼が飲めるカクテルを聞いておくとか」

「あ、うん。学生時代に、アルバイトで女性バーテンしてシェイカー振っていたみたい」

真秀は涼をどかせて椅子に座ると、考えながらキーボードを打つ。

何回か入力したものは弾《はじ》かれていたが、やがて——ピッと音がして画面が変わった。

「『cuidado』——和訳で〝気をつけろ〟という意味のスペイン語だ」

「なんでそんな単語が……」

「意味を聞かれたのは『エルディアブロ』ではない。『エルディアブロ』というカクテルの意味だ」

「なにそれ……。わかるのは博学な真秀くらいじゃない。正解のパスワードを教えてくれれば……」

「倉下さんが変更したのかもしれない。それくらい厳重に管理すべき情報なのだろう」

そして三人で画面を覗き込む。

最初に出たのは帳簿形式のデータファイルで、レッドピオニーへどこから金が流れたのかがわかるものだ。

画面を見つめる真秀の目が細められ、怜悧《れいり》な光を強めた。

「次のデータは、海外への入出金履歴……マネーロンダリングの証拠だ。須加製薬の名もある」

これらの証拠だけでも、裁判で須加製薬の不正を糾弾し、新山を勝利に導くことができただろう。しかしそれは同時に、レッドピオニーの実態を暴く必要があり、設立者であり悪事の中心にいる親友を追い詰めることになる。

苦渋の末に友情を優先し、レッドピオニーの存在を隠して裁判に敗訴しても、父がこれらを消し去らなかったのは――父が根っからの弁護士だったからだ。

涼が凜風に言った。

「凜風。僕たちの父さんは……正義を失ったわけじゃない」

「うん。そうだね。やっぱりわたしたちのお父さんは……ヒーローだ」

凜風は涙を溢れさせながら頷いた。

『自分に誇りを持てる人間になれ』――それは弁護士でありながら正義の信念を曲げてしまった父からの、自戒でもあるメッセージ。彼は正義心を持って育った子供たちに、真実の裁きを託したのだ。

「レッドピオニーの協賛者名簿……。倉下さん、よくそんなものを手に入れられたな」

真秀が感嘆の声を上げた。

そこにはずらりと、個人名と企業名が並んでいる。

「鏑木毅嗣だけではない。須加製薬の社長や、西条カンパニーの社長の名もあるわ。ここ！」

凜風が一覧の一点を指さした。真秀が画面をスクロールしていく。

「それだけじゃない。大企業や著名人、ヤクザの名もある。それに……」

鮫邑組の組長の名前もあった。

「ということは、鮫邑組は元々鷹仁の飼い犬ではなかったということか」

親しくしていたヤクザですら、鷹仁自身の力で得たものではなかったらしい。

「鮫邑組がどの程度レッドピオニーに関わっていたかわからないが、強気でいられたのは、鏑木と、この仲間たちの力をあてにしていたからだろう。これは……表に出たら、かなりのスキャンダルになるはずだ」

USBには日記帳と思われるものを写した画像もあった。

「僕、父さんがつけていた日記帳をずっと捜していたんだ。あれだけ捜してもなかったということは、内容を画像データとして残して、日記帳そのものは廃棄したんだろうね」

画像に写っていた日記によると、父は毅嗣に会いにいき、須加製薬を不正に守っていることを抗議した上で、ペーパーカンパニーを使った不正及びその斡旋《あっせん》を即刻止めるようにと、忠告したらしい。自分たちは正義を忘れてはいけない、弁護士なのだと。

だが毅嗣は——

『確かにお前は弁護士だが、ひとりの人間として、同業仲間でもある親友を破滅させたいのか』

そう言ったという。

弁護士は、目の前の不正から目を逸らさず、真実を暴いて正義を守る使命がある。

しかし、その前に人間なのだ。

長年の親友を破滅させてまで、正義を貫かないといけないのか——

その苦悩が日記帳には書かれていた。

「けど証拠があっても、これだけの権力者たちがレッドピオニーによって私財を蓄えているのなら、確かに告発しても検察庁も警察も動いてくれないかもしれないね」

涼が嘆く通り、思った以上に、レッドピオニーは大きな問題だった。

「レッドピオニーが一番厄介なのは、個々が持つ力以上に、全員でタッグを組んだ際の総合力と強固さだ。鏑木毅嗣ひとりですら攻め込むのは難儀なのに、すべての方面において、これらの仲間同士で各々《おのおの》の弱点をカバーして力を高められれば、レッドピオニーを表に出すのは正直お手上げだ」

真秀はため息をついてから、名簿一覧をもう一度よく見ながら呟いた。

「この名簿の中で、大きな勢力を持つのは、西条グループか。もし告発したとして、西条がレッドピオニーの仲間を守りに動かず、保身に背を向けたとしたら……？」

そして彼は眉間に皺を寄せて考え込むと、おもむろに立ち上がった。


真秀がどこかへ電話をしてから一時間後、事務所に来客があった。

藍色のスーツを着た、若い美貌の男である。

目を惹くのは、金色にも見える琥珀色の瞳。

触れれば切られてしまいそうな剣呑《けんのん》な空気をまとっていた。

ヤクザが現れたと直感した凜風は、青ざめる。

どう見ても、新規の依頼に来た一般人には思えなかったからだ。

「若頭《カシラ》、ご足労いただき、ありがとうございます」

そんな男に、真秀は深々と頭を下げると、応接ルームのソファに案内した。

男がゆったりと座り脚を組む。

真秀とはまた違ったタイプの貫禄がある男だった。

「ちょうどこの近くに出ていたからな。二年ぶりだな、御子神先生。元気か？」

「ええ、おかげさまで」

凜風がお茶を出すと、男はにっこりと微笑んで、茶の礼を述べた。

その笑みはとても優しく美しいもので、思わず凜風が顔を赤らめてしまうと、真秀の不自然な咳払いが聞こえた。早く去れと言っているみたいだ。

「ご、ごゆっくり……」

背後からくすくすと、男の笑い声が聞こえた。

「先生にそういう相手ができるとは。ずいぶんと長い時間の流れを感じるよ」

「面目ない……」

「ははは。先生の活躍は聞いている。極道ものを正しく導いてやってくれ」

「精進します。ところで若頭《カシラ》……」

「もう草薙組は解散し、若頭《カシラ》は卒業。堅気になったんだ。その呼び方はやめてくれ。今は不動産会社を営む、ただの西条瑛《あきら》だ」

遠巻きに見つめていた凛風と涼が顔を見合わせる。

西条――？

（若頭《カシラ》って言ってたよね。前に真秀が言っていた、顧問弁護士をしていた組の。ヤクザの元若頭が、西条グループとなにか関わりがあるのかしら）

「では、瑛さんとお呼びします。実は大それたお願いがありまして。西条グループのお力をお借りしたいと」

「どういうことだ？」

男……西条は目を細めた。

真秀はかいつまんで理由を話す。

「レッドピオニー……なるほど極道ものも歓迎されるペーパーカンパニーか。ろくなもんじゃないな。しかしそれらを表に出すには、少々厄介ではないか？　あまりに力で守られすぎている」

「ええ。その名簿に、西条のご長男の名が記されてまして。そこから切り崩せないかと」

すると西条は鼻で笑った。

「ああ、西条家は長男も次男も不出来だからな。妾腹《しょうふく》とはいえ元ヤクザものの俺が、御曹司の肩書きを許されるぐらいだ。親父さんの尽力があったにせよ」

「恐らくご長男の名が外に出れば、西条は大スキャンダルに陥る。そうならないためには、直系よりも優れたあなたか、ご当主が動く他、解決の道はない」

「なるほど。俺が我が社を守るためにも、飛び火してくる可能性があるスキャンダルは消した方が得策だ。で、それが先生にどんなメリットが？　レッドピオニーを表沙汰にしたいんだろう？」

　真秀は超然と笑う。

「引き摺り出したいのは、鏑木です」

　途端、西条は笑った。

「あくどいなあ、先生は。つまり、実家を生贄《スケープゴート》にさせる気か」

　西条は、真秀の生い立ちを知っているようだ。

「はい。ただご長男が関わっていたことはいずれは漏れる」

「……それで？　その時は西条を守るために、あのぼんくら長男を贄《にえ》にしろと？」

「ええ。今から策を打って動いていれば、それが可能です」

　西条はまたもや声を上げて笑った。

「さすがは〝法曹界の悪魔〟！」

そして西条は魔性を帯びた金の瞳を剣呑《けんのん》に光らせ、不敵に笑ってみせた。

「そういうのは、嫌いじゃない」

◇

――朝から、蒸し暑い日だった。

都内のある古びた倉庫に、ひとりの初老の男がやってきた。

鷲のような鋭い目をした、恰幅のいい長身の男だ。

彼の襟元には金色に輝く小さなバッジがつけられている。

彼は中に入って室内を見渡すなり、怪訝な顔をした。

正面奥にあるのは、大きく背の高い壇。その手前には左右に対で机と椅子が置かれている。部屋の片隅には映像を映していない大きなテレビが置かれ、中央にはマイクがついた小さな壇がある。

どう見てもこの室内は、法廷を模していたからだ。

男はポケットから紙を取り出して、そこに書かれている住所が本当にここで合っているのかを確認していると、長身の若い男がやってきた。

「あれ、父さん……？」

「鷹仁か？　なぜここに……」

それは男の息子である。

息子――鏑木鷹仁は、それまで父が見ていたものと同じ紙を取り出した。

『レッドピオニー　慈善活動についてのご案内』

文字を取り囲むのは赤い芍薬《しゃくやく》のイラスト。見せかけの会社であることの証である。

この文書は、協賛者に向けて送付されるもので、秘密裏の会合を開催する場合に発行される。

「父さんが出したんでしょう？　これが届いたから、ここで集まりがあるのだと……」

「私は出していないぞ。それどころか、私のところにも届いた。おかしいと思ってここに来てみたのだが……」

初老の男――鏑木毅嗣も、鷹仁が持つものと同じ紙を見せた。

「どういうこと？　レッドピオニーの名前で、なんで呼び出されたんだ？」

鷹仁が不安そうに瞳を揺らした瞬間、三人の人影が現れた。

それは鷹仁が知る人物であり、彼はその名を呼んだ。

「凜風？　お前は、涼……か？　そして……」

だが鷹仁は、ダークスーツに身を包み、襟元に毅嗣と同じバッジを光らせる男の名は言わない。

ただ忌々しげに顔を歪ませ、嫌悪を全身で体現するだけだ。

そしてそれは、彼の父親も同じく。

「涼くん、凜風ちゃん。一体なんだね、これは。どういうことだ」

左側の机の前に立った涼は、毅嗣の質問には答えずに、逆に質問した。

「鏑木さんに問います。あなたは、弁護士として必要なのはなんだと思いますか？」

そこにはいつもの穏やかさや気弱さはない。

「金ですか、権力ですか」

法廷に立つ弁護人のように毅然としており、真実を暴くが如く語気を強めた。

「なにを言っているんだ、涼くん。きみも弁護士ならわかるだろう。弁護士に必要なのは、正義心だ。もしや、お父さんの件でなにか誤解させてしまったのか？　お父さんのことなら私も心苦しく思っていて……」

「わたしたちは、すべて知っています」

毅嗣の言葉を遮ったのは、涼の反対側にある机の前に立った凜風だった。

「なぜお父さんを追い詰めたんですか。お父さんはあなたの悪行を隠した。そのお父さんをなぜ、どん底まで追い詰めて名誉を根こそぎ奪おうとしたんですか！」

凜風は怒りを隠そうともせず、室内の中央にいる毅嗣を睨みつける。

毅嗣はそれに動じる気配は見せず、いつも通りの表情で空惚《そらとぼ》けた。

「言っている意味がわからないな。倉下は優秀な弁護士だ。初めての敗訴で参っていたんだろう。そこに逆恨みした元依頼人がヤクザを使って復讐をした。ただそれだけだ。私は関係ない」

凛風はその返答に失望した後、毅嗣の横で立ち竦んだままの鷹仁に向き直った。

「ねぇ、鷹仁。あんたそれでいいの？　あんたがお父さんの要請に従って、お父さんのためにしてきたことも、すべてなかったことにされているんだよ。すべてが明るみに出た時、お父さんはあんたを庇ってくれないよ。こうやって、最初からなかったものみたいに切り捨てられるよ。いいようにされているって、気づきなさいよ！」

「俺は……」

「あんたの取り柄は、突き抜けて高いプライドのはずよ。なんで父親の前では大人しくなっちゃうのよ。自分の存在意義は、父親のためにあるのではないって主張して、断固闘いなさいよ。なんでいつもお父さんの陰に隠れようとするの。あんた何歳よ！」

凛風の毒の矢は容赦ない。

鷹仁にストレートに物申せるのは、凛風しかいなかった。

そこまで人から怒られたことがない鷹仁は、途端に揺れはじめる。

そんな息子に活を入れたのは毅嗣である。

「鷹仁、信じる相手は私だ！　お前は私の言葉だけに従っていればいい。従順であるのなら、たとえ司法試験に合格できない落ちこぼれだろうが、後継者の道も考えてやると、日頃からお前に言っていたはずだ。私は鬼ではない。優しい父親だぞ」

「そうやって……洗脳してきたんですね。鷹仁も……真秀も！」

凛風の中で怒りが急速に膨れた。

「子供は、あなたの道具なんかじゃない！」

すると毅嗣はカッとして怒鳴った。

「私が作ったものだ！　なぜ他人にとやかく言われないといけない。私がいたからこそ生まれた。この私を親にしてこの偉大な鏑木家に生まれてその恩恵を受けて、それ以上のなにが必要と？」

ああ、鏑木とはこんな男だったのか。

彼の存在を否定してみるとすぐにわかる。逆上する姿こそが、本当の姿だ。

同時に彼がまとうメッキも、彼自身の激情により剥がれてくるのだ。

涼が強い語調で言う。

「鏑木さん、あなたはどこまで腐っていたんですか。法曹界で人の模範となるべき一族の長が、不正塗《まみ》れになってなにをやっているんですか！　あなたは神にでもなったつもりなんですか⁉」

涼の叫びは、凛風の叫びでもあり、父の叫びでもあった。

傲慢な輩《やから》に、鉄槌《てっつい》を――

「見解の相違だね」

毅嗣は鼻で笑った。隠すことはもう観念したのか、開き直っている。

「需要があるから供給がある。なぜ私が責められる？　これは鏑木家なりの接待方法だ。法の世界の中心に座す鏑木家が、平等に金と力と欲を分け与えているだけのこと。その収穫の喜びをみんなでわかち合うことのどこがいけない！」

凛風が叫ぶ。

「そのために、無実の人や弱い者を犠牲にして、お金に困っているわけではないのに、冤罪《えんざい》者からお金を巻き上げて」

「この世は優れた人間と劣った人間しかいないのだよ。劣った人間はなにも貢献できないのだから、優れた者のためにその身を差し出すしかないだろう。なにがいけないんだ。私たちはね、日本を動かしている。私たちのためにすべてを捧げるのは当然じゃないか。それを私たちが喜ぶことのどこがいけない⁉」

腐りきっている。

根本的にものの考えが違うのだ。

人間は平等だ。優劣しかないと考える人間が法曹界を牛耳っているなんて、世も末だ。

「あなたがしていることは、たちの悪いヤクザと同じ。ああ、ヤクザも顧客でしたものね。

あなたが裏社会のボスか。いや、鬼畜ですね。それが法曹界の重鎮を名乗っているなんて」

凛風がとことん貶したことに、毅嗣は不快感を露わにする。

「きみたちは倉下そっくりだ。あいつの育て方が間違ったから、あいつと同じ……こんな失礼な人間になる。庶民のくせに尊い私と肩を並べようとし、庶民のくせに私よりいい評価を得て、庶民のくせに私が愛人にしてやろうとしていた女を妻にし、庶民のくせに正義の弁護士だともて囃され、庶民のくせに偉そうに私に意見する。私は鏑木一族の血を引く、エリート中のエリートなのに、どうして私が、あいつの陰にいなければいけないんだ！」

まるで人間の皮を被った野獣の咆哮《ほうこう》のようだ。話が通じない。

父はこんな男に情けをかけ、それまでの名誉を捨てて、汚名を被ったのか。

こんな男のために――

「この世に必要ないんだよ、倉下の存在なんか。でも私は優しいから、奴を殺さなかっただろう？　それに無能な鷹仁が抑えきれないヤクザの暴走を抑えてやった。刃傷沙汰になりそうだったところを、助けてやったんだぞ」

鷹仁が唇を戦慄《わなな》かせている。

前に自分が抑えたと強固に言い張っていたのは、父の存在を隠したかったからというより、この事実を隠したかったからなのか。無能だとばれたくなかったのだ。

「鷹仁にはほとほと失望させられる。事務所を早く潰せと言っているのに、わざと組に言って引き延ばし、私を止めることもできないのに、好きな女を守っているつもりになって。あの若頭は、お前ではなく私に傅《かしず》いていたのだ」

返事がないのはわかっていたのだ。無能呼ばわりされる鷹仁でも。

そして事務所が今まで潰されずに済んでいたのは、太一だけではなく、鷹仁の意思もあったことに、凜風は少し驚いた。それに対して礼など言う気はない。どんな理由があったにせよ、鷹仁にも、それは悪いことだと押し止める心があったのかと思うだけだ。

それより、そうした鷹仁の人情を、唾棄《だき》すべき弱さとする毅嗣への反発心が抑えきれない。

なにより——

『刃傷沙汰になりそうだったところを、助けてやったんだぞ』

「助けてやった？　刃傷沙汰になって事件になるのが困るからでしょう。わたしたちは、あなたの情けをかけられてなんていないわ！　鷹仁を使い、ヤクザで恐喝した事実は消えない！」

凜風が叫ぶと、毅嗣は滔々《とうとう》と喋った。

「ヤクザのせいでお前たちは怪我でもしたか？　私はずっとずっと傷つけられてきたのに、手出しをしていないではないか。ヤクザが怖かったか？　そんなものは私の屈辱に比べれば軽すぎる」

それは法廷で弁護士として熱弁をふるっているかのようだ。

慈善家気取りの偽善者が声高らかに見せる独白劇。

それを強制終了させたのは、

「笑わせるな。御託はもうたくさんだ」

父と兄に名を呼ばれなかったダークスーツの男——真秀だった。

「たかが庶民に勝てず嫉妬に狂ってばかりいる鏑木の、どこが尊い。その尊い鏑木の血を作った実母を追い詰め、人間としての尊厳を認めず、葬式で厄介払いができたと笑っていた人間のどこが、称賛されるに相応《ふさわ》しいと？」

真秀は続けて言う。

「なあ、双子でありながら、ひとりの血は尊く、ひとりの血は穢れたものと思える根拠を教えてくれよ。なにをもって尊いと言えるのか、全国民の前で説明してみろよ！」

真秀が叫んだ瞬間、涼がリモコンを取り出してテレビのスイッチを入れた。

画面には、倉庫内の光景が映し出され、その右側を、たくさんの文字が下から上へと流れている。それは——

「これはコメント⁉　まさかお前、ここを動画でライブ配信しているのか⁉」

鷹仁の焦った声が聞こえる。

真秀は、にやりと笑うとマイクを持った。

「開廷しましょう」

それを合図に、また画面の映像が切り替わる。

映ったのは、倉下が集めた、レッドピオニーの不正の証拠となるものだ。

なにより毅嗣は、そうしたものがあることを先に認めていたのだから、しらばっくれることはできない。もし虚偽を述べたとしても、不正の証言を決意した太一の妻とは中継が繋がっている。

どこまでも逃れる術《すべ》はない。

青ざめる父子を前に、ゆったりと真秀は言った。

「それでは、これより尋問を開始します。後ろに控える国民の皆さんにもわかるように、はっきりとお答えください」

ネットの公開裁判――それが、三人が選んだ方法であった。

衆人環視のネットの中では、どんな権力も及ばない。及ぶ間もない。

今頃、西条グループの母体は、レッドピオニーに関わった者を切っている。

レッドピオニーで恩恵を与《あずか》っていた者たちは、一番の影響力がある西条の動きに揺れるだろう。さらにそれと同時期に、表社会でも裏社会でも力を持つ西条瑛が暗躍することで、仲間同士の信頼関係に楔《くさび》を打ち込まれた中、この中継によってレッドピオニーが表沙汰になるのだ。

固い絆で結ばれていたはずの同胞たちは、同時テロの如き出来事にパニックになり、やがて保身のために容赦なく鏑木を切り捨てるだろう。

そしてレッドピオニーは、解体せざるをえなくなる。……真秀の思惑通りに。

力を削がれた毅嗣が、ネットの外に出た時には、彼の力になる者はもう誰もいない。父を助けてもらえなかった涼と凜風と同じく、孤立無援の中で見えぬ誰かに、助けを求めることしかできないのだ。

……そう、社会的制裁は、これからが地獄なのである。

エピローグ

中継が終わった後、正式な手続きを踏んでなされた真秀の告発により、検察庁も警察も動かざるをえなくなった。あまりにも世論が大きくなりすぎたからである。

法の守護者が自ら不正に手を染めて私腹を肥やしただけではなく、率先して他者の不正を手助けし、斡旋《あっせん》することで利益を貪る——その告白映像が中継された結果、鏑木毅嗣は弁護士資格を剥奪され、法曹界から追放となった。

毅嗣は由緒ある鏑木家の汚点となり、長い歴史に幕を閉じる元凶になったのである。

また鷹仁は、父の身代わりになることだけは免れた。だが、鮫邑組と繋がり、彼自身も私腹を肥やしてきたことなどすべてが明るみになり、唯一のステータスだった西条カンパニーからも見捨てられ、即日解雇となった。

過去の栄光に縋り、なにが善悪かわからなくなった者たちは、こうして滅んでいくのだ。驕り高ぶった者が滅ぶのは常。ならばこれは、必然的な理《ことわり》でもあるのかもしれない。

そして、正義より友情を優先したことで、弁護士としての誇りや、培ってきた名誉を失っていた凛風たちの父への誹謗中傷は、毅嗣の逮捕により鎮まった。

元々正義の弁護士として名高かった彼である。陥れたのが毅嗣であることを知った民衆から、同情を集め続け、それはネットでも拡散されているため、名誉が回復するのは時間の問題だろう。

太一と沙智は夫婦の絆を強めたようだ。沙智は母体に影響が出ない範囲で、彼女が知る鏑木の裏金についても積極的に証言し、鏑木失脚へ一石を投じた。

むろん法的なサポートは真秀や涼がしていくつもりだ。太一は妻を連れてよく事務所にやってくる。そこには昔の軽薄さはなく、落ち着いたひとりの男、ひとりの父親としての顔を見せていた。

そんなある日、倉下法律事務所内では、涼と真秀が一対一で相対していた。

凜風は涼が買い物に行かせている。

ゆったりと脚を組んで、問いかける真秀に、涼はすくりと立ち上がると深々と頭を下げた。

「改まってどうした？」

「真秀。力になってくれて本当にありがとう。僕個人としても、所長代理としても、きみに心からの感謝を述べたい。きみがいなければ、事務所も父も……危なかった」

するると真秀は悠然と笑う。

「俺の力ではない。お前や凜風の、まっすぐな正義《こころ》が真実を暴き出した。俺はただ少し手伝っただけ。お前たちは頑張った。そこは胸を張れ」

すると涼は唇を戦慄《わなな》かせたが、くっと噛みしめてから、真剣な面差しで真秀に言った。

「真秀。この事務所で所長をしてくれないか」

「え？」

「今、この場で考えたものではない。ずっと考えていた。弁護士としての力、知識力、行動力、そして信念……。きみこそが事務所を統《す》べるに相応《ふさわ》しいと思うんだ。父さんも、きみが所長なら納得すると思う」

真秀はきっぱりと言い切った。

「悪いが、それは断る」

「真秀！」

「俺は、いつだって現場で社会的弱者を救いたいんだ。経営のことで頭を使いたくないし、そうした細かなものには向いていない。俺は一生、現役の弁護士でいたい」

「しかし！　僕がここを支えるよりもきみの方が……」

「卑屈になるな、涼。昔はともかく今のお前は、力がついているよ。どれだけ俺の扱きに耐えて、実務を覚え、みんなを統括し動いてきたんだ？　お前は俺の期待にも応えた」

「……っ」

「大丈夫だ。凛風にも共通する根性と頑固さがあるんだから、これからもなにがあっても揺るぎない弁護士として、この事務所を背負っていけるだろう。俺のお墨付きだ」

真秀は優しげな顔で笑った。

涼は泣き出しそうな顔で唇を噛みしめると、真秀に言った。

「だったら……これだけは頼めないか。凛風の夫として、この事務所にずっといてほしい」

「涼……」

真秀は驚いた顔を向ける。

「僕たちの世界に、真秀はもう住み着いている。一緒にやろう、真秀。僕もきみの信念は大歓迎だ。この事務所も、弱き者のためにある弁護士事務所であり続けたい」

「断ると言ったら？」

「きみは断れない」

「なぜ？」

「僕の了承を得ないと、凜風を娶《めと》れないから。絶対にね」

涼は笑った。それはどことなく、悪魔じみたものだ。

「俺を脅すか、この悪徳弁護士め」

「法曹界の悪魔に言われるのなら、本望だよ。きみもわかっていると思うけれど、僕は頑固で根性だけはあるつもりだ。きみが引き受けてくれないのなら、未来永劫……妹との結婚を反対し続けるよ。凜風はそれでも、真秀の元に嫁にいきたいと思うかな？」

真秀は声を上げて笑うと両手を挙げた。

「降参」

◇

凜風が、真秀がこの事務所に移ってきてくれると涼から聞いたのは、それから数日後だった。

「本当にいいの？　本当にお父さんの事務所にいてくれるの？」

「ああ」

真秀のしっかりとした肯定に、凜風は飛び上がって喜んだ。

正直、不安だったのだ。問題が解決してしまった今、真秀がいなくなってしまうのではないかと。

会おうと思えば会える距離にはいるけれど、父の事務所にいてくれてこそ、真秀だという気がしていたからだ。

殺風景だった真秀のマンションには、凜風の私物が増え、華やかになっている。

それと同様に廃れていた事務所に、失いかけていた信念を取り戻してくれたのは真秀だったから。

「ありがとう、真秀。わたしたちを助けてくれて」

ソファの上、真秀にしなだれながら凜風は言う。

「わたし、本当に……あなたに会えて良かった」

「凜風……」

「マホちゃんも真秀も、本当に大好き」

凜風は自ら唇を重ね合わせた。

すると真秀は凜風の頭を抱きしめながら、したいようにキスをさせてくれる。

いつもしてくれているように舌を差し込み、彼の舌先に触れた。すると真秀がぎゅっと強く抱きしめてくる。もっととせがまれている気がして嬉しくなり、ゆっくり丹念に舌を動かして、彼の舌の感触を味わう。

真秀の動きひとつひとつにドキドキし、ときめいてしまうのは、昔も今も変わらない。ああ、どうすれば真秀も同じように思ってくれるだろう。

真秀のワイシャツのボタンを外してみた。

はだけるシャツから、隆起した逞《たくま》しい胸が覗く。

それに手を這わせると、触っている凜風の口から甘い声が漏れてしまう。

精悍なその胸に頬に擦りつけながら、彼の入れ墨にそっと触れてみる。

「ん……」

真秀が悩ましげな声を漏らし、身体をびくりと震わせる。

「痛いの？」

「いや。お前に触られていると、疼く。たまらなく気持ち良くなる……」

傷を触ると、真秀が官能的な喘ぎ声を響かせた。

本当に感じてしまっているらしい。

「共鳴……だろうな。傷の内外、お前に満ちると……ああ、凜風、俺にもっと触れてくれ……」

真秀はスラックスを下げると凜風の手を取り、下着の上から触れさせた。

それは布越しなのに、ドクドクと息づいて大きくなってくるのがわかる。

「凛風……」

真秀のキスに応えながら、凛風はその手をおずおずと彼の下着の中に忍ばせた。

まだ目覚めきっていないそれをひと撫でると、真秀とそれが、同時にびくんと震えた。

連動しているのが面白く、そして愛おしくなる。

どうすれば真秀が悦ぶのかわからないため、手のひらでゆっくり軸を扱いてみる。

筋張ったそれは段々と大きく反り返り、芯を持ってくる。

「真秀……、すごいね。先っぽからぬるぬるしたのが垂れてきて、なんかエッチ……」

凛風の声が興奮に上擦ってしまった。

真秀はとろりとした恍惚の目を凛風に向けたまま、妖艶に笑うと、彼女のスカートを捲り上げ、尻の方からショーツの中に指を滑らせる。

「ひゃ、あん！」

花襞を開いた真秀の指が、熱く濡れた花園をゆっくりと往復した。

くちゅ、くちゅという淫靡《いんび》な音が、凛風の情欲を掻き立てる。

「お前だってぬるぬるだぞ……？」

「……っ」

「ああ、お前のここに……俺のでキスしたい」

熱っぽい声でせがまれると、心も身体もきゅんとする。

淫らな粘膜同士を直接擦り合う、過去の快楽を思い出し、凜風の秘処はさらに蜜で蕩ける。

真秀は熱い吐息をついて、耳打ちした。

「凜風。下着とって、俺の上に乗れ」

艶めく声に、この命令に逆らうことなどできない。

熱を帯びた目で見つめられるから、下着をとる手が震えてしまう。

ソファで仰向けになった真秀の上に跨《また》がったが、座る場所に戸惑った。真秀の脚の付近にしようと思ったら、両手で持ち上げられ、彼の剛直の上だ。

ひくついていた秘処が、熱くて硬い真秀を押し倒す形で、直に触れ合う。

火傷《やけど》しそうに熱い。

硬い部分が、敏感な場所のちょうどいいところに当たり、凜風は恍惚とした息を漏らした。

「わたし乗って、痛くない？」

「大丈夫。気持ちいいだけだ」

蜜をまぶしたように蕩けた銀青色《シルバーブルー》の瞳が、甘やかに、そして優しげに細められる。

思わず凜風も笑みをこぼしてしまうと、真秀の両手が凜風の腰に巻きついた。

床には封が切られた避妊具が落ちている。

薄くてもふたりの隔たりを作るもの——その思いが寂しさと不満として、顔に出てしまったのだろう。真秀が小さく笑って言った。

「結婚したら、たっぷり中に注ぐよ」

「な……」

身体が熱くなったのは、どの単語のせいなのか。

「本気だぞ、俺」

欲情に蕩けた目を向けながら、真剣な顔で真秀は言う。

「お前を貰うからな」

「……貰ってくれるの？」

平静さを装っているつもりだったが、声が震えてしまう。

「当然だろう。お前以外に、誰を貰うというんだよ」

「……っ」

「お前は、さしずめ……悪魔の花嫁だな」

真秀があまりにも優しく笑うから、凛風は泣いてしまった。

いいのだろうか、こんなに幸せを感じて。

ずっと一緒にいたかった大好きな人と、この先も一緒にいられるなんて。

「……旅行、行こうな。俺に外の世界を、色々と教えてくれるんだろう？」

「うん！」

真秀の中にマホがいる。マホの中に彼がいた。

大好きなふたりとずっと一緒に生きていたい。

「指輪、明日買いにいこうか」

真秀が凜風の左手の薬指を弄《まさぐ》りながら提案する。

「あ、明日？　でも明日は……」

「ああ。倉下さんの見舞いの前に。その足で、結婚報告だ」

「早！」

「いいんだよ、それで」

真秀は凜風の手を彼の腹の上に置かせた。そして両手で彼女の尻を抱えたまま、ゆっくりと前後に動かす。くちゅ、くちゅ、と粘着質な音がした。

「あああ……」

手で触った時よりも、剛直は雄々しく反り返っている。それが凜風の秘処の気持ちいいところに擦れて、うっとりとした声しか出てこない。

真秀が悩ましい息をしながら、微笑んだ。

「凜風、俺を……男にしてくれてありがとう」

「真秀……？」

「あんなゲス男のもとで一生を終えたかもしれなかった俺に、喜びを与えてくれてありがとうな。俺、お前に会えて……本当に、幸せだ」

真秀の目から、すぅっと涙がこぼれた。

「すごく……幸せなんだ」

真秀が静かに目を閉じた——次の瞬間である。真秀が、剛直を凜風の中にねじ込んできたのは。

「そんな！　今ここで挿《い》れてくるなんて……あぁ、ぁああっ！」

読めない男だ。

意地悪な男だ。

だけど、どうしようもなく愛おしい男だ。

「いつだって……俺にドキドキしてろよ。ほら、いくぞ」

真秀は超然と笑い、リズミカルに腰を突き上げた。

怒張した剛直が、蕩けた中を勢い良く擦り上げる。

子宮にまで突き刺さるような鋭さで、凜風に快楽を刻んでくる。

凜風は悲鳴じみた嬌声を上げながら身体を反らせた。身体がぐらつくと、真秀が凜風の両手をとり、指を絡み合わせて、身体を支えてくれる。

「あ、ああっ」

獰猛な抽送に、脳まで蕩けてしまいそうだ。

「凛風。動け、好きに動いていいぞ。俺は……お前のものだ。この先も、お前のものだ」

これは——自分のもの。

自分だけのもの。

それは凛風を喜悦させ、さらに身体の感度を上げた。

「ああ、綺麗だな……凛風。お前は……初めて会った時から、変わらない」

真秀は眩しげに目を細めて凛風を見上げながら、譫言《うわごと》のように呟くと、叩きつけるようにして突き上げる。

「艶やかな……俺だけに咲く花。赤牡丹《ぼたん》って言ったら……縁起悪いか」

真秀がいつも牡丹《ぼたん》を愛《め》でていたことを思い出す。

うっとりとした顔で香りを嗅ぎ、嬉しそうに生けていたマホの頃。

自分も牡丹《ぼたん》になりたいと思ったことがあった。

「ううん、いいよ。マホちゃんの牡丹《ぼたん》の花、嬉しい……！」

汗ばむ肌を紅潮させ、凛風は高みに上《のぼ》っていく。

すべての想い出が幸せなものへと変わる。

「マホちゃん、マホ……真秀！」

自分のすべてで、真秀の全部を愛したい。

この泣きたくなるほどの衝動を、あなただけに。

「好きだよ。真秀……好き！」

ここまで、愛させてくれてありがとう。

生きていてくれてありがとう。

真秀が耐えて生きてくれたから、自分の幸せがある。

「好き――！」

届いてほしい。

この急《せ》くような激しい衝動《あい》を。

「ああ、凜風……！」

真秀は凜風を前に倒して強く抱きしめた。噛みつくようなキスを繰り返すと、突き上げを激しくさせ、凜風の奥を穿つ。

「凜風、凜風……俺の、凜風！」

独占欲に満ちて凜風の名を呼ぶほどに、剛直はより雄々しく、獰猛になる。

真秀のすべてを包み込み、凜風も啼いた。

言葉にならない想いの丈を、真秀にぶつけながら。

「愛……してる、凜風――！」

銀青色《シルバーブルー》の瞳が苦しげに細められた瞬間、最奥を突いた真秀のそれが、果てを呼び寄せた。

快感の奔流が怒濤のように押し寄せてくる。

耐えきれずに声を上げた凜風の中に、真秀の熱い愛が注がれた。

凜風はふるりと震えた直後、多幸感に酔いしれ、微笑みながら真秀の汗ばんだ胸に頬ずりした。

しっとりとした肌の感触も、色香を強めたこの匂いも、すべてが愛おしい。

「……お前、相当俺が好きだろう？」

そう甘く囁く真秀は、凜風の頭を優しく撫でる。

「真秀だって、相当わたしが好きだよね？」

そんなことを言い合って声を上げて笑うと、ふたりはまたキスをするのだった。

◇

翌日――
「涼兄。もうさ、いい加減泣き止もう？　今、結婚式じゃないんだよ。指輪見せただけだよ？」

「感動しているんだよ。僕の凜風が真秀と結婚するなんて。もう反対はしないよ。お似合いだと思うよ。だからこそ、こう……込み上げるものが……」

父が眠る病室にて、涼は凜風の薬指にある、真新しいダイヤの指輪を見るたびに泣いてしまう。

凜風が貸したハンカチがびしょ濡れだ。

「涼、お前は倉下さん以上に……父親でもあるんだな」

笑う真秀の指にも、指輪がある。

悪魔と呼ばれる真秀が、聖なる指輪をするのは違和感があったけれど、嬉しそうにそれを見つめる真秀を見ると、それもありかなと思えてきてしまった。

いまだ慣れないのは、涙もろい兄だけだ。

「お父さんもこうやって泣いて飛び起きてくれないかしら」

「だといいな。案外、俺たちの愛は奇跡を呼ぶかもしれないぞ」

真秀が凜風の手を引き、眠ったままの倉下に声をかける。

「倉下さん、お久しぶりです。真秀です。この度は鏑木が大変ご迷惑をおかけしました。その不始末の責任は、俺がきっちりとらせていただきます。その上で本日はお願いに上がりました」

真秀は頭を下げる。

「お嬢さんを私にください。私は凜風によって人としての喜びを知りました。この先は、私が凜風を幸せにします。約束します」

「真秀……」

「どうか私を信じて……祝福をしに、戻ってきていただけないでしょうか」

凜風は肩を震わせた。涼は大泣きである。

「認めていただきたいのです。そして弁護士の後輩として、まだまだあなたに教えてもらいたいことがある。お願いします。お義父《とう》さん……！」

真秀が倉下の手を握り、声を震わせた。

次の瞬間――

「ん……」

倉下の口から声が漏れ、ゆっくりと……目が開いた。

奇跡が起きたのだ。

「え、えええええ!? お父さん、目覚めたの、お父さん、わかる、凜風だよ？」

涼は、驚きと歓喜の声を上げて看護師を呼びにいった。

凜風は父の顔に両手を添えて、何度も声をかける。

「わかる？　凜風よ。覚えてる？」

すると、少しうつろだった父の目は少しずつ強さを宿し、和らいだ。

「娘を忘れるほど、もうろくしてないよ」

「お父さん！」

「ところで凜風。この指輪はなんだ。結婚するのか、誰と！」

今まで眠っていたくせに、父は今、なぜか怒りながら身体を起こす。

（なにこの状況。いきなりそこを追及しなくても……）

そう思うけれど、父が元気になったのだから、これ以上の喜びはない。

「はは。絶対、涼は倉下さんの血を引いているな」

真秀が笑うと、そこで父は初めて真秀に気づいたようだった。

「きみは？　……ん、どこかで……」

「お久しぶりです。以前、鏑木の離れに住んでいた……」

「ああ、きみなのか！　確か……」

「今は御子神家の養子となり、御子神真秀と名乗って弁護士をしています」

「ミコガミマホロ……ああ、まさか〝法曹界の悪魔〟……」

真秀の名前を反芻した父は、驚いた顔をした。

目覚めたばかりなのに父の記憶力は抜群で、凜風は嬉しくなる。

「そうか。社会的弱者を救済しているという、若き弁護士。検事を経て、どこかの組の顧問弁護士もしていたという、異色の弁護士は……鏑木の……」

真秀は照れたように笑う。

「そうだよ。マホちゃんが……真秀が、お父さんを救ってくれたの。みんな終わったから安心してね」

内容はかなり端折《はしょ》ってはいるものの、伝えたいことは父に伝えられたらしい。

途端に父は、弁護士モードの厳しい顔をして真秀を見た。

「きみが助けてくれたのか」

「いえ、涼と凜風が……」

「きみなんだろう。凜風がここまで興奮してそう言うのなら。ありがとう」

父は真秀に頭を下げた。

「あとでゆっくり聞かせてくれ。私は知らないといけない」

「はい。新山さんもお待ちです。再審の手続きは、整えてありますので」

そして父の顔から強張りがふっと抜けると、今度は一気に落ち込んだ。

「はぁぁ。こりゃあ、許さないといけなくなるじゃないか。私が注目していた、将来有望な弁護士が相手だったら。凜風の相手は、きみだろう?」

「……はい。結婚させていただきたいと、本日お願いに上がったところでして……」

「目覚めてすぐ、まさかいきなりこの日がくるなんて。私はここに、どれだけ長くいたんだ」

ぶつぶつと呟いた後、父は何度も深呼吸をして心を落ち着かせてから、真秀に向き直る。

「……わかったよ。いいぞ、お願いして。凜風を貰いにきたんだろう？」

すでに一度『お嬢さんをください』と言われていることを知らない父は、二度も真秀にその言葉を言わせようとする。

悪と戦う人情派の弁護士であるくせに、父も大概人が悪い。

「では。お嬢さんを私に……」

真秀が綺麗にお辞儀をした時、ばたばたと足音をたてた涼が、看護師を連れて病室に入ってきた。凜風がしっしと手で追い払ったため、涼なりに空気を察したようだ。

涼の大声が響き渡る。

「すみません、もう少しお待ちください！　今、僕の未来の義弟が、目覚めたばかりの父に、僕の妹との結婚の承諾を貰っている最中なんです。だから少しだけ静かにしていてもらえませんか⁉」

（空気を読んでいるようで読んでいない、お兄ちゃんが最強かも）

……真秀は頭を下げながら、悪目立ちさせられた屈辱と羞恥にぷるぷると震えている。

涼の声を聞きつけた野次馬も部屋を覗いている。

期待感満載な衆人環視の中で、愛おしい女性を貰う羽目になった法曹界の悪魔。

凜風を妻にするためには、彼が不得手な愛の言葉をみんなの前で披露する必要がある。

好奇な視線が送られる中、彼は一度深呼吸をしてから毅然として告げた。

「――凜風を愛してます」

その言葉だけで凜風を幸せにすることを、真秀は知らない。

彼が誰でどんな姿をしていようとも、その言葉は何度でも彼女の胸を震わせるのだ。

『凜風ね、マホちゃんがだあい好き』

『私も凜風ちゃんが――』

「未来永劫、凜風と必ず幸せになると……誓います」

愛は巡る。姿を変えてなおもまた。

切なくも猛々しい……これは愛に飢えた悪魔との、終わりなき愛への誓約。

書き下ろし番外編

牡丹《ぼたん》は艶やかに愛を語る

凜風と真秀の結婚式を一週間後に控えたある日のこと。

「僕、新車を買ったんだ。週末、みんなでドライブに行かないか」

白い頬を上気させ、得意げな顔で涼が提案した。

本当に涼はわかりやすいと、真秀は小さく笑う。

朝からなにか言いたげで、そわそわしていたからだ。

「ペーパードライバーだった涼兄が新車を買ったの？　どんな車を買ったの？」

妹の凜風もわかりやすい。

新車を買った動機が、もしかして涼に意中の女性でもできたからではないかと勘ぐっているが、当日の楽しみということで車種は公開されなかった。

数週間前、凜風が見ていた女性誌に確かこんなことが書いてあった。

『どんな車種かで、男性がどんな女性を理想としているのかがわかる』

車イコール女だとする男は多くいるが、真秀はそんなことを気にしたためしがない。

一目で気に入った車を購入していたが、凛風がそれを見て項垂れて言った。

『真秀の理想とする女性像、レベルが高すぎる……。そうだよね、弁護士が庶民臭い車に乗って現れたら、舐められるよね』

いまだ凛風はわかっていない。

凛風の価値は、持っている車以上だということを。

どれだけ夜通し愛を伝えても、伝えきれていないのがもどかしいくらいだ。

（涼の女の好みもまた謎だな。車を見ればヒントになるか）

そんなことを思いつつも、今まで車に興味がなかったペーパードライバーが、ふたりをドライブに連れていくという状況に、不安を感じてしまう。

（本人は自信満々だが、大丈夫か？　結婚を控えているのに、凛風が事故にでも遭ったら洒落にならないが……）

だが仲良し兄妹を見ていると、人妻になる前の思い出に、ちょっとしたアクシデントがあっても面白いのではないかと、真秀もドライブに賛成したのだった。

そしてドライブ当日――
涼が披露した新車は、六人乗りのファミリーカーでかなり大きい。

車高が高く、凜風が乗るのもひと苦労だ。

「この車から、連想できる女性のタイプって……?」

凜風はしばらく首を捻って独りごちていたが、結論は出なかったらしい。

ただわかるのは、涼がこの車を買った理由が、女性を落とすため……ではなさそうだということだ。この車は、デート向きでも仕事向きでもない。

真秀は、涼が買った新車は凜風好みで運転しやすい軽車か、真秀への対抗意識で外車やハイクラスの車を選ぶと思っていたが、その予想を斜め上にいく。

さすがは凜風の兄だ。

先輩ドライバーということで、真秀は多少不安を感じながらも助手席に座ったが、涼の運転があまりに下手くそすぎて、愕然とする羽目になる。

「涼! ブレーキ踏みすぎだ、凜風が車酔いしてる!」

「ご、ごめん。でもアクセル踏み続けていると、事故りそうで……」

この男、運転に適性がないかもしれない。

よく免許をとれたものだと、真秀は呆れ返る。

「余所見《よそみ》するな、車線を越えている! 対向車がいなかったからよかったものの……」

ヤクザを相手にしているより、命の危機を感じる。

ドライブとは、こんなに死と隣り合わせのものだったろうか。

運転を代わると言っているのに、肩で息をする涼は頑として受け入れない。

『僕が僕の車で、ふたりをドライブに連れて行きたいんだ！』

涼は変なところが頑固だ。

しかし時に、自分の能力を客観視できていないところがあって困る。

「うう～」

後部座席では具合悪そうに凜風が唸っている。

「お、おかしいな。この車は赤ちゃんも熟睡できる安心設計だって言われたのに」

車の設計者も、こんなにひどい運転手がいるとは思っていなかったのだろう。

大体――

「恋人もいないくせに、子供の心配をするな」

するとすぐに言葉が返ってくる。

「僕じゃないよ、きみたちの子供だよ。すぐ産まれそうだから」

ゴンッ！

そのセリフに驚いたのか、凜風がどこかに頭をぶつけた派手な音がした。

……つまりこういうことらしい。

「父さんが退院してきて、みんなで旅行に行くとしたら……大きい方がいいだろう？　凜風はじゃんじゃん子供産んで大変そうだし、大きな車があれば便利かなって」

大人数を乗せられるという理由で、この大きな車を選んだらしい。

「じゃんじゃんって……」

「兄の勘！　真秀、絶倫そうだし」

サイドミラー越しに見る凜風は真っ赤だ。

以前ならば、たとえ冗談でもこの手の話をすると、シスコンで生真面目すぎる涼は涙目になっていたものだが、今は自爆しないでなんとか食らいついている。真秀がいる限りは、凜風の身も心も貪られてしまう現実を受け止め、開き直ったのかもしれない。

真秀より年上なのに、その成長ぶりに笑みがこぼれてしまう。

「結婚して俺のリミッターが外れると、最初が五つ子、次が六つ子くらい、平気で孕ませてしまいそうだ。凜風、二年で十一人の子持ちだ、頑張ろうな」

「だったら、もっと大きい……バスの方がよかった？」

「無理、無理だってば～！」

凜風が元気になったのを感じて、真秀と涼は顔を見合わせて笑った。

道が広くなり、走りやすい道が続く。

涼も運転に慣れたようで、スムーズに走行するようになった。

「ねぇ涼兄、一体どこへ？　なんか、見覚えある景色のような……」

凛風の声を聞く真秀もまた、既視感ある風景に目を細めた。

「ここは……」

「そう、真秀の実家。僕たちが真秀と出逢った……」

やがて見えてくる純日本風の屋敷。

そして咲き乱れる鮮やかな赤い花々――

「牡丹御殿《ぼたんごてん》だ」

そして涼は屋敷の前で車を停めると、ポケットからひとつの鍵を見せた。

「この前、父さんに付き添って、鏑木さんの面会に行ったんだ。その時父さんが、真秀と凛風との結婚を告げ、『お前も血の通う人間で人の子の親なら、最後に一度くらい父として、真秀のためになにかをしろ』と強く迫ったらしい」

そんなこと、真秀には初耳だった。

「そしたら後日……僕宛に管財人経由で鍵が送られてきた。牡丹御殿《ぼたんごてん》に、凛風も一緒に真秀を連れていってほしいという、鏑木さんの走り書きとともに。父さんにそれを教えたら、屋敷に行くのは真秀にとって必要なことかもしれないって」

その意味がわからず、真秀は訝しげに涼を見つめる。

「正直、僕はきみに対する嫌がらせのようで乗り気ではなかった。だけど考え直し、父さんの言うことが正しいかもしれないと思ったんだ。……真秀、きみの中にはまだ、昔のことが、燃え残った黒い煤《すす》のように、ここに積もっているんだろう？」

〝ここ〟――涼が拳で軽く叩いたところは、真秀の胸だった。

「晴れやかに結婚式を迎えられるよう、行こう」

涼は爽やかに笑った。


『凜風、心配しなくても大丈夫だよ』

そう兄は言うけれど、凜風の心は複雑だった。

破産した鏑木家の屋敷には、今は誰も住んでおらず、管財人の管轄下にある。鏑木や管財人の許可なくとも、真秀も涼もれっきとした弁護士であり、訴訟している立場なのだから、この屋敷に立ち入ることはできた。

しかし真秀も涼も、屋敷が元から存在していないもののように近づかずにいたのは、真秀の心の傷になっていることがわかっていたからだ。

ぎしぎしと軋んだ音をたてて廊下を歩く。

玄関を入った先は母屋になるが、離れで暮らしていた真秀にとっては立ち入りを禁じられた禁忌な場所であり、馴染みがないのかもしれない。

いやな記憶でも蘇ったのか、それともただ条件反射なのか……いつもは悪魔のように意地悪で不敵なのに、その美しい顔が強張っている。

負の表情を隠しきれないほど、いまだ彼の心は暗澹《あんたん》たる闇に包まれているのかと思うと、とてもやるせない。同時に、彼の心を癒やしきれなかった自分の無力さに、凜風は唇を噛みしめる。

真秀の手をそっと握ると、冷たい。

かすかな震えを感じたが、気づかないふりをして凜風はぎゅっと握りしめた。

かつて屋敷の主に迎え入れられた広間は、畳の湿った匂いとカビ臭さが漂っていた。

室内は調度品がなにもないため、がらんとして記憶より広々としている。

「母屋は……こんな感じだったのか。わずかなりとも記憶があるかと思ったが、まったく見覚えがない。それくらい長い間、俺は……居ないもの、要らないものとして、離れに〝捨てられて〟いたんだな……」

ぽつりぽつりと、真秀の悲しみがこぼれ落ちる。

彼の生い立ちを知ればこそ、それを否定することができない代わりに、真秀を苦しめた鏑木の住人たちに、強い憤りを感じる。

「お前たちの方がむしろ、母屋に馴染みがあるだろう」

訪問のたびに歓迎された赤の他人と、歓迎されない実の家族。

それをよしとする魔の住処《すみか》は、大人になった今、拒絶感が強い。

それを隠して、凛風は明るく振る舞った。

「この広間は玄関みたいな感覚で、すぐにマホちゃんがいる離れに行ったよ」

「そうそう。凛風とすぐに離れにダッシュしたよね。挨拶もそこそこに」

「だってわたしたちの目的は、マホちゃんに会うことだったから」

「うん。他の人たちはどうでもよかったよね」

凛風と涼にとって真秀は、この屋敷に居るもので、必要なものだった。

それを伝えるふたりに、真秀は小さく笑った。

小さな自分と涼が駆けた渡り廊下で、凛風は立ち止まる。

禁じられていた向こう側に、真秀はいた。

『凛風ちゃん、涼くん、いらっしゃい』

艶やかな牡丹《ぼたん》に染まったかのように、赤い着物をまとった美少女の姿で。

離れの庭には、牡丹《ぼたん》が色鮮やかに咲いている。

「ああ、秋咲きの牡丹《ぼたん》が咲いているのか……」

声が違う。姿が違う。思っていた性別が違う。

すべてが違うというのに、赤い牡丹《ぼたん》を手に取り顔を近づける真秀は、牡丹《ぼたん》を愛《め》でていた儚げなマホそのもので、その懐かしさに思わず凛風は真秀に抱きついた。

「……凛風、お兄ちゃんが見ているぞ」

「いいの。昔だってこうだったもの」

大好きなマホちゃん。

大好きな真秀。

姿が違っても、同じく特別な存在だ。

「大好きよ、マホちゃん。ううん、真秀」

「凛風……」

「また、一緒に……牡丹《ぼたん》が見られたね」

涙が出てくる。

毎年一緒に見ようと約束したのに、身勝手にも忘れてしまった自分。

ここで真秀は、待っていたのだ。

たったひとりでずっと――

「もう約束を破ったりしないわ。あなたはひとりじゃない」

いつだって、見たいものを一緒に見ることができる。

待たなくてもいい。いつも隣にいるのだから。

「これからは、いつだってわたし……真秀と一緒にいるわ。だから……楽しい思い出で上書きしていこう？」

真秀はゆっくりと言葉を紡いでいく。

「俺は……この忌々しい場所を切り捨てた気でいて、囚われていたのかもしれない。今でも夢に見ることがある。血に染まった赤い牡丹《ぼたん》を、忘れるなというかのように」

それは凜風も関係しているだけに、胸が痛む。

「牡丹《ぼたん》は呪いではなく、俺とお前を結ぶ愛の結晶だと、ここに来てそれを実感した。あの時の楽しさ、想い……今はそれしか感じない。ここでひとり……絶望していた未来は、変わったんだな」

「真秀……」

過去は変えられない。

だが未来は変えられる。

「お前は……この屋敷よりももっと近いところに来てくれた。もう二度と離れることはないと、素直に信じることができるから。幸せな楽しい未来しか、想像できない」

「ええ！」

凜風の目頭が熱くなった時、縁側から涼の声が聞こえた。

「用意できたよ、懐かしの神経衰弱、みんなでしよう！」

「涼兄、そのトランプ……持って来たの⁉」

「当然。昔も今も、僕が用意しないと、おっちょこちょいの凜風は忘れてきてしまうからね。ほらほら、真秀も。昔は負けたけど、大人になった今は……絶対に負けないぞ」

——それから十五分後、自信満々だった涼が泣きそうな声を出していた。

「ちょっと待って、なんで……なんで真秀はそんなに強いんだよ。待て、そこは僕が覚えた唯一の……真秀はたくさんとったんだから、ひとつくらい残してくれても！」

「残念だったな」

真秀は、涼がずっと目で追っていたカードを捲《めく》ってしまった。

凜風ですら、そのカードに手を伸ばすのは遠慮していたというのに。

「手加減くらいしろよ、この悪魔！」

「天使のマホちゃん、だろう？　なあ、凜風」

「うう、わたし……大人になった方が一枚もとれないなんて……！　この超高学歴弁護士コンビ、いやあああ！」

笑い声が響く中、緩やかな風が吹く。

大きな牡丹《ぼたん》がかさりと音をたてて揺れた。

凜風が見つめたそこには、小さな頃の三人がいた。

笑い合い、楽しげで……そこには悲しみはなにもない。

幻のはずなのに、涼も真秀も懐かしげに同じところを見ていた。

真秀は静かに目を閉じて言う。

「手を伸ばせば、お前たちがいる。昔に望んでいた幸福の中に俺はいるんだな」

凛風と涼は泣きたい気分になるのをぐっと堪えて、真秀の言葉を聞く。

「最悪な場所だったが、ここがあったからお前たちに会えた。素の……男の姿で、またここに戻り、こうしてまたお前たちと笑い合えることができた」

そのまま真秀は天井を仰ぎ見る。

「すべてがお前たちに繋がるなら、耐えた甲斐があったと思う」

少し震えたその声に、凛風も涼も涙を堪えることができず、真秀をタックルするようにして抱きつき、おいおいと泣いてしまう。

「なんでお前たちが泣く」

「真秀が泣いてるからよ」

「泣いてねぇよ。泣いてるのはお前たちだろうが」

「泣いてないよ、僕は真秀より年上の……義兄だぞ」

ずずずと鼻を啜る音は豪快だ。

「マホちゃん……いや、真秀」

「わたしたちの家族になってくれて、ありがとう！」

「……家族になるのはこれからだろう」

「結婚だけが家族の形じゃないよ。もう真秀は家族の一員なの！」

泣きながら笑う凜風に、真秀はふっと笑った。

「だったら、嫁になるのはキャンセルか？」

「違う！　それとこれとは別！」

「そうだよ、真秀。凜風の夫になるのは、真秀以外僕は認めないからな」

笑い出す真秀を見て、凜風は柔らかに言う。

「これからは真秀が築くわたしとの家族も、真秀の人生に追加されるの。真秀にはたくさんの家族がいるのよ」

真秀に伝わってほしい。

あなたは愛されているのだと。

あなたが愛《め》でた牡丹《ぼたん》の数くらい、愛されるに相応《ふさわ》しい存在であるのだと。

真秀は静かに頷くと、凜風ではなく涼に笑いかけた。

「鍵を涼に渡したところで、あの男を父だと認めたり、許したりする気にはなれないけれど、涼が新車まで購入してここに連れてきてくれたんだ。お前がくれたプレゼントのおかげで、最高な気分で結婚式を迎えられそうだ。涼、ありがとうな」

「真秀……」

「だから、目を瞑《つむ》れよ」

にやりと笑う真秀は、まだ目を開いたままの涼の前で、凜風の唇を奪った。

啄《ついば》むようなキスではない。深い、情熱的な大人のキスだ。

涼への感謝を仇で返す所業は悪魔のようで、天使の姿はどこにもないけれど、真秀の目から一筋の涙が流れたことに気づかぬふりをして、涼は目を瞑《つむ》り耳を両手で塞いで、隣の部屋に駆け込んだ。

転倒した大きな音が聞こえたが、咳払いが聞こえるから無事なのだろう。

しんと静まり返るふたりだけの世界で、真秀が凜風に囁く。

どこまでも甘い眼差しを向け、凜風を蠱惑《こわく》する妖艶な男に変わっていく。

「愛してる。初めて……お前を見た時からずっと」

その愛は、永遠に消えることがないままに――

「お前に、そして涼に……出逢えてよかった」

「わたしも……この屋敷であなたに会えてよかった」

「大嫌いだったこの屋敷が結んだ……縁かもしれないな」

「屋敷というより、真秀が愛《め》でた牡丹《ぼたん》の縁かもしれないわ」

庭に、大きく花開いた牡丹《ぼたん》が見える。

今にも蜜を垂らしそうな艶やかな花の中に、恥じらうように微笑むマホの姿を見た気がして、凜風は笑みをこぼした。

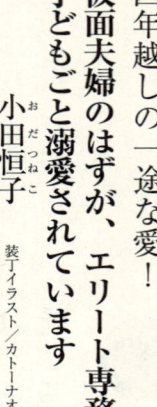

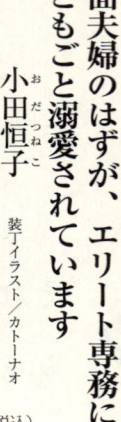

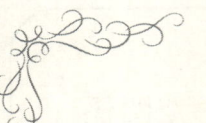

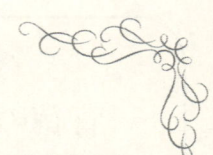

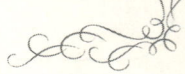

BUNKO Eternity エタニティ

一夜から始まる秘蜜の恋
御曹司の淫執愛にほだされてます

むつき紫乃《しの》

装丁イラスト／鈴ノ助

文庫本／定価：770円（10％税込）

浮気相手と歩く恋人を目撃し立ち尽くしていたところを、元恋人の総司《そうじ》に連れ出された和香《のどか》。別の女性と結婚したはずの彼を自棄になってけしかけ、一夜を共にしてしまうが、復縁はできない。「もう会わない」とホテルを後にした和香だが、なぜか総司からのアプローチは続き……

詳しくは公式サイトにてご確認ください。
https://eternity.alphapolis.co.jp/

本書は、2022年5月当社より単行本として刊行されたものに、書き下ろしを加えて文庫化したものです。


この作品に対する皆様のご意見・ご感想をお待ちしております。

おハガキ・お手紙は以下の宛先にお送りください。

【宛先】

〒150-6019 東京都渋谷区恵比寿4-20-3 恵比寿ｶﾞｰﾃﾞﾝﾌﾟﾚｲｽﾀﾜｰ19F
（株）アルファポリス　書籍感想係

メールフォームでのご意見・ご感想は右のＱＲコードから、
あるいは以下のワードで検索をかけてください。

アルファポリス　書籍の感想　検索

ご感想はこちらから

エタニティ文庫

愛蜜契約《あいみつけいやく》～エリート弁護士《べんごし》は愛《いと》しき贄《にえ》を猛愛《もうあい》する～

奏多《かなた》

2025年1月15日初版発行

文庫編集－熊澤菜々子・大木 瞳
編集長－倉持真理
発行者－梶本雄介
発行所－株式会社アルファポリス
〒150-6019 東京都渋谷区恵比寿4-20-3 恵比寿ｶﾞｰﾃﾞﾝﾌﾟﾚｲｽﾀﾜｰ19F
TEL 03-6277-1601（営業） 03-6277-1602（編集）
URL https://www.alphapolis.co.jp/
発売元－株式会社星雲社（共同出版社・流通責任出版社）
〒112-0005 東京都文京区水道1-3-30
TEL 03-3868-3275
装丁イラスト－石田惠美
装丁デザイン－AFTERGLOW
（レーベルフォーマットデザイン－hive&co.,ltd.）
印刷－中央精版印刷株式会社

価格はカバーに表示されてあります。

落丁乱丁の場合はアルファポリスまでご連絡ください。

送料は小社負担でお取り替えします。


ISBN978-4-434-35124-2 C0193